DES VIES VOLÉES

SUSAN ALLOTT

DES VIES VOLÉES

Traduit de l'anglais
par Alexandre Prouvèze

belfond

Titre original :
THE SILENCE
publié par The Borough Press,
un département de HarperCollins Publishers Ltd, Londres

ISBN 978-2-266-32767-1
Dépôt légal : juillet 2023

À David

1

Londres, 1997

Deux heures du matin. Le téléphone sonne dans un appartement en sous-sol de Hackney. Isla Green émerge en pyjama dans le couloir, à peine réveillée. Tout à fait sobre. Jolie surprise, quoique assez fragile. Aucun reflux de honte ne l'attend au tournant, pas le moindre picotement de douleur. Elle se sent pure à l'intérieur, comme une écolière. Elle a encore le goût du dentifrice dans la bouche.

À la troisième sonnerie, elle tend la main vers le combiné. C'est la voix de Dom qui retentira si le répondeur se déclenche. Cette voix qui la fera reculer. Trois mois déjà qu'il est parti, et chaque jour elle se dit qu'elle doit effacer son message d'annonce. Elle décroche juste à temps.

« Allô ? »

Il lui faut un instant pour le resituer.

« Papa ?

— Je ne te réveille pas, dis ? »

Elle ignore pourquoi sa main s'agrippe si fort au téléphone. La raison de cette inquiétude. Ça la rassure d'entendre la voix de son père, qui sonne désormais nettement plus australienne que la sienne. Il a juste dû s'emmêler les pinceaux avec le décalage horaire. Au bout de la rue, une sirène de police entame sa ritournelle et s'interrompt. La lumière bleue du gyrophare scintille en silence.

« Il est quelle heure chez toi ?

— Aucune idée. » Elle étire son bras au-dessus de sa tête. Elle se sent épuisée en permanence, depuis son dernier verre, il y a huit semaines et trois jours.

« Tu veux que je te rappelle plus tard ?

— Non, c'est bon. Tout va bien ?

— Je voulais te parler. Ta mère n'est pas au courant. Elle est partie faire un tour en ville. »

Elle s'assied sur le tapis. Voilà ce qui clochait, ce truc sur lequel elle n'arrivait pas à mettre le doigt et qui aurait dû l'alerter dès le début. Depuis dix ans qu'elle vit à Londres, son père ne l'a jamais appelée. C'est sa mère qui passe les coups de fil et laisse des messages sur son répondeur. Son père, lui, préfère écrire. Il déteste le téléphone.

« Qu'est-ce qui se passe ?

— Je voulais éviter que tu apprennes la nouvelle par ta mère. Elle prend tout ça assez mal. Je préférais te l'annoncer moi-même. »

Sa tête glisse entre ses genoux. S'il est mourant, elle va avoir besoin d'un verre. Des pensées froides, concrètes : dès qu'elle en aura fini avec cet appel, elle ira s'habiller. Ils vendent des packs de bières sous le comptoir, à la supérette de nuit sur Clapton Pond.

« La police m'a rendu visite, reprend-il.

— La police ?

— Ils recherchent une femme que j'ai connue. »

Isla relève la tête. Elle transpire. Elle passe la main à travers ses cheveux humides.

« Qui ça ?

— C'était une de nos voisines, à l'époque où l'on venait d'emménager à Sydney. Tu ne t'en souviendras pas. » Il tousse. « Elle semble avoir disparu depuis un bout de temps. Trente ans que personne ne l'a vue. »

Dehors, la voiture de police passe son chemin, balayant les murs de sa lueur bleutée.

« Quel rapport avec toi ?

— Les flics trouvent sa disparition suspecte. Selon eux, je serais la dernière personne à l'avoir croisée.

— Et c'est le cas ? » Elle essaie de garder son calme. « Tu es vraiment le dernier à l'avoir vue ?

— C'est impossible. Elle a déménagé avec son mari. Je leur ai dit qu'il devait y avoir erreur. »

Elle allume une cigarette, expire la fumée. Elle pense à Dom, à son sourire derrière une flamme.

« Elle est morte ?

— Ils pensent que oui. » Sa voix éteinte lui paraît de mauvais augure. « Elle n'a pas laissé la moindre trace, pendant tout ce temps. Le mois dernier, son père est mort en lui léguant la majeure partie de son héritage, mais elle ne l'a jamais réclamée. Son frère a fouillé à droite, à gauche pour essayer de retrouver sa trace. Il a déniché quelques pistes, sur lesquelles la police se penche. » Il rit sans conviction. « C'est là que j'entre en scène. »

Isla remarque une rangée de poils sur son tibia. Elle la frictionne avec son pouce, jusqu'à ce que ça la brûle.

« Les flics épluchent leurs dossiers, poursuit-il. Ils conservent des registres sur tous les morts non identifiés.

— Et s'ils découvrent qu'on l'a assassinée ?

— Ce serait le pire des scénarios, ma chérie. Ça entraînerait une enquête pour homicide.

— Mon Dieu.

— Écoute, je ne veux pas que tu t'inquiètes.

— Mais si tu as été le dernier à l'avoir…

— C'est impossible, je t'ai dit ! » hurle-t-il.

Isla repose sa tête sur ses genoux. Dans la pénombre, elle discerne une lettre, abandonnée sur le paillasson, souillée par la semelle de ses bottes. Son vélo appuyé contre le mur, la corbeille dégueulant de prospectus. Sur un crochet près de la porte, l'élégant manteau à ceinture qu'elle met pour aller au travail. Tout semble familier, intact.

« Tu es là ?

— Je suis là, dit-elle.

— Pardon d'avoir crié.

— Papa. » Une sueur froide. Son pyjama lui colle à la peau. « Elle s'appelait comment ? »

Il hésite. « Mandy. »

Mandy… Une odeur de fer à repasser chaud sur des draps en coton. L'eucalyptus.

« Elle s'occupait de toi certains jours de la semaine, avant que tu n'ailles à l'école. À l'époque où ta mère travaillait chez Hordern & Sons.

— Elle avait un fil qui traversait son jardin. Je lui tenais ses pinces à linge quand elle étendait sa lessive.

— C'est vrai ? »

Isla ne parvient pas à se remémorer le visage de Mandy, mais elle se souvient d'une présence. D'une affection réciproque. D'une complicité qui reléguait les autres au second plan.

« Ta mère veut que j'annule la fête prévue pour mon anniversaire. Elle s'inquiète depuis que la police a appelé. Elle n'arrive pas à se sortir ça de la tête. »

Une porte claque dans un des appartements du dessus. Le ton monte. Isla commence à avoir les idées plus claires. Elle saisit désormais la raison de son appel.

« Elle te croit, Papa ?

— Elle n'en a pas l'air. »

Elle écarte un peu le téléphone. Depuis quelques semaines, de nouvelles connexions, nourries d'eau minérale et de sommeil, s'établissent dans son cerveau. Des souvenirs lui reviennent sans crier gare, dans le bus, dans l'escalator de Bethnal Green, dans les embouteillages sur Essex Road. Sa vie lui paraît d'une clarté atroce, maintenant que la brume protectrice des gueules de bois s'est dissipée. Elle est assise en tailleur, à même le tapis ; au beau milieu de sa vie, dans un repli glissant. Une grande tige de trente-cinq ans, pas du genre à passer inaperçue, à ce qu'on dit. Un corps endurant, d'une résilience inespérée vu la négligence dont il a souffert. Des cheveux épais, coupés court à l'arrière, et des mèches blondes qui jaillissent comme un pissenlit au sommet de son crâne. Une femme dont la vie a pris un mauvais tournant, qui se remet sur pied, qui ne doit pas baisser la garde. Et dont le père se tait à l'autre bout du fil, la priant sans mot dire de rentrer à la maison.

« Je pourrais revenir une semaine ou deux », lâche-t-elle. Elle n'a pas le choix. « Pour ton anniversaire. Et essayer de faire entendre raison à Maman.

— Tu pourrais, vraiment ?

— Je crois. On me doit des congés.

— Ce serait formidable, Isla. » Sa voix se raffermit. « Et ça avance, pour ton appartement ? Tu vas bientôt acheter ? »

L'appartement. Un trois-pièces sur Sinclair Road avec une belle hauteur sous plafond et un balconnet sculpté. Adorable, bien situé et beaucoup trop cher. Ils doivent signer dans trois semaines. Elle se frotte le front.

« Je peux gérer ça par téléphone, dit-elle.

— Et ça ira, pour ton travail ?

— Faudra bien.

— Mais tu es sûre que c'est le bon moment ? »

Évidemment que non. Elle n'a aucune envie de se retrouver à Sydney, avec toutes ces heures creuses à remplir et ces gens qu'elle n'a pas vus depuis dix ans. Elle veut dormir, travailler, se terrer.

« J'en suis sûre, oui. Il est temps. »

La pluie tombe dru sur Londres alors que le soleil se lève. Isla se trouve à la lisière du sommeil, refusant les rêves qui lui intiment d'avoir à nouveau quatre ans, de traverser ces espaces familiers qui ne sont pas chez elle. Sa journée commence, elle s'habille. La voix de son père lui revient en tête, puissante et anxieuse, en boucle, gagnée par un mouvement de panique. Elle se fait du café, se convainc qu'elle n'a pas besoin d'un remontant plus costaud. Elle gamberge trop. Il ne lui mentirait pas.

2

Sydney, 1966

Steve devait toujours avoir ouvert ses cadeaux ainsi. L'emballage déchiré à la va-vite, une bise expéditive, un « merci, chérie », et puis voilà. Pas l'ombre d'un cérémonial. Ni la moindre remarque sur l'alignement des rayures du papier. Il appréciait le cadeau en lui-même, pourvu qu'il s'agisse de quelque chose de pratique, qu'il pouvait manipuler ou porter, et qui ne s'écartait pas trop de ce qu'il possédait déjà.

Rien de nouveau, en somme. Sauf que cette année, c'était encore pire ; ça lui donnait presque envie de le cogner. Mandy savait qu'elle déraillait. Qu'est-ce que ça pouvait bien lui foutre, au fond ? Après sept ans de mariage. C'était stupide de sa part d'avoir voulu faire ce truc avec les rayures du papier cadeau. Elle s'angoissait pour un emballage. Comment en était-elle arrivée là ?

Elle s'assit sur le lit à côté de lui pour prendre son cadeau à elle, qu'elle fit tourner entre ses mains. Un paquet plus grand que ce à quoi elle s'attendait.

Avec l'ongle du pouce, elle décolla un morceau de ruban adhésif, le pela lentement. Puis elle fit de même avec le bout de scotch de l'autre côté.

« Pourquoi tu ne l'arraches pas tout simplement, Mand ? À ce train-là, on y sera encore au réveillon. »

Elle lui lança un bref regard. « Je préfère prendre mon temps. »

Après avoir tourné la boîte sur le côté, elle glissa sa main sous l'emballage, qu'elle retira sans déchirer le papier, ni en altérer la forme. Steve l'attrapa, s'apprêtant à le rouler en boule ; mais il se ravisa et le posa.

« Une montre ! » Elle ne s'y attendait pas. « Tu m'as acheté une montre ? »

Il se redressa, bourra les oreillers derrière son dos et sourit. « Voyons comment elle te va. »

Elle fixa la petite boucle et fit glisser le bracelet autour de son poignet, afin de centrer le cadran. Elle avait été conçue pour une femme osseuse. Une femme frêle, squelettique, incapable de porter un bijou plus pesant. Elle donnait à son bras un aspect épais et musculeux. Elle détestait ça.

« Voilà. Elle tient bien en place. Juste comme il faut », dit-elle. Premier mensonge de la journée : « Je la trouve superbe. » Deuxième mensonge : « Quelle belle surprise ! »

Steve roula sur le côté et la tira vers lui, la poussant à s'allonger. « Joyeux Noël. » Sa main vint lui caresser les fesses. « J'étais sûr qu'elle te plairait. »

Elle se rapprocha de lui afin qu'il ne puisse pas voir son visage. L'électricité statique faisait crépiter sa chemise de nuit contre son pyjama.

« Petit cachottier, dit-elle, enfouie dans la chair chaude de son cou. Je croyais que tu allais m'offrir le collier que je t'avais montré.

— Quel collier ? » Il la repoussa et chassa les cheveux devant son visage. « Tu n'as jamais parlé d'un collier.

— Ça va. » Elle s'éclaircit la voix. « Désolée. C'est une très belle montre. Je ne voulais pas dire ça... »

Il balayait l'espace des yeux, fouillant sa mémoire. « Tu n'as jamais rien dit au sujet d'un collier.

— Je te l'ai juste montré. Dans mon catalogue. Une chaîne en or avec un pendentif. » Elle pointa un index vers la base de son cou, là où le bijou aurait pu flotter. « Je te l'ai montré il y a un moment. Avec un petit A pour Amanda. Un pendentif. »

Il secoua la tête. « Il faut que tu t'exprimes plus clairement, Mand. Dis-le, si tu veux un collier. Tu ne peux pas t'attendre à ce que je note tout ce que tu racontes. »

Elle sourit et lui pinça la joue jusqu'à ce qu'il se déride.

« Et ton blouson, tu l'aimes ?

— Je l'adore, ma belle. Il sera parfait pour conduire le camion, la nuit.

— C'est ce que je me suis dit. »

Elle lui tourna le dos et ramassa le papier cadeau de la montre, rouge avec des clochettes dorées, presque intact. Depuis le lit, son regard tomba sur une chaussette de Steve qui traînait à côté du panier de linge sale. Il avait dû manquer sa cible. Son nouveau blouson gisait sur le tapis, au pied du lit ; des morceaux d'emballage déchiré jonchaient le sol. Les cartes de vœux dont elle avait décoré la commode étaient tombées. Il fallait aussi changer l'eau du vase où elle avait glissé quelques orchidées plus tôt dans la semaine. Le reste de la maison aurait encore besoin d'un petit coup de ménage. Elle allait devoir s'activer.

« Je peux la ramener, dit-il en se redressant. La montre. J'ai gardé la facture. Je crois.

— Ne dis pas de bêtises. » Elle froissa le papier cadeau et se demanda combien de temps elle pourrait faire semblant d'apprécier la montre. Peut-être tiendrait-elle jusqu'au jour de l'An. « J'ai faim. » Elle se leva. « Va donc prendre une douche, je vais préparer le petit déjeuner.

— On a le temps, tu crois pas ? » Steve tapota les draps, la regardant avec assurance.

La Timex n'indiquait que neuf heures et demie, et elle avait déjà l'impression de devoir faire la pute. Pas de doute, il allait falloir retourner au lit avec lui. Recommencer la journée à zéro. Le sexe au réveil était une tradition sur laquelle elle parvenait à fermer les yeux, en général. C'était son fardeau à elle – rien à voir avec Noël. Mais elle n'éprouvait plus de plaisir ces derniers temps et ne pouvait se résoudre à simuler.

« Tu sais, ça fait des semaines qu'on…

— Ce n'est pas vrai. » Ses doigts se resserrèrent sur le papier en boule. « Ça ne fait pas si longtemps, dit-elle, proférant son troisième mensonge de la journée en souriant. Tu exagères.

— Reviens au lit, Mandy.

— Les Walker vont débarquer pour le déjeuner. Il faut encore que je range la maison.

— Il est neuf heures et demie, Mandy.

— Je sais très bien quelle heure il est.

— Alors, on laisse tomber ? »

Son cœur s'emballa à cette question. Sa brutalité crue dans la lumière matinale de leur chambre à coucher. Ce franc-parler typique de Steve, qui lui faisait comprendre qu'elle se berçait d'illusions.

« Bien sûr que non. Mais pas tout de suite, c'est tout.

— Ce n'est jamais le bon moment, c'est ça ?

— N'insiste pas, Steve. Laisse tomber. S'il te plaît. »

Il gifla l'un des oreillers. Son visage s'empourpra. Il détourna le regard.

« OK, d'ac, lâcha-t-il en direction de l'oreiller. Je vais prendre une douche. »

Elle s'accouda au comptoir de la cuisine, se frotta le visage et laissa échapper un soupir. Il faisait si chaud ici. Elle se retourna pour contempler le jardin et ouvrit la fenêtre, d'où jaillit le chant des cigales. La chaleur s'installait, lourde déjà malgré l'heure matinale, brûlant les nuages. La journée s'annonçait intense.

Elle poussa la porte du jardin et s'assit sur la marche du haut pour allumer une cigarette. Elle tendit le bras en essayant de reconsidérer la montre, de l'envisager sous un autre jour. C'était un assez bel objet, si on lui pardonnait de ne pas être le collier qu'elle aurait voulu, et de sembler riquiqui sur une femme de son gabarit. Un bracelet plaqué or. Un petit cadran ovale, avec des encoches à la place des chiffres et un mécanisme sur le côté pour faire tourner les aiguilles. Elle aurait préféré une montre qui indiquait les heures – c'était quand même le but. À quoi bon une montre sans repères ?

Mais ce n'était pas seulement ça. Elle avait horreur de ce temps divisé en minuscules tic-tac asthmatiques. Elle n'avait jamais prêté attention à l'écoulement des secondes auparavant, et les voilà qui lui intimaient un ordre rompant son tempo naturel. Raison pour laquelle elle n'avait jamais porté de montre, à bien y penser. Elle aimait faire les choses lorsqu'elle s'y sentait prête, à son propre rythme. La montre essayait de lui en imposer un autre.

Elle l'entendit qui chantait sous la douche. Une bonne pâte, son Steve. Il ne tirait jamais la gueule bien longtemps. Elle s'adossa à l'embrasure de la porte pour fumer sa cigarette, scrutant la fine ligne bleue de l'horizon, à peine plus sombre que le ciel à travers les arbres à thé au fond du jardin. Elle percevait le bruit des vagues, chaque fois que les cigales marquaient une pause : un ronronnement grave, tranquille, puis un autre. Un rythme auquel elle aimait s'abandonner.

« Il va falloir arrêter ça, Amanda. » Steve se dressait dans la cuisine, une serviette autour de la taille, gouttant sur le lino. Sa peau semblait plus pâle au-dessous du cou, et les poils de son torse plus sombres que ses cheveux. « Il paraît que ça craint. Pour les poumons. J'ai lu un article là-dessus dans le *Herald*.

— Je sais. Je l'ai lu aussi. » Elle se retourna vers le jardin. « Ce n'est pas non plus comme si on ne te voyait jamais une clope au bec.

— On n'a qu'à arrêter ensemble.

— Depuis quand tu es à cheval sur la santé ? »

Il s'assit à côté d'elle en tenant sa serviette, les genoux joints, et l'enlaça. Sa peau humide trempait la manche de sa chemise de nuit. Elle discernait nettement les sillons du peigne à travers ses cheveux.

« Ils disent que c'est dangereux quand on attend un enfant. » Il la regarda écraser sa cigarette dans le cendrier.

« J'ai dû oublier de lire ce passage.

— Il paraît que ça peut entraîner la naissance d'un bébé trop petit. »

Elle scruta le jardin en se retenant de lâcher ce qu'elle avait au bord des lèvres : qu'un bébé trop petit, ça paraissait plus pratique d'un point de vue logistique.

« J'arrêterai quand je tomberai enceinte, concéda-t-elle. Qu'est-ce que t'en dis ?

— Mandy. Tu feras une bonne mère, tu sais. »

Elle lui caressa la paume de la main avec son pouce, les lèvres serrées. Il ne savait pas. Il pouvait encore espérer. Si elle tournait comme sa propre mère, ce serait un carnage. Cette angoisse lui revenait, de plus en plus souvent. Une crainte qu'elle refusait d'exprimer à voix haute, de peur qu'elle ne s'avère prémonitoire. Sa mère, elle, n'aurait pas hésité un instant à retourner son gentil cadeau, à la minute même où les magasins auraient ouvert. Mandy examina la Timex à son poignet et lâcha la main de Steve, espérant qu'il irait s'habiller et la laisserait seule un moment.

Il ne bougeait pas.

Steve ignorait qu'elle prenait toujours la pilule. Chaque matin, en extrayant le petit comprimé blanc de sa bulle d'aluminium, elle se disait que ça ne pouvait pas durer. Quand elle se sentirait prête, elle arrêterait et tomberait enceinte, voilà tout. Le moment viendrait, sans doute, où elle aspirerait à avoir des enfants. L'instinct maternel la tiraillerait au point de ne plus pouvoir penser à autre chose. Louisa, sa voisine, lui assurait avoir été dévorée par ce sentiment avant de tomber enceinte d'Isla. Toi aussi, tu connaîtras ça un de ces jours, lui avait-elle promis. Mais Louisa non plus n'était pas au courant.

Mandy s'inclina contre Steve et sentit son menton sur sa tête, ses bras épais et puissants qui l'enserraient. Elle posa son visage sur son épaule. Des épaules comme une enclume, son Steve.

« Tu as sûrement raison, mon amour », dit-elle.

Quatrième mystification de la journée. Mandy savait que ce mensonge-là, celui du bébé, jetait le discrédit sur tout le reste, rendant inutile le décompte de ses innocentes petites impostures quotidiennes. Elle savait aussi, au fond d'elle-même, qu'elle aimait de moins en moins son mari. Mais elle ne cherchait pas à lutter contre cet éloignement. Ça rendait ses mensonges plus faciles.

« J'ai bien réfléchi, dit-il. Je pourrais aller bosser demain, à la première heure. Histoire de m'en débarrasser.

— Ah oui ? » Elle réussit, espéra-t-elle, à ne pas afficher son enthousiasme. « À la première heure ?

— Autant en finir. Ça ne sert à rien de laisser traîner.

— Bien sûr. » Elle huma les embruns charriés par le vent. « Tu vas devoir me laisser quelques jours, alors ?

— J'en ai bien peur, ma chérie. Tu sais que je préférerais rester à la maison avec toi.

— Je sais. » Elle se leva et alla ranger ses cigarettes dans le tiroir, sous les serviettes. « Je sais bien. »

3

Ivanhoe, Nouvelle-Galles du Sud, 1966

Steve la vit en premier, agenouillée dans la boue au bord du ruisseau. Elle avait l'air assez heureuse. Avec cinq ou six gosses plus âgés qu'elle, à tâter quelque chose dans l'eau au bout d'un bâton. Il détourna le regard, gardant son pied sur l'accélérateur, avec l'espoir qu'elle décamperait avant que Harry ne la repère. Sa chemise ruisselait de sueur contre le siège du véhicule. Il marmonna une vague mélodie, histoire de rompre le silence, et se laissa croire qu'il parviendrait à se défiler. Il n'aurait qu'à dire à Ray qu'ils ne l'avaient pas trouvée. Avec un peu de chance, après quelques mois bien remplis, l'affaire serait mise en veilleuse. Et il pourrait trouver le sommeil, la nuit venue.

Pas de bol. La gamine se mit à trépigner. Elle cria aux autres de la rejoindre, de venir voir ça. Elle agitait son bout de bois en l'air. Steve continuait à conduire et à fredonner – et elle à secouer son bâton en criant. Mais qu'est-ce qui lui avait pris ?

« La voilà ! » Harry bondit sur son siège. « Là-bas, près du ruisseau. »

Steve freina. Il coupa le moteur. « Bien vu, vieux. »

Harry sortit et s'approcha tranquillement d'elle, comme un vieil oncle venu lui rendre visite. Il commença à lui parler, accroupi au bord de l'eau. Steve savait ce que Harry lui racontait, à coup sûr : « Ça te dirait de faire un petit tour dans un camion de police ? » Il disait toujours ça. « Et ensuite, tu pourras partir en vacances. »

Steve sortit à son tour du véhicule. Harry tendait la main à la fillette, qui la saisit. Elle mordait clairement à l'hameçon, levant les yeux vers lui, toute souriante. Avec un peu de chance, ils en auraient bientôt fini. Vite fait, bien fait. Sans un mot plus haut que l'autre.

« Il y a un bébé, aussi, lui lança Harry, juste assez fort pour qu'il l'entende. Un garçon.

— On doit vraiment faire ça aujourd'hui ?

— Ça me paraît évident. » Harry regardait Steve comme s'il avait perdu la boule. « On a du pain sur la planche, mec. S'agit pas de traîner. »

Steve tourna les yeux vers le ruisseau où les enfants avaient joué. Tous évanouis. Un aboiement de chien, un claquement de porte troublaient à peine le silence. Quelqu'un devait avoir donné l'alerte. Ils s'affairaient sans doute à planquer leurs gosses sous les lits, dans les placards. Les plus grands avaient sûrement déjà fichu le camp dans la brousse.

« J'aimerais autant qu'on se tire au plus vite. » Il parlait à mi-voix. « Pourquoi ne pas le laisser, Harry ? Ce n'est jamais facile, un bébé.

— Ce n'est pas censé être facile. » Harry tenait la portière ouverte pour la gamine, arborant toujours son sourire de gentil monsieur. « Tu ne serais pas là, sinon, dit-il en refermant derrière elle.

— Pas facile pour eux, je veux dire. » Il jeta un coup d'œil derrière à la maison, où vivait la famille de la petite. « Ce n'est pas très honnête, tout ça, tu trouves pas ?

— Bon Dieu, Steve. Mais qu'est-ce que tu racontes ? »

Steve dévisagea Harry. Un autre aboiement retentit, plus proche que le premier. « Rien », soupira-t-il.

La fillette se pencha par la fenêtre.

« Où est-ce que je pars en vacances ? » Elle semblait méfiante. « Je peux dire au revoir à grand-père ?

— Je vais aller lui causer », dit Steve. Sa voix sonnait faux, comme celle d'un mauvais second rôle. « Pour le prévenir.

— Magne-toi, bordel, glapit Harry. Et te laisse pas attendrir. Tout est déjà signé. »

Le calme régnait dans la maison. Un chien dormait à l'ombre du toit en tôle de la véranda. Il frappa à la porte, pas trop fort, mais tout de suite des bruits de pas se firent entendre. Il se tenait prêt.

« Qu'est-ce qu'il y a ? »

Un vieillard ouvrit. Son teint était plus foncé que celui de la fille : peau noire et cheveux blancs, comme un négatif de photo. Ce que Ray appelait un Aborigène « de souche ». Il n'avait pas l'air ravi de découvrir un flic sur le pas de sa porte ; il devait avoir remarqué le camion près du ruisseau.

« Y a un problème ? »

Un bébé pleurait doucement dans la pièce côté rue, hors d'atteinte. Près de Steve, le chien s'était réveillé et montrait les crocs en grognant.

« Je viens pour les enfants, lança Steve. Vous êtes leur grand-père ?

— Qu'est-ce que vous voulez dire ? » Il examina le camion et vit la gamine sur le siège arrière. Il eut un mouvement de recul, médusé. Puis il essaya de passer en force en hurlant son nom.

« Dora !

— Écoutez. Mieux vaut éviter de nous compliquer la tâche. » Steve le saisit par les épaules et le repoussa dans la maison, juste assez fort pour qu'il comprenne le sérieux de la situation. « Allons discuter à l'intérieur. »

La maison était plongée dans l'obscurité. Un petit groupe de mouches s'excitaient sur un morceau de viande abandonné dans une assiette, près de la gazinière. Trois bouteilles de bière vides s'alignaient à côté de l'évier. Le bébé se trouvait sur le canapé, avec une couche et un maillot de corps. Il s'était tu. Ses grands yeux humides suivaient les mouvements de Steve.

« Où est la mère ?

— Elle est sortie, répondit le vieil homme en baissant le regard. Ses sœurs l'aident avec les enfants. Elle a trois sœurs et cinq cousines. On est nombreux à pouvoir s'occuper des petits.

— Écoutez, mon vieux. On nous a demandé d'embarquer le bébé. Les ordres viennent d'en haut. »

Le vieillard secoua la tête. « Vous ne pouvez pas faire ça. » Il prit l'enfant et le serra contre lui. « On est une famille aimante, qui prend soin de ses enfants. »

Une mouche se heurta à la fenêtre et tomba au sol. On suffoquait ici. Steve avait l'impression de se dissocier de son propre corps, comme s'il abdiquait toute responsabilité. Il ignorait ce qu'il allait faire. Il fixa le bébé droit dans les yeux. Un regard stoïque, sage et triste. Alors, quelque chose en lui se fragilisa, dans cette petite pièce d'Ivanhoe, bien qu'il le ressente à peine. Comme le léger relâchement d'un nœud.

« Je ne vais pas l'emmener, dit-il. Vous allez garder ce gosse. » Le vieil homme ne réagit pas. Steve n'était pas sûr d'avoir vraiment dit ça. « Je vais vous le laisser. Mais sa sœur vient avec moi, mon vieux. Sa famille d'accueil l'attend. » Il passait en pilotage automatique. « On va s'occuper d'elle. Elle recevra une bonne éducation. Ça lui fera un bon point de départ dans la vie. »

Le vieil homme se mit à sangloter, son visage s'allongeait, tremblant.

« Je peux la voir ?

— Vaut mieux pas. Bougez pas d'ici et faites en sorte que le bébé reste tranquille. Sinon, je vais devoir le prendre, lui aussi. »

En refermant la porte derrière lui, Steve entendit le vieil homme pousser un gémissement. La lumière du soleil, blanche et brutale, succédait à l'obscurité de la maison. Le chien leva la tête et se redressa, lui aboyant dessus jusqu'à ce qu'il ait quitté la propriété.

Tandis qu'il remontait dans le camion, il secoua la tête.

« Pas de bébé dans le coin », lâcha-t-il. Sa main tremblait sur la clé de contact. Lui-même avait envie de pleurer, maintenant qu'il allait foutre le camp, loin de ce vieillard, de son désespoir et de sa souffrance.

Il n'avait pourtant aucune raison de chialer, mais sa gorge le brûlait, les larmes lui montaient aux yeux. Quel sale petit trouillard de merde. Il n'arrivait même pas à poser les yeux sur la gamine à l'arrière.

« J'ai changé d'avis, lança-t-elle en gigotant sur son siège. Je veux voir grand-père.

— Ton grand-père a dit que tu devais être obéissante. » Il parlait sans se retourner. « Il a dit que tu devais rester gentiment assise et ne pas faire d'histoires. »

Il fit reculer le camion de quelques mètres et un grand nuage de poussière s'éleva autour d'eux. Le vieux sortit sur son porche et se lança à la poursuite du camion. Steve embraya, pied au plancher, et roula à l'aveugle à travers la poussière, jusqu'à être sûr que le vieillard ait disparu de son champ de vision.

4

Sydney, 1967

Mandy avait lâché Isla des yeux une minute. Deux, maximum. Elle était juste là, à quelques mètres, à fouiller le sable humide de ses petites mains. Mandy se tenait à côté du trou qu'Isla avait creusé, désormais rempli d'eau. Une immense vague avait recouvert la plage, trempant le coin de la serviette de Mandy. C'est à ce moment-là qu'elle avait relevé les yeux et pris conscience de la disparition d'Isla.

Elle inspecta la plage de long en large, fit l'aller-retour en criant son nom. Elle avait dû la louper. Elle continuait de l'appeler. Trop de petites filles en maillot de bain bleu sur cette plage. Toutes semblaient familières, vues de loin, pour mieux redevenir des inconnues à mesure qu'elle s'en approchait. La panique la saisit. Ses jambes, trop lourdes, s'engourdissaient. Elle s'époumonait sur les galets, face à la mer, mais sa voix se perdait dans le flux et le reflux des vagues. La chaleur, les rires, l'agitation devenaient écœurants. Des mouettes lancèrent un ricanement strident et plein d'effroi. Elle s'enfonça dans la mer en hurlant. « Isla ! Isla ! »

Les vagues se faisaient de plus en plus imposantes, agressives. Elle voulut regagner la plage, mais une onde s'éleva. La houle la saisit, la souleva et l'emporta jusqu'au rivage, où Mandy s'échoua sur ses avant-bras. Tout en se redressant sur ses genoux, elle s'imaginait Isla noyée, la nuque brisée, les poumons gorgés d'eau.

Elle remonta les bretelles de son maillot de bain sur ses épaules en toussant. Plus loin sur la plage, Isla lui faisait signe de la main, courant à sa rencontre à la lisière de l'eau.

« Mandy ! » Isla avait un maillot de bain rouge. Rouge. « Je t'ai vue te baigner ! Tu as les cheveux tout mouillés ! »

Voilà pourquoi Mandy n'avait pas d'enfants. C'était aussi terrifiant qu'épuisant. Elle se traîna sur la plage jusqu'à leurs serviettes et s'assit. Mon Dieu.

« Tu es allée nager ! » Isla se jeta à genoux sur le sable. « Tu as aimé ?

— Pas trop. » Mandy rit. Elle balaya du visage d'Isla ses cheveux encore humides et couverts de sable. « Je n'ai pas vu venir cette vague.

— Tu disais que tu n'aimais pas l'eau.

— Je te le confirme ! » Mandy décolla son maillot de sa peau et constata qu'elle avait amassé un paquet de sable dans les replis de son ventre. « Allons prendre une douche. Ta mère sera bientôt de retour. On rentre à la maison. »

Isla secoua la tête. « Pas tout de suite. Elle est partie faire des courses. Ça lui prend toujours des heures.

— La mer devient trop agitée. Ça suffit pour aujourd'hui. » Mandy se leva et alla chercher sa serviette, dont elle secoua la majeure partie du sable. « Je vais te dire. La prochaine fois, on attrapera un requin et on le ramènera à la maison pour le déjeuner. Qu'est-ce que tu en penses ? »

Isla hocha la tête et ramassa sa serviette. « Demain, on peut ?

— Je ne vois pas ce qui nous en empêcherait. » D'un signe de tête, elle désigna les douches en haut de la plage. « Va te rincer. Je te suis. »

Les jambes de Mandy lui pesaient alors qu'elle emboîtait le pas à Isla sur le chemin côtier menant chez elles. Elle s'arrêta un moment à l'ombre des arbres à thé, pour écouter les vagues et reprendre son souffle. Steve allait bientôt rentrer. Une semaine qu'il était parti. Il devait avoir fini sa mission. Elle avait un mauvais pressentiment ce coup-ci, sans savoir pourquoi. Il galérait de plus en plus avec son travail. Et devenait de plus en plus difficile à gérer, après coup.

Cette idée la fit frissonner. Elle retrouva sa robe d'été, ensablée et humide, tout au fond de son sac. Elle l'enfila, gratta le sable séché sur sa peau et grimpa les derniers mètres qui la séparaient de son jardin. Son plus solide espoir était qu'il ne revienne pas avant qu'elle ait pu déboucher la bouteille de gin.

« Maman est déjà là ! » Isla courut à sa rencontre. « Elle est revenue ! Elle n'est même pas allée faire les magasins ! » Isla s'arrêta et tenta un équilibre sur les mains, un pied sur l'herbe, son autre jambe en direction du ciel. Puis elle se redressa et leva les poings, triomphante. « C'est pour ça qu'elle râle et qu'elle a trop chaud. »

Mandy suivit Isla à travers la pelouse jusqu'à l'arrière de sa maison, où Louisa les attendait. Elle était magnifique, comme à son habitude. Grande et élégante dans sa robe bleu pâle, parfaitement droite, avec cette chevelure sombre qui lui cascadait dans le dos. Mandy se sentait épaisse et voûtée à côté d'elle.

« Tu aurais dû entrer, Lou. J'avais laissé la porte ouverte.

— Ça ne fait que quelques minutes que je suis là. » Louisa leva le bras devant son front pour masquer le soleil. « J'ai été plus rapide que prévu. Merci de t'être occupée d'elle.

— De rien, tu plaisantes. On a bien rigolé. » Mandy ouvrit la porte, abandonna son sac sur le lino et mit en route le ventilateur électrique, davantage pour Louisa que pour elle-même. « Entre, je vais te servir à boire. Tu as l'air d'avoir besoin d'un petit remontant. En tout cas, moi oui. »

Louisa attrapa un dessous-de-verre sur la table de la cuisine et s'éventa avec. « Avec plaisir. »

Elle semblait nerveuse, souriait exagérément. Mandy essaya de capter son attention, mais Louisa s'assit pour contempler le jardin, le regard fixe, balançant ses longues jambes sous la table. Le soleil se retirait derrière la maison, et Isla sautillait, son ombre s'abattant sur les pots de fleurs et la bobine du tuyau d'arrosage.

« Tu as un souci ? demanda Mandy.

— Je n'arrive toujours pas à me faire à Noël ici, dit Louisa sans bouger. Ça me perturbe toujours, cette période de l'année, tu sais ? »

Mandy savait, oui. Louisa avait un tel mal du pays qu'il colonisait l'atmosphère. Elle lui rappelait sa mère. Son accent britannique et sa mélancolie, son ras-le-bol de ce pays. Cette mère qui se plaignait sans relâche de cette chaleur infecte, comme elle disait. Toujours à s'éventer, à chercher l'ombre. Rien ne la réjouissait davantage qu'un banc de nuages bien opaques.

Louisa tourna enfin son visage vers Mandy.

« J'ai versé un acompte, dit-elle en chassant une mouche de la main. Je suis allée en ville pour un transfert d'argent.

— Pour quoi faire ? »

Elle jeta un coup d'œil sur Isla, qui jouait dans le jardin.

« Sers-moi donc ce petit remontant, je vais te raconter. »

Mandy fit tomber quelques glaçons dans chaque verre.

« À la tienne, Lou. Bonne année 1967. »

Elle trinqua avec Louisa, c'était son premier toast de Nouvel An. Elle avait cru pouvoir s'en passer, en l'absence de Steve. Mais elle avait quand même fini par se boire quelques verres, veillant seule après minuit. Elle lampa une longue gorgée de gin et se demanda si ce n'était pas un peu triste de passer le réveillon seule. Fallait-il y voir un quelconque présage ?

« Tu as une nouvelle montre ? demanda Louisa en attrapant la Timex sur la table de la cuisine, enroulée autour du sel et du poivre.

— C'est mon cadeau de Noël.

— Elle est magnifique.

— Tu trouves ? » Elle sentait que l'alcool commençait à lui faire de l'effet, à lui apporter son soutien. « Je n'arrive pas à m'y habituer. Je n'ai jamais porté de montre avant. »

Louisa la mit à son poignet et ferma la boucle. Elle étendit le bras pour la contempler, la faisant pivoter. Son bras était humide, recouvert d'une fine couche de transpiration. Même la sueur lui allait bien.

« Tu devrais la porter, dit Louisa. Elle est élégante. »

Mandy sourit en reprenant la montre que lui tendait Louisa. « C'est bien le problème, dit-elle. L'élégance, ce n'est pas trop mon genre. » Elle l'attacha à son poignet en laissant assez de jeu pour qu'elle ne la serre pas trop.

Louisa sortit un peigne de son sac pour se démêler les cheveux. Ses cheveux soyeux et humides, qui lui collaient à la nuque.

« Qu'est-ce que tu disais à propos d'un acompte, Lou ? »

Isla fila devant elles, passant directement de la cuisine au salon.

« Isla, ne cours pas ! cria Louisa. Va moins vite ! »

Isla bondit sur le canapé pour regarder par la fenêtre. Mandy reprit une gorgée de gin, en silence.

« Steve est là ! » Isla trépignait en s'accrochant au dossier, les fesses en l'air. « Il est revenu, Mandy ! »

Mandy se posta à la fenêtre et regarda au-dehors. Steve avait déjà garé son camion, toujours aussi sale – les roues boueuses, les pare-chocs maculés de poussière rouge brique. Son pare-brise était couvert de crasse, à l'exception des deux petits arcs tracés par les essuie-glaces.

Steve coupa le moteur et s'affaissa sur le volant, laissant sa tête reposer sur ses mains jointes.

Mandy sentit son estomac se nouer. « C'est parti », dit-elle alors qu'il relevait la tête. Elle s'éloigna de la fenêtre, de peur d'attirer son attention.

« C'est parti ! » Isla bondit du canapé avec une pirouette. « C'est parti !

— Isla, arrête de sauter partout. » Louisa se tenait sur le seuil de la porte, les sandales d'Isla à la main. « On va y aller.

— Il n'y a rien qui urge. Vous pouvez rester.

— Non, il faut qu'on y aille. Steve voudra profiter du calme pour son retour. »

Mandy hocha la tête et jeta sa cigarette dans le cendrier sur la table basse. Elle le voyait d'ici, il n'allait pas tenir le coup s'il y avait du monde.

« J'espère qu'il ne sera pas trop retourné, cette fois-ci. »

Pour seule réponse, Louisa lui décocha un sourire. Elle était ailleurs. Avec ses problèmes à elle.

« Ce n'est pas un boulot facile, dit Mandy. Ça l'affecte pas mal. »

Louisa retourna dans la cuisine avec Isla et se dirigea vers la porte côté jardin. Elle préférait sans doute ne pas se retrouver nez à nez avec Steve. Mieux valait éviter toute cette histoire. Mandy aurait fait pareil, si elle avait pu.

5

Sydney, 1967

Isla s'élança dans le jardin de Mandy et se mit à gratter les interstices entre les pavés. Elle se réjouissait de rentrer chez elle. Le camion de Steve était à nouveau crado, parce qu'il travaillait pour la police et que c'était un sale boulot. C'est lui qui l'avait dit à Isla. Un sale boulot, complètement pourri, mais il fallait bien un crétin pour se le coltiner. Isla n'avait jamais vu quelqu'un d'aussi grincheux.

Sa mère était à l'arrière de la maison, elle parlait de trucs d'adultes avec Mandy. Isla savait qu'elle parviendrait à se faire oublier, si elle restait sage. Elle donna quelques petits coups entre les pavés avec le bout du tuyau d'arrosage, et s'accroupit pour voir s'il y avait des créatures qui bougeaient. Elles se cachaient dans les fentes et il fallait les en faire sortir. Une fois, Isla avait dérangé une grosse araignée. Ça avait fait crier Mandy, elle avait même dit deux gros mots.

« C'est drastique », lâcha Mandy.

Isla aimait bien le son du mot *drastique*. Elle se le répéta en silence, tout en poussant le tuyau au bord du pavé le plus proche des pieds de sa mère.

« S'il te plaît, n'en parle à personne », dit celle-ci.

Isla resta discrète et silencieuse, les genoux près des oreilles, jusqu'à ce que Mandy rouvre la bouche. « Tu ne fais pas les choses à moitié, Lou. »

Une rangée de fourmis émergeaient du dessous d'un grand pot de fleurs. Isla mit le bout du tuyau sur leur chemin et les regarda se disperser. Quelques fourmis grimpèrent sur le tuyau, qu'elle colla contre sa jambe nue pour voir si l'une ou l'autre s'aventurerait sur sa peau.

« Je croyais que ça allait mieux », dit Mandy. Isla leva les yeux et vit sa mère secouer la tête. « Je pensais que le travail t'aidait. Que tu te faisais des amis. Hors de chez toi.

— Mais maintenant, il y a le bébé, dit sa mère. Je ne peux pas revivre ça. »

Isla lâcha le tuyau et se redressa. « Je ne suis plus un bébé », dit-elle.

Sa mère posa la main sur son ventre. « Je sais.

— J'ai quatre ans.

— C'est vrai. » Elle hocha la tête. « Je suis idiote. Désolée, ma chérie. »

Mandy fit un clin d'œil à Isla. « Quatre ans et demi, même. Pas vrai ? »

Isla l'imita. Mandy lui avait appris à cligner de l'œil. Elle savait aussi faire de chouettes grimaces, en louchant et en tirant la langue. Quand elle en faisait une, elle lui donnait une note sur dix. La meilleure moue d'Isla lui avait valu un sept. Elle s'accroupit à nouveau et vit les fourmis disparaître au fond d'un trou dans le béton.

« Quelle bavarde je fais, dit sa mère. Je continue de papoter alors que ton mari vient de rentrer.

— Ça me change les idées, lui assura Mandy. Où est-il, d'ailleurs ? »

Louisa s'agenouilla à côté d'Isla et remonta les bretelles de son maillot sur ses épaules. Elle la débarbouilla avec son pouce, puis lui dit : « Viens. On va se mettre à l'ombre. »

Isla courut sur le côté et attendit sa mère près de la haie qui séparait leur maison de celle de Mandy. Il faisait chaud dans ce passage et les poubelles sentaient affreusement mauvais. Elles n'avaient pas été ramassées depuis le Nouvel An et la puanteur empirait jour après jour. Isla se glissa à travers la haie. Elle aimait bien s'y gratter le dos, la peau tendue par l'eau de mer.

De l'autre côté de la haie, la voix de Mandy lui parvint.

« Allez, viens. Tu ne veux pas rentrer ? »

Isla s'accroupit pour regarder à travers les branches. Steve était assis sur la marche de sa véranda. Mandy se tenait derrière lui, près de la porte ouverte. Il avait la main sur son visage.

« Entre », dit Mandy. Elle se mit à côté de lui et lui toucha le bras. « S'il te plaît, mon amour. Rentre. »

Steve ne bougeait pas. Mandy attendit un peu, puis elle retourna à l'intérieur de la maison et ferma la porte. Isla tendit l'oreille. Ses jambes lui faisaient mal à force de s'accroupir. Elle avait envie de rentrer chez elle, mais restait figée dans la broussaille, à attendre que ça commence. Les épaules de Steve se mirent à trembler et il poussa un petit cri aigu avant de s'effondrer, en larmes.

« Te voilà. » Sa mère agitait sa main vers elle. « Qu'est-ce que tu fabriques ?

— Regarde. » Isla montrait Steve du doigt à travers la haie. « Tu as vu. Il est encore en train de pleurer. »

Sa mère attrapa la main d'Isla. Elle la souleva et retira les brindilles de ses cheveux. Derrière elles, Steve sanglotait. Elle ne semblait pas y prêter attention.

« Tu vas tout de suite aller prendre un bain, dit-elle.

— Il pleure, reprit Isla.

— Qui ?

— Steve. »

Sa mère ne bougeait pas. Elle tenait Isla par la main et écoutait. « Ça arrive. »

L'air épais dégageait une odeur de pourriture. Un nuage de mouches bourdonnaient autour des poubelles.

« Il ne faut pas espionner les gens », dit sa mère.

Isla la suivit jusqu'en haut des marches de leur véranda, enjambant les dalles fissurées, pour éviter que de vilaines choses n'arrivent. C'est Andrea Walker qui lui avait parlé des fissures. Andrea avait presque dix ans et vivait dans une maison avec des escaliers, juste en face. Elle allait entrer en dernière année de primaire après les vacances et connaissait tous les rois et reines d'Angleterre. Il n'y avait pratiquement rien qu'Andrea ne sache pas.

Sa mère glissa sa clé dans la serrure.

« Le pauvre, dit-elle. Il a dû avoir une sale journée.

— Les enfants ne veulent pas monter dans son camion », dit Isla.

Sa mère la regarda. « Qu'est-ce que tu as dit ? »

Isla répéta, moins sûre d'elle cette fois-ci. « Les enfants ne veulent pas monter dans son camion.

— Où as-tu été chercher ça ?

— C'est Steve qui me l'a dit.

— Vraiment ? » Sa mère ouvrit la porte. « Quelle absurdité de dire ça à une enfant.

— C'est la vérité », reprit Isla. N'ayant suscité aucune réaction, elle le répéta plus fort. « C'est la vérité ! »

La voix de sa mère lui parvint depuis l'intérieur de la maison. « Je n'ai jamais dit le contraire. »

Isla s'assit sur une marche. Mme Walker ouvrit sa porte d'entrée et jeta un seau d'eau sale sur ses roses. Les Walker avaient une voiture et M. Walker la conduisait tous les jours pour aller au travail. Le seul autre véhicule dans la rue était le camion de Steve. De là où elle se trouvait, Isla pouvait le voir, garé, une roue sur le trottoir. Avec son pare-brise sale, recouvert de boue rouge.

« Isla ? » Sa mère l'appelait. « Rentre et ferme la porte. »

Isla essaya de ne pas regarder Steve en se retournant. Elle avait une peur bleue qu'il essaie de l'emmener dans son camion. Mandy lui avait expliqué que Steve ne prenait que des enfants de familles à problèmes. Tu n'as pas de souci à te faire, elle lui avait dit. Mais Isla n'en avait pas été rassurée pour autant. Loin de là. Du coin de l'œil, elle aperçut Steve, sa silhouette sombre et voûtée, qui la suivait du regard.

6

Sydney, 1997

Isla et sa mère stationnent devant le passage clouté d'Anzac Parade. Dans le bleu éclatant du ciel, le soleil aveuglant confère aux rues un aspect artificiel. Les poteaux téléphoniques projettent au sol leurs silhouettes tranchantes. Des bâtiments bas, de vastes rues où des élèves rient de bon cœur en cherchant de l'ombre, avec leurs chapeaux à large bord ou leurs robes en coton. Isla maudit son jean noir et ses lourdes bottes. Personne ne porte de noir à Sydney. Elle se sent comme une touriste. Une touriste maussade et lasse, mal à l'aise dans la luminosité éblouissante de cette ville. Elle avait oublié cette chaleur du mois de mai. Comme elle avait oublié – peut-être ne s'en était-elle jamais rendu compte auparavant – qu'elle n'a pas sa place ici.

« Dis-moi franchement. Ce n'est pas un peu court ? » Scrutant son reflet dans le rétroviseur, Louisa caresse sa nuque dégagée. « Je trouve que ça me va bien. Qu'est-ce que tu en penses ? »

Isla sourit, ne sachant quoi répondre. Toute sa vie, elle a envié les longs cheveux sombres de sa mère. Sans eux, plus rien ne la distingue. Elle ressemble à une quinquagénaire lambda. Même si, en croisant son regard dans la rue, on pourrait encore deviner sa beauté d'autrefois.

Louisa attend une réponse. Elle fait bouffer ses cheveux sur les côtés.

« Ça doit être plus facile à entretenir, dit Isla. Vu que tu nages tous les jours.

— Exactement. Maintenant, le temps de rentrer, ils sont déjà secs. » Louisa lance un signe de tête complice à son reflet et appuie sur l'accélérateur. « Ça me plaît bien. J'en avais marre de tous ces démêlages, de ces brushings. »

Le feu passe au vert. Un homme en costume-cravate se fraie un chemin le long du trottoir sur une rutilante trottinette taille adulte. On dirait une version monstrueuse de celle qu'elle avait à six ans. Il se faufile à travers un groupe de piétons, un large sourire aux lèvres. Isla n'en croit pas ses yeux.

« Tu m'as l'air bien maigrichonne, dit Louisa.

— Tu trouves ?

— Et pâle. » Louisa inspecte les cheveux et le visage d'Isla, avant de reporter son attention sur la route. « Tu prends soin de toi ?

— Je viens de passer vingt-quatre heures en avion.

— Ne joue pas l'idiote. Tu vois très bien ce que je veux dire. »

Isla fixe la route droit devant elle. Son moi adolescent éprouve une féroce envie de sauter de la voiture en marche.

« Je fais du sport », dit Isla. Elle a trente-cinq ans. Une situation. Une vie à elle. Et bientôt un appartement hors de prix et un balcon sculpté. « Je nage tous les matins avant d'aller au travail. Ça maintient en forme. »

Louisa acquiesce mollement de la tête, fronce les sourcils et jette un nouveau regard sur Isla tout en embrayant.

« Le soleil va te faire du bien », conclut-elle.

Une bouteille de jus d'orange vide roule dans un mouvement de balancier près des pieds de Louisa. Isla a calé ses jambes sur le côté, pour éviter les sacs de courses, les vieux journaux et les chaussures dépareillées qui traînent devant son siège. Comment son père peut-il tolérer l'état de cette voiture ? Le désordre l'exaspère, là où sa mère – sous son apparence soignée – pourrait allègrement vivre dans le chaos le plus total. Ça a été un sujet de dispute tout au long de leur mariage.

« J'ai hâte qu'on fête l'anniversaire de Papa », dit Isla.

Coup de frein brutal. Elles se retrouvent toutes deux projetées vers l'avant, brutalement retenues par leurs ceintures de sécurité. Aux pieds de Louisa, un emballage de sandwich vide rejoint la bouteille de jus d'orange.

« Désolée. » Louisa lance une injure au chauffeur de la camionnette devant elles, qui klaxonne un gosse en skate-board. « Désolée », répète-t-elle. Elle regarde Isla et balaie une mèche de cheveux devant ses yeux. « C'est juste que j'aurais préféré ne pas avoir invité la moitié de la rue.

— Je vais vous filer un coup de main, dit Isla. Laisse-moi me charger de ça.

— Je ne sais pas quelle mouche m'a piquée.

— Ça va aller, Maman.

— Et maintenant... » Elle repousse du pied l'emballage de sandwich devant la pédale d'embrayage. « Et maintenant, il y a tout ce tapage avec la police.

— On ne pourrait pas oublier ça un moment ?

— Tout le monde est au courant, Isla. »

Elle déglutit. « Au courant de quoi ?

— Toute la rue sait que la police est venue nous voir. » La voiture cale, les autres véhicules la dépassent. Louisa tourne la clé de contact en jurant. « Ils savent que ton père est suspecté.

— Suspecté ? » Isla part d'un rire qui lui brûle la gorge. « Tout ça me paraît bien exagéré.

— Espérons que tu aies raison. »

Isla regarde sa mère lancer un coup d'œil dans le rétroviseur et remonter ses lunettes de soleil sur son front. « La police croit vraiment que Papa est derrière la disparition de cette... Mandy ?

— Oui, dit Louisa. Tu as compris.

— C'est dingue. »

Louisa essaie de faire redémarrer la voiture. Elle garde un silence lourd de sens. Le soleil cogne sur le pare-brise. Un véhicule klaxonne derrière elles. Isla brûle d'envie de lancer son poing à travers la vitre devant l'hypocrisie de sa mère, cette froideur qui lui semble à la fois ahurissante et tout à fait prévisible. Elle ferme les yeux et se concentre sur les battements de son cœur.

« Maman. » Isla enfonce ses ongles dans la paume de sa main. « Tu ne crois pas que... »

Les voitures de derrière déboîtent pour les doubler. Louisa remet le contact, cale à nouveau et frappe le volant. Le conducteur d'un utilitaire rouge leur hurle dessus à travers sa vitre ouverte. Louisa redémarre, tendue. Isla règle la climatisation sur le tableau de bord et tire sur son tee-shirt, qui lui colle à la peau.

« Ça serait un soulagement, dit Louisa, la gorge serrée. Si tu pouvais t'occuper de cette fête. » Elle accélère. « Tu sais tellement bien t'y prendre avec ce genre de choses. »

Isla passe la main sur son visage, luttant contre sa fatigue crasseuse et une rage lancinante.

« Je vais m'en occuper. J'adore ça. »

C'est vrai qu'elle est douée pour réunir les gens. Tout comme il est vrai qu'elle n'a plus été sobre lors d'une fête depuis l'âge de quinze ans. Elle regarde par la fenêtre, le paysage urbain a fait place aux paisibles rues de la banlieue d'Agnes Bay. Pas une âme à l'horizon. Des volets roulants masquent les fenêtres, les portes ont toutes été fermées. Ça pourrait être un décor de film. Des rangées et des rangées de coquilles vides et proprettes.

« Rien ne bouge par ici », dit Louisa en tournant sur Bay Street.

Isla examine la rue où elle a grandi. Ces maisons ramassées sous un ciel immense, chacune avec sa pelouse à l'avant, ses haies impeccables. Les larges passages entre une habitation et la suivante. Les petits bungalows de Bay Street situés côté océan avaient tous poussé à l'identique au début des années 1960, alors que ses parents venaient de se marier et que les propriétés le long de la côte étaient encore abordables.

Sur le trottoir d'en face, les maisons sont plus récentes, plus hautes et plus larges, avec d'élégants murets en brique rouge plutôt que des clôtures en bois. Certaines possèdent même un étage au-dessus de leur garage. Mais les jardins à l'arrière ne forment que de petits carrés de pelouse, barricadés de tous les côtés. Isla devait avoir trois ans la première fois qu'elle avait visité la maison des Walker et remarqué la clôture qui la séparait du reste de l'univers. Jusqu'alors, elle s'était imaginé qu'on trouvait une plage au bout de chaque jardin. Louisa se gare devant chez elle, serre le frein à main.

« Alors… Qu'est-ce que tu en dis ? »

Isla ne parvient pas à exprimer quoi que ce soit. Elle a vécu dans cette maison pendant presque vingt-cinq ans, sans jamais y faire attention. Ni jamais remarquer à quel point elle était laide.

« Ton père a passé tout le week-end à peindre les boiseries, dit Louisa. Dès que tu lui as dit que tu rentrais à la maison, il a trouvé le temps de faire tous les travaux qu'il repoussait depuis des mois. »

Isla constate en effet que la clôture autour de la véranda vient d'être peinte. La haie à l'avant de la maison a été taillée en pointe et des corbeilles, accrochées de part et d'autre de la porte, débordent d'une forme rose et violette. Le bardage a l'air vétuste, à côté de la peinture fraîche et de ces suspensions ridicules. Du mouton servi comme de l'agneau. Sa gorge se noue.

« Je ne l'aurais pas reconnue en passant devant.

— Tu es partie depuis trop longtemps. »

Elle parvient à émettre un grognement d'approbation.

« Celle-là, dit Louisa en montrant la maison d'à côté, c'était celle de Mandy. »

Isla se retourne sur son siège. Sa mère se tient immobile, les mains sur les genoux.

« C'était celle-là ?

— Tu ne t'en souviens pas ? »

Le regard d'Isla se pose sur la maison des voisins, puis à nouveau sur sa mère. Elle ne se souvient de rien. Pas même de ces images de Mandy qui lui étaient revenues au téléphone avec son père. Seul le présent demeure : la précision des bâtiments, les poteaux d'angle, les haies.

« Tu n'as jamais parlé d'elle, dit Isla. Je ne me souviens pas de t'avoir jamais entendue prononcer son nom.

— Pourquoi l'aurais-je fait ?

— Tu n'étais pas amie avec elle ?

— Non, pas vraiment. Ça faisait longtemps que je n'avais plus pensé à elle. Jusqu'à l'arrivée de la police. »

Isla soupçonne un fond de mensonge. Sans la climatisation, la voiture se change en étuve dont émane une odeur de plastique fondu. Elle capte le regard de sa mère en détachant sa ceinture de sécurité et s'étonne de découvrir une expression de douleur sur son visage.

« Elle vit peut-être tranquille dans un coin paumé, dit Isla. N'est-ce pas le plus probable ?

— Ça m'étonnerait. De nos jours, on ne disparaît pas sans laisser de traces.

— Mais c'était il y a trente ans.

— Trente ans sans le moindre signe de vie, c'est suspect, Isla.

— Qui dit cela ?

— La police. » Son ton devient cassant. « Ils ont l'air de considérer qu'il lui est arrivé quelque chose. J'aimerais pouvoir croire qu'ils se trompent. »

Voilà qui n'est pas tout à fait vrai non plus, songe Isla. C'est plutôt une bonne occasion pour sa mère d'afficher sa colère. Des décennies de colère.

Isla sort de la voiture et va chercher son sac de voyage dans le coffre.

« Laisse-moi te porter ça », dit Louisa en tentant d'attraper le bagage. La situation se tend l'espace d'un instant : Isla refuse de lâcher prise et la sangle commence à se déchirer. Elle laisse finalement tomber. Le poids du sac surprend sa mère, qui vacille.

« Désolée », dit Isla. Elle ne s'aime pas, lorsqu'elle se retrouve avec sa mère. Dix ans n'y ont rien changé : elles font toujours ressortir le pire l'une de l'autre. Elle a un coup de mou. Elle aimerait tellement être ailleurs. Elle se languit du froid londonien, de l'humidité des pavés, de la fraîcheur du soleil.

« Je me disais qu'on pourrait aller nager, tout à l'heure, dit Louisa en hissant le sac sur son épaule. Histoire de te caler dans le bon fuseau horaire ! »

Isla suit sa mère jusqu'à la maison, enjambant les dalles fissurées deux par deux.

7

Sydney, 1967

Mandy versa le reste du gin de Louisa dans son propre verre, s'assit devant la table et attendit que ses mains cessent de trembler. On n'entendait guère que le son des vagues, au loin, et le vrombissement du frigo. C'était son moment préféré de la journée : le soleil ayant migré vers le devant de la maison, le jardin gagnait en fraîcheur. Parfois, une brise suave émanait de l'océan. Enfin, difficile d'en profiter avec un mari qui pleurait sous la véranda et refusait d'entrer.

Elle se sentait perdre pied. Rien de ce qu'elle pouvait dire ou faire ne semblait susceptible de l'apaiser les jours comme celui-ci, où il rentrait en larmes, au comble du désespoir. Dernièrement, cela avait même tendance à faire ressortir la salope sans cœur qu'elle muselait au fond d'elle-même. Cette femme que seul le fond du verre de gin connaissait, écœurée par ce mari incapable d'aller au bout de son travail et d'encaisser les coups comme un homme. Elle avait honte de sa foutue faiblesse. Voilà où elle en était.

Elle se releva et versa quelques glaçons dans son verre. Autant se prélasser encore un instant dans le jardin, profiter un tant soit peu de l'après-midi. Elle glissa ses cigarettes dans la poche de sa robe d'été. Depuis ce matin, une fleur s'ouvrait sur sa vigne de la passion, et deux autres étaient sur le point d'éclore. Elle posa son verre sur les pavés et approcha son nez de la fleur, scrutant ses vrilles criardes et ses pétales grands ouverts. Un fourmillement touffu et violet, quand on s'en approchait. Avec un peu de chance, elle aurait quelques fruits cette année. Malgré une dizaine de fleurs chaque été sur la vigne, celle-ci n'avait encore rien donné. C'était parce que les fleurs n'avaient pas été pollinisées, lui avait expliqué Louisa. Pas de pollinisation, pas de fruit. Ce qui résumait assez bien la situation dans son ensemble.

Elle s'assit sur le fauteuil de jardin rayé et entendit claquer la porte d'entrée. Elle fit pivoter le fauteuil, tournant le dos à la maison, et sortit une cigarette de son paquet. Sa main tremblait et il lui fallut trois tentatives pour l'allumer. C'était ridicule. Elle devait se ressaisir.

« Mandy. »

Elle ne répondit pas. Elle faisait face à la ligne d'arbustes sur le côté, les yeux rivés sur les roses de Lou, lumineuses et pleines, épanouies par leur journée au soleil. Elle ne pouvait se résoudre à regarder ailleurs.

Il se trouvait juste derrière elle, à présent.

« Qu'est-ce que tu fais là ? Je t'ai appelée.

— Désolée. Je profite juste du calme. La brise est douce. »

Il se posta à côté d'elle, le visage bouffi par les pleurs. Deux veines violettes serpentaient sur ses tempes. Elle lui tendit la main, qu'il serra très fort.

« Ça va mieux ? »

Il acquiesça. « Un peu. »

Isla sortit en courant par la porte arrière de chez elle. Elle fit sur l'herbe quelques roues maladroites et s'applaudit bruyamment, effrayant les cacatoès perchés dans les arbres. Steve se dérida en la voyant. Les enfants l'attendrissaient. Cela dit, Isla ne l'aimait pas beaucoup. Elle en avait trop vu et trop entendu. Les larmes, les crises. Mandy s'y était faite, mais elle comprenait que cela puisse rebuter une gamine.

« Tu as vu comment je fais la roue, Papa ? cria Isla à l'adresse de Joe, qui venait de sortir sur sa terrasse. Regarde ! »

Joe applaudit, félicitant Isla qui continuait ses acrobaties. Son regard croisa celui de Mandy et il lui lança un signe de tête, puis leva la main pour la saluer. Elle le regarda droit dans les yeux. Elle lui fit un signe en retour et orienta sa chaise vers la droite.

« Tu es à la maison maintenant, mon amour, dit-elle. Essaie de te détendre. Il reste quelques bières dans le frigo. »

Steve secoua la tête. « Le truc, Mandy, c'est que… »

Joe s'assit et défit sa cravate à deux mains, la dégagea de son col et la jeta sur la terrasse. Quelque chose semblait avoir changé en lui. Sa coiffure, peut-être. Ses cheveux paraissaient nettement plus courts. Et il portait un costume, aussi. Oui. Ce devait être ça. Il avait l'air deux fois plus beau que d'habitude, avec sa chemise blanche et son pantalon soigné. Elle sentit le sang lui monter au visage.

« Je n'y arrive plus, dit Steve. C'est plus fort que moi, chérie. Ce putain de boulot. »

Mandy déplaça à nouveau sa chaise de quelques centimètres vers la droite, heurtant la botte de Steve.

« Tu ressens toujours ça, après coup. Laisse donc passer un jour ou deux, tout rentrera dans l'ordre.

— Ça m'étonnerait. Pas cette fois-ci. »

La nervosité s'entendait dans sa voix. Ça épuisait Mandy, ce besoin qu'il avait d'elle, qui la faisait se sentir à la fois vide et coupable. Elle lui tendit les mains. Il les prit et l'aida à se relever.

« C'était dur ?

— C'était dur. Comme toujours. » Il lui parlait à l'oreille. « Parfois, je n'aime pas ce que je suis devenu.

— Arrête. » Elle retira ses mains. « Ne pars pas là-dedans.

— Elle a fondu en larmes, elle était hystérique. Elle nous a suppliés de la ramener chez elle. Comment croire un instant qu'on est du bon côté ? »

Mandy lui sourit, l'embrassa sur la joue. Il sentait la sueur et la moiteur de son camion.

« Allez », dit-elle, laissant échapper un sourire. Par-dessus son épaule, elle jeta un coup d'œil vers Isla, qui rôdait au fond de son jardin devant un aréopage de cacatoès s'agitant sur les branches. Bon Dieu, songea-t-elle, pourvu qu'il ne recommence pas. Pas ici.

« Pourquoi tu n'irais pas prendre une douche, Steve ? Va te rafraîchir. Ça ne peut pas te faire de mal. »

Il baissa les yeux sur son uniforme froissé et taché. « Tu as raison. Ça fait des jours que j'ai ces fringues sur le dos.

— Quand tu te seras changé, je te préparerai à manger. On pourra passer une soirée tranquille. Histoire de te changer les idées.

— Ça roule. » Il restait immobile. « Désolé, chérie. Je ne suis pas sûr de pouvoir me remettre de sitôt de toute cette histoire.

— Tu as fait ton travail, mon amour. C'est fini. Maintenant, tu auras la paix pour un petit moment. »

Il opina. « J'espère.

— Il faut savoir faire la part des choses, non ?

— Tu as raison. » Il n'avait pas l'air convaincu. « Je vais me laver. »

Mandy s'assit et essaya de recouvrer son calme. Son gin avait tiédi. Elle savait que Joe se trouvait encore sur sa terrasse, assis, à fumer une cigarette. La courbe de sa colonne vertébrale, sa nuque, l'arrière de son crâne.

Elle détourna le regard. Joe Green n'avait jamais attiré son attention auparavant. Et puis, merde, sa femme attendait leur deuxième enfant. Qu'est-ce qu'elle avait dans la tête aujourd'hui ? Elle se leva, attrapa son verre et regarda subrepticement dans la direction de Joe. Louisa la fixait de ses yeux bruns et tristes. Elle s'était assise à côté de Joe pour lui parler, tandis qu'il contemplait le jardin où Isla s'élançait entre les arbres.

Le visage de Mandy lui brûlait. Elle ressentit une bouffée de chaleur, suivie d'un frisson. Elle lança un signe de tête à Louisa et lui tourna le dos, mal à l'aise dans sa robe d'été fripée. Elle se sentait prise au dépourvu. Mise à nu. Une pensée idiote, sans doute, mais qu'elle ne parvint pas à chasser.

8

Sydney, 1967

« C’est quoi, *howdy* ?

— C’est une façon de dire *salut* en Amérique. » Joe tapota la place à côté de lui. « Viens t’asseoir. Tu n’as qu’à regarder le film avec moi, en attendant que ta mère revienne. »

Isla grimpa sur le canapé et s’assit sur ses genoux. Elle lui dit : « *Howdy*.

— *Howdy*, ma grande. »

Elle posa les genoux sur sa cuisse et passa les mains sur son crâne. Depuis qu’il s’était tondu les cheveux, elle ne manquait pas une occasion de lui caresser la tête. Mais sans une once de douceur. Il déplaça son verre de whisky pour éviter de le faire tomber et pencha la tête vers elle. Parfois, il fallait laisser Isla agir à sa guise. C’était pareil avec sa mère, même s’il lui cédait deux fois moins souvent. Isla était moins compliquée. À ses yeux, il représentait alternativement Dieu sur terre et un morceau de pâte à modeler entre ses petites mains crasseuses.

« Pourquoi ils disent pas *hello* ?

— Chaque pays a ses expressions, mon amour. Ils doivent trouver que *hello* sonne bizarrement. »

Elle continuait à lui tâter le crâne.

« C'est pour ça que Maman parle bizarrement ?

— Non, ce n'est pas ça. » Il se sourit à lui-même. Le massage de crâne l'apaisait, maintenant qu'elle se calmait un peu. Il ferma les yeux. « Ta mère est anglaise, comme moi. »

Isla sauta du canapé. « *Poo-poo* », dit-elle, avec un accent britannique approximatif. Elle ouvrit les mains et écarta les bras. « Je crois que je vais aller faire *poo-poo*. »

Il se mit à rire. « C'est pas mal.

— Bonté divine. » Elle leva le menton et ouvrit grand ses narines. « Quel épouvantable candélabre.

— Quel épouvantable quoi ? »

Elle était pliée en deux, riant d'elle-même. À cette heure de la nuit, elle pouvait passer du rire aux larmes en une fraction de seconde. Il n'aurait pas dû la laisser veiller si tard. Mais elle se montrait de bonne compagnie. Personne d'autre ne parvenait à le dérider, ces temps-ci.

« Où tu es allée trouver cette expression, Isla ?

— À la télé, dit-elle, en s'asseyant à côté de lui. Mandy me laisse regarder des émissions avec elle quand il pleut.

— Ah oui ? » Il lissa ses cheveux raidis par l'eau de mer, constellés de sable.

« Pourquoi tu ne parles pas bizarrement, toi ? » Elle bâilla. « Papa ? »

Parce que ça fait six ans que je vis ici, songea-t-il, et que j'ai fait l'effort de m'intégrer. Et que je ne suis pas né avec une cuillère d'argent dans la bouche.

« Je ne sais pas, Isla. Je crois que c'est l'heure d'aller se coucher.

— Tu m'as dit que je pouvais regarder le film jusqu'à ce que Maman rentre. »

Il rit et elle rit avec lui, ravie de sa repartie. « J'ai dit ça, moi ? » Il la chahuta un peu, tout doucement pour ne pas la faire pleurer. « Tu as l'air épuisée, dit-il, ce qu'elle ne nia pas. Pourquoi tu ne vas pas te coucher ?

— Je veux m'endormir ici avec toi. » Elle s'allongea, posa la tête sur les genoux de son père et blottit son visage contre sa chemise.

« Tant que tu t'endors, dit-il. Hors de question de bavarder toute la nuit, tu m'as bien compris ?

— D'accord. »

Il prit son verre.

« C'est quoi un candélabre, Papa ?

— Toi, tu vas avoir droit à un sacré candélabre, si tu ne dors pas tout de suite ! »

Elle se remit à glousser. Il ne savait pas mettre le holà avec elle. « Allez. On arrête les bêtises, ma chérie. »

Il réussit à siroter une gorgée de whisky, pendant qu'elle se tournait et se mettait à l'aise. À peine une minute plus tard, elle cessa de gigoter et il essaya de suivre le film, dont il avait perdu le fil depuis un moment. Mais la télé suffisait à engourdir son cerveau après une longue journée de travail. Ça et le whisky. Il avait tendance à boire pas mal, ces dernières semaines. Il se doutait bien que sa promotion ne se ferait pas sans heurt, mais il y avait des jours où ça le dépassait. Personne ne savait quoi faire et l'on s'attendait à ce que ce soit lui qui tranche. Parfois, il se demandait s'il n'aurait pas dû garder son ancien poste, superviser le chantier et les équipes, prendre ses pauses avec les autres et partir tôt le vendredi. Tout le monde avait changé d'attitude à son égard, à la minute même où il s'était présenté en costume-cravate. Il s'y attendait, bien sûr, mais cela ne facilitait pas les choses qu'ils aillent prendre l'apéro sans lui, l'abandonnent à ses plans et ses schémas, plongé dans les ennuis jusqu'au cou. Plus qu'il ne l'avait imaginé. Chaque jour, les quotidiens se demandaient pour quelle fumeuse raison Sydney pouvait bien avoir besoin d'un opéra à Bennelong Point, et il inclinait presque à leur donner raison.

Mais il avait voulu se payer la Holden. Le dernier modèle. Il y avait assez d'argent sur le compte. Ça faisait beaucoup, et ils allaient devoir revoir leur plan d'épargne, mais il en avait besoin pour que le jeu en vaille la chandelle, pour contrebalancer les journées harassantes et le niveau de stress qu'il endurait. L'idée de la voiture lui permettait de tenir, lorsqu'il finissait la journée sur les rotules. Ils pourraient partir en week-end, visiter tous ces lieux qui leur faisaient envie avant de s'installer ici. Lou avait aimé ces paysages de la côte – Byron Bay, Noosa – mais ils ne s'y étaient jamais rendus. Il voulait la sortir de Sydney, lui faire voir ce pays à travers ses yeux à lui.

Isla dormait. Il la mettrait au lit dans un instant. Tout serait en ordre quand Lou rentrerait de chez Mandy. D'ailleurs, ça faisait un sacré moment qu'elle était partie. Mais mieux valait qu'elle ait quelqu'un à qui parler. Mandy était gentille. Elle avait su quoi faire quand Louisa avait déprimé, après la naissance d'Isla. Ils avaient fini par compter sur elle.

Joe souleva Isla et la porta jusqu'à sa chambre. Il craignait que Lou ne tombe à nouveau en dépression avec le futur bébé. Il ne le lui avait pas dit, mais ça avait été sa première pensée quand elle lui avait annoncé sa grossesse : et si tu n'y arrivais pas ? Si tu te remettais à tirer les rideaux pendant six mois et à fondre en larmes chaque fois que le bébé pleure ?

Il posa Isla sur son lit et la borda, alla chercher son ours Digby et le lui glissa au creux du bras. Elle allait bientôt entrer à l'école, et si Lou réussissait à passer son permis, tout pourrait commencer à se mettre en place. Elle n'aurait pas le temps de s'ennuyer avec deux enfants à emmener à la plage, au parc, à l'école... Elle pourrait cesser de travailler, ne plus dépendre autant de Mandy. Et en finir avec son mal du pays.

Isla se retourna dans son sommeil et repoussa ses couvertures. C'était l'amour de sa vie, cette gamine, cette drôle de gosse qui avait déboulé sans prévenir et fait basculer leur existence. Le whisky le rendait fleur bleue, mais c'était quand même un fait. Il avait été fou d'elle dès le premier jour. Il se pencha pour l'embrasser sur le front. Ses cheveux et sa peau sentaient la mer. Il aurait dû lui donner un bain. Mais enfin, c'était la saine odeur d'une vie en plein air, celle que tous les enfants devraient avoir. À son âge, il puait le moisi et le chou, et il n'avait jamais vu la mer. Il faudrait qu'il s'en souvienne, la prochaine fois que les pleurnicheries de Louisa l'atteindraient. C'était une bien meilleure vie pour eux tous. Et de loin.

Il laissa la veilleuse d'Isla allumée et referma la porte derrière lui. Une fusillade à la télé remplissait le salon de coups de feu et de bruits de sabots. Il était presque dix heures. Il prit la bouteille de whisky et alla remplir son verre à la cuisine. Un petit dernier. En cherchant des allumettes dans le tiroir du bas, parmi les élastiques, les pièces de monnaie de leur ancienne devise, les bobines de coton et les trombones, il trouva un jeu de clés, maintenues par un bout de ficelle avec une étiquette en carton sur laquelle on pouvait lire *Steve et Mandy*. Pourvu qu'ils n'aient jamais besoin de leur trousseau de rechange. Impossible de trouver quoi que ce soit dans cette maison – autant chercher une aiguille dans une botte de foin. Il avait passé des lustres à essayer de remettre la main sur leur livret d'épargne, en vain. Ce bazar, cet encombrement, ça le rendait fou. Hors de question pour lui de se détendre dans un tel désordre. Louisa le savait. Mais son orgueil préférait endurer ce bordel plutôt que de céder et de lui obéir. Joe s'assit à la table de la cuisine et fuma une cigarette.

Il était – tout juste – assez sobre pour savoir que sa propre voix, dans sa tête, commençait à ressembler à celle de son père. Il était grand temps de reboucher le whisky et d'aller se coucher. Il se leva, vida son fond de verre dans l'évier, le glissa sous le robinet et but de l'eau. Ce que son père n'avait jamais fait de sa vie.

Le générique défilait à l'écran. Il se sentait vanné, mais l'idée d'un lit vide lui déplaisait. Il allait se contenter de fermer les yeux sur le canapé, en attendant Lou. Elle ne tarderait plus à rentrer. Il n'avait pas l'habitude, voilà tout. En général, c'était elle qui restait seule à la maison le vendredi soir.

Il fut réveillé par le claquement de la porte du jardin, suivi de bruits dans la cuisine. Il essaya d'étirer son corps, contracté par la position dans laquelle il avait dormi. Ses jambes et son cou étaient raidis, sa bouche sèche. « Lou ? » Il s'assit et tendit l'oreille. Rien. Il se releva et l'appela à nouveau.

« Je suis là, dit-elle enfin d'une voix étrange.

— Tout va bien ? » Il poussa la porte de la cuisine et la trouva attablée, la tête entre les mains. Il s'assit à côté d'elle. « Qu'est-ce qui ne va pas ?

— Il faut que je te dise un truc.

— Quoi ? » Il lui écarta les mains du visage. « Qu'est-ce qu'il y a ?

— Je ne veux pas de voiture. »

Il attendit. Comme elle n'en disait pas davantage, il se mit à rire en lui caressant le dos.

« Tu m'as fait peur, dis donc.

— Cet argent que tu comptes dépenser pour la voiture, ça suffirait pour qu'on puisse rentrer à la maison. » Elle pivota sur sa chaise, afin de lui faire face. « Je n'en peux plus de vivre ici, Joe. »

Il grogna et posa les mains sur ses épaules. Il n'avait pas la force de se lancer dans un tel débat.

« Ça va aller. Dès qu'on aura la voiture, on pourra…

— Écoute-moi. » Elle se dégagea. « Une voiture, ça ne résoudra rien.

— Qu'est-ce que tu en sais ? Tu n'as même pas essayé.

— J'étais sûre que tu dirais ça. Je savais que ça ne servirait à rien. »

Il la regarda droit dans les yeux, pendant quelques longues secondes.

« Tu en as parlé avec Mandy, c'est ça ?
— Ça se pourrait.
— Pour l'amour de Dieu. » Il s'assit et fixa le plafond. « Qu'est-ce que tu es allée lui raconter ?
— Quelle importance ?
— Ça en a, pour moi. Qu'est-ce que tu lui as dit ?
— Je lui ai dit que je voulais rentrer avant la naissance du bébé. C'est elle qui m'a poussée à t'en parler.
— Ce genre de trucs doit rester entre nous, Louisa. » Sa voix monta dans les aigus. « Ça ne regarde personne. »

Elle se leva en criant. « Je savais que tu ne m'écouterais pas. J'étais sûre que tu dirais ça.
— J'ai travaillé comme un taré pour cette caisse. » Il pointa vers elle un index menaçant. « Des mois d'heures sup. Et là, cette promotion. Est-ce que tu as la moindre idée de…
— Je ne t'ai rien demandé.
— Quoi ?
— Je ne t'ai jamais demandé de travailler autant. Et à quoi bon, si tu vas tout claquer de ton côté.
— Cette voiture est pour nous deux !
— Tu parles ! C'est juste pour la frime. Un signe extérieur de richesse.
— C'est faux ! » Il tapa du poing sur la table. « Je veux qu'on puisse voir du pays, comme n'importe quelle famille. Que tu commences à apprécier le fait d'être ici.
— Je n'ai aucune envie de visiter ce pays.
— Tu es tellement ingrate…
— Tu ne peux pas me demander de t'être reconnaissante pour quelque chose dont je ne veux pas !

— Tu es incroyable.

— Vraiment ? Parce que j'aimerais avoir mon mot à dire sur notre façon de vivre ? Sur l'endroit où on vit ? » Elle leva les bras au ciel. « Tu ne vois pas que j'arriverai jamais à être heureuse dans ce pays ? Tu t'en moques ?

— Tu crois vraiment que tu irais mieux, si on rentrait ? »

Elle le dévisagea. « J'étais heureuse avant qu'on arrive ici.

— On n'était pas mariés depuis longtemps, aussi. Peut-être que c'est nous, le problème. Peut-être que ce serait pareil où qu'on vive. »

Ses mots avaient dépassé sa pensée. Il alluma une autre cigarette, juste pour occuper ses mains, pour éviter de la regarder.

« C'est ce que tu penses ? » Elle avait l'air blessée.

« Je sais pas. Peut-être.

— Tu penses que c'est nous le problème ? Toi et moi ?

— C'est ce que je viens de te dire. » Il prit la bouteille de whisky et se versa un autre verre. « Je crois qu'on aurait les mêmes soucis n'importe où. Se replier sur soi, ce n'est jamais une solution.

— Tu picolerais toujours autant en Angleterre, tu veux dire ? »

Il vida son verre d'un trait. « Ne commence pas avec ça.

— Tu me rappelles ton père, ces derniers temps, tu sais ?

— Te lance pas là-dedans, je t'ai dit ! »

Elle ramassa la bouteille, presque vide, et la brandit devant lui.

« Pourtant, ça descend vite, Joe. Tu n'étais pas censé faire des économies ? »

Il lui arracha la bouteille des mains – d'un geste trop rude, trop brutal – et la fit claquer sur la table.

« Si je peux même pas boire un coup chez moi…

— Tu es ivre.

— Tu vas me le reprocher ? »

Elle fondit en larmes. Il était soûl, indéniablement, et il voulait qu'elle lui foute la paix pour pouvoir finir cette bouteille.

« Chiale pas. » Il s'approcha d'elle en lui tendant la main. « Allez, il est tard. On a tous les deux dit des choses qu'on n'aurait pas dû dire.

— Je pense tout ce que j'ai dit. » Elle pleurait à chaudes larmes. « Est-ce qu'il y a la moindre chance qu'on puisse rentrer à la maison, Joe ? Est-ce que tu pourrais au moins l'envisager, rien qu'une fois ?

— Non. » Il la saisit par les bras. « C'est ici qu'on habite. C'est notre maison, celle de notre famille. Il faut en tirer parti du mieux qu'on peut. »

Elle le repoussa avec davantage de force qu'il n'en fallait. « Je vais aller me coucher. »

Joe attendit que la porte de la chambre se referme derrière elle, puis ramassa la bouteille de whisky et but au goulot quelques gorgées rapides et douloureuses. La cuisine était plongée dans l'obscurité. Il avait la tête pleine de ce qu'il aurait voulu lui dire, maintenant qu'elle était partie. Il traversa le couloir et s'appuya contre le mur à côté de la porte de la chambre. En entendant le lit grincer, il l'imagina allongée là, folle de colère contre lui, se croyant maltraitée parce qu'il ne voulait pas la laisser rentrer dans son Angleterre de merde. Elle ne savait pas la chance qu'elle avait. Elle l'avait laissé se tuer à la tâche, pour mieux lui cracher ensuite au visage.

Il poussa la porte de la chambre et se planta au-dessus d'elle. « Je sais que tu ne dors pas », dit-il.

Elle restait silencieuse. Il se pencha et lui arracha ses couvertures. Elle ouvrit alors les yeux et plongea son regard dans le sien. « Laisse-moi tranquille, Joe. »

Il agrippa la tête de lit et avança son visage tout près du sien. « Est-ce que tu as la moindre idée de la chance que tu as ? » Pas de réponse. « Hein ? »

Elle roula sur le dos et le repoussa. « Va dormir sur le canapé. »

Il l'attrapa par les poignets. Elle criait en se débattant. Il savait qu'il allait le regretter, mais c'était trop tard, il avait déjà dépassé les bornes. Cette rage entre eux deux, c'était plus fort que lui. « J'ai tout fait pour te rendre heureuse. Mais tu ne sais pas l'être, c'est ça ? »

Elle devait avoir mis les pieds sur sa poitrine. La dernière chose qu'il vit avant de valdinguer fut l'expression de terreur sur son visage. Elle lui décocha un coup de toutes ses forces, qui le fit atterrir sur le dos. Il avait perdu connaissance avant même que sa tête ne touche le sol.

« Papa ? »

Il n'avait pas vu Isla à la porte, effrayée par le bruit. Et il ne pouvait plus l'entendre.

« Isla, dit Louisa. Tu t'es réveillée, ma chérie ? »

Isla leva le regard vers sa mère, sur le lit. Elle avait vu son père voltiger à travers la pièce. La puissance du coup de pied. Cette violence qui se gravait en elle.

« Tout va bien, dit Louisa en rejoignant Isla près du corps inerte de son père.

— Il est mort ?

— Mais non !

— Il va se réveiller, alors ? » La voix aiguë d'Isla se rapprochait d'un cri.

Louisa avait l'air coupable et terrifiée. Isla ne l'avait jamais vue ainsi. Elle ferait tout pour l'oublier. La fillette réprima un gémissement. Louisa s'agenouilla et gifla Joe.

9

Sydney, 1967

Isla s'était installée sous la véranda pour manger sa tartine. Il y avait de l'ombre et la rue était calme. La bétonnière tournait à plein régime sur le terrain vague près de la maison des Walker, à côté des tas de briques et de sable qui formeraient bientôt une nouvelle maison. M. Walker avait déjà pris sa voiture et Andrea parcourait la rue de long en large sur son vélo, actionnant sa sonnette à chaque passage et saluant de la main avec son petit air frimeur. Elle avait dit à Isla qu'elle aurait un chat pour ses dix ans. Depuis, Isla essayait de faire des efforts avec Andrea, même si celle-ci prétendait être trop grande pour devenir son amie et refusait de lui laisser faire un tour de vélo. Si elle refusait de la laisser prendre le chaton dans ses bras, Isla arrêterait d'être gentille avec elle. Il restait quelques mois avant l'anniversaire d'Andrea, et Isla ne savait pas trop comment elle allait tenir jusque-là.

Tout en grignotant sa tartine, elle regardait les maisons d'en face, dont on ouvrait les fenêtres et tirait les rideaux. Derrière elle, à travers la porte ouverte, elle entendit son père se préparer pour le travail, chercher son portefeuille, ses cigarettes, les papiers à ranger dans sa mallette. Il était de mauvaise humeur parce que sa mère ne voulait plus lui parler. Elle l'avait ignoré tout le week-end. Ils ne s'étaient pas réconciliés depuis ce vilain truc qui s'était passé vendredi soir, après que sa mère était rentrée de chez Mandy. Isla n'aimait pas y repenser : son père couché sur le sol, ni endormi, ni mort, mais autre chose. Elle l'avait retrouvé qui ronflait sur le canapé le lendemain matin, son corps recroquevillé comme un jouet dans sa boîte, le cou tout tordu.

Isla examinait les marches de la cour et essayait de se souvenir si elle avait marché sur une mauvaise dalle, hier. Peut-être qu'elle avait effleuré une fissure avec le bout de sa sandale. Ses nouvelles sandales étaient trop grandes, trop lourdes. Elle regrettait de n'avoir pas fait plus attention.

« Ah, te voilà », dit son père, debout près de la porte derrière elle. On aurait dit que quelque chose lui donnait mal à la tête. Il s'accroupit et lui pinça doucement la joue. « Quoi de neuf ?

— Rien.

— Tu es mignonne. »

Elle tendit la main et il inclina sa tête en avant pour lui permettre de passer ses doigts à travers ses cheveux ras. Elle sentait sa peau douce, ses os durs.

« Faut que je file, dit-il.

— Tu vas construire le toit aujourd'hui ? »

Il rit. « Peut-être.

— J'espère qu'il tiendra bien.

— Moi aussi. »

Son père lui fit au revoir de la main, comme d'habitude. Elle attendit sous la véranda qu'il tourne au coin de la rue. Bay Street semblait très calme, à présent. Elle finit sa tartine et s'essuya les doigts sur son haut de pyjama. Trois portes plus loin, M. Blunt était sorti sur le trottoir avec ses cisailles pour tailler sa haie. Comme il n'en resterait bientôt plus rien, disait toujours Mandy, il allait devoir trouver un nouveau moyen d'espionner le voisinage. Mais il fallait y aller mollo avec M. Blunt, il venait de perdre sa femme.

« Il est parti ? lança sa mère depuis l'intérieur de la maison.

— Oui ! répondit Isla en criant.

— Tant mieux. Viens, rentre. »

Isla trouva sa mère dans sa chambre, assise au bord du lit. Ses cheveux mouillés lui descendaient dans le dos et la fermeture Éclair de sa robe n'était remontée qu'à mi-hauteur. Elle contemplait une enveloppe pleine d'argent. Des billets de différentes tailles et couleurs.

« C'est pour quoi faire ? »

Sa mère tapota la place sur le lit à côté d'elle. « On va faire un truc ensemble aujourd'hui.

— Je ne veux pas faire de shopping.

— Ce n'est pas ça. » Elle désigna à nouveau le lit. « Pourquoi tu ne viens pas t'asseoir près de moi ? »

Isla ne bougeait pas. Elle avait un mauvais pressentiment.

« Ça te dirait de prendre l'avion ? » Sa mère faisait semblant de sourire. « Qu'est-ce que t'en dis ?

— Est-ce que Papa va venir aussi ?

— Non, ma chérie. Juste nous deux. »

Isla voulut dire quelque chose, mais le désarroi lui nouait la gorge.

Sa mère se leva et remonta la fermeture Éclair dans son dos en se tournant devant le miroir. Elle portait sa robe jaune à motifs de marguerites, celle qu'Isla aimait tant. Aujourd'hui, les marguerites s'étendaient largement sur son ventre.

« Je t'ai choisi une robe », dit sa mère. Elle aida Isla à retirer son pyjama. « Une robe spéciale pour un jour spécial. »

Isla leva les bras et sa mère la lui enfila, la boutonna dans le dos, et l'amena devant le miroir. Il s'agissait d'une des robes d'Andrea Walker, désormais trop petite pour elle. Elle était rouge et blanc et lui donnait l'impression qu'Andrea se trouvait ici, dans la pièce, à frimer en parlant de l'école et de son vélo sans petites roues. Elle n'aimait pas se voir dans cette robe. Elle aurait préféré que sa mère parte au travail, et passer une journée normale auprès de Mandy, en emportant son maillot de bain et son chapeau.

Sa mère s'affairait, fourrant des objets dans un sac.

« Brosse-toi les cheveux, dit-elle en quittant la pièce. Et défais-moi tous ces nœuds ! »

Isla trouva la brosse et suivit sa mère dans la cuisine. Elle fit mine de se coiffer, avec l'espoir de s'en tirer en démêlant ses mèches les plus visibles. Sa brosse s'accrochait dans un gros nœud de sa nuque.

Sa mère s'attabla avec de quoi écrire. Elle prit son stylo et le posa, le reprit, en suçota le bout et le reposa à nouveau. Isla continuait de se brosser les cheveux aussi lentement que possible. Sa mère n'avait encore rien écrit sur la feuille.

« Viens donc ici, dit sa mère, et elle la prit sur ses genoux. Laisse-moi faire. »

Isla se crispa, s'attendant à avoir mal, mais sa mère fit attention et démêla les mèches une à une. Isla se tenait immobile, elle espérait que sa mère oublierait l'avion. Cette dernière reniflait et se moucha plusieurs fois, sans rien dire.

Quelqu'un frappa à la porte. Sa mère posa la brosse, tourna Isla vers elle et l'embrassa fort.

« J'ai besoin que tu sois sage, lui dit-elle. S'il te plaît, tiens-toi tranquille, ma chérie, d'accord ? »

Isla hocha la tête et essaya de bien se comporter, ce qui signifiait ne rien dire, hormis des formules de politesse. Elle s'efforçait de ne pas penser à ce qui s'était passé : son père au sol, sa mère sur le lit. L'image se faisait de plus en plus nette, et elle y pensait malgré elle. Elle se tenait assise, immobile, les chevilles jointes, et souriait à sa mère. Celle-ci lui sourit en retour, ignorant qu'Isla la revoyait, les jambes tendues, en train de donner des coups de pied à son père pour le faire tomber. Personne d'autre qu'elle ne savait ça. Elle était comme sa chevelure : lisse et soignée, mais cachant un très vilain nœud.

Sa mère courut vers la chambre. Elle en sortit avec le sac qu'elle avait mis sur le lit. Elle portait sur ses épaules un long manteau gris, qu'Isla n'avait jamais vu avant. Isla eut de nouveau un mauvais pressentiment en le regardant. Sa mère se précipita pour ouvrir la porte d'entrée. Quand elle revint à l'intérieur, le manteau et le sac avaient disparu.

« Oh, mon Dieu. » Sa mère se pencha sur la table de la cuisine, prit le stylo et écrivit quelque chose avec application, se relut et secoua la tête. Puis elle posa le stylo et se dirigea vers Isla en lui tendant la main. « Allons-y. Je t'ai préparé ton sac. »

10

Sydney, 1967

Mandy avait grimpé sur le dossier du canapé afin de pouvoir atteindre la tringle à rideaux avec son chiffon. Étonnant, tout ce qu'on pouvait voir sous cet angle. Une mouche morte sur l'une des pales du ventilateur au plafond, une couche de poussière sur le dessus du placard. Et un taxi, devant la maison de Louisa, qui attendait.

Elle redescendit et serra le chiffon entre ses doigts. Ce n'était sans doute rien. Ses orteils grattèrent les fibres du tapis d'avant en arrière. Sans doute rien, ou presque. Elle remonta sur le canapé. Le taxi n'avait pas bougé. Il laissait son moteur tourner, le coffre ouvert. Elle se pencha pour voir le chauffeur, qui avait ouvert sa fenêtre et faisait bronzer son coude. Il scrutait la porte d'entrée de Louisa, l'air impatient.

Cette dernière apparut. Elle portait un sac de voyage visiblement lourd, et avait un long manteau gris sur les épaules. Un manteau d'hiver, qui lui descendait jusqu'aux chevilles et lui donnait un air lugubre, comme un croque-mort. Elle souleva son bagage pour le déposer dans le coffre et jeta son manteau par-dessus.

Mandy s'accrochait à la tringle à rideaux. Elle avait pourtant tenté de dissuader Lou, passé des heures à tenter de la convaincre de ne pas s'emballer. Elle n'allait quand même pas faire ça ?

Louisa retourna chez elle en courant, pour réapparaître quelques instants plus tard avec Isla pendue à sa main. Isla avait tout d'une petite fille modèle, avec sa robe rouge et blanc, ses chaussettes pailletées, remontées jusqu'aux genoux, ses cheveux blonds, blanchis aux pointes par le soleil. Elle tenait à la main une petite valise rouge.

Mandy laissa tomber son chiffon. Le temps qu'elle se rue dehors, Isla montait déjà dans le taxi.

« Attendez ! Attendez !

— Mandy ! » Isla se pencha par la vitre de la voiture, le visage grave. « Je vais monter dans un avion. Sans Papa.

— C'est vrai ? » Mandy s'accrocha à la main d'Isla et inspira profondément. « Un avion ? »

Louisa écrivait quelque chose à l'arrière d'une enveloppe en s'appuyant maladroitement sur son genou. Elle portait une petite robe d'été jaune avec des motifs de marguerites. Elle semblait éreintée et avait perdu toute sa superbe.

« Le numéro de ma mère, dit-elle en tendant l'enveloppe. Prends-le. »

Elle saisit la main de Mandy et referma ses doigts dessus.

« S'il te plaît, Mandy. »

Mandy observa l'enveloppe, cette série de chiffres couchés de travers sur le papier. Elle n'en voulait pas. Elle voulait ralentir le temps, revenir un peu en arrière.

« Lou. Tu… tu vas vraiment faire ça ? »

Louisa acquiesça. « On va à l'aéroport.

— Tu as prévenu Joe que tu partais ? » Mandy essayait de ne pas regarder Isla, qui lui tenait toujours la main. Elle ne supportait pas de la voir dans cette robe, avec ses cheveux démêlés, ses boucles lissées. « Il est au courant ?

— Bien sûr que non. » Louisa baissa la voix. « Il ne m'aurait jamais laissée prendre Isla. Il m'en aurait empêchée.

— Tu as essayé de lui parler ?

— Oui. C'était peine perdue. Je t'avais bien dit que ça ne servirait à rien. »

Le chauffeur se pencha et ouvrit la portière côté passager. « Je croyais que vous étiez pressées. Il va falloir y aller. »

Mandy serrait la main d'Isla, tout en lui tournant le dos. « Lou, dit-elle. Tu ne peux pas faire ça à Joe. Ça va le tuer.

— Mon Dieu, Mandy. Ne dis pas des choses pareilles.

— Il aime cette enfant tout autant que toi. C'est son père, bon sang. »

Louisa s'assit sur le siège passager en repliant ses longues jambes. Mandy s'aperçut qu'elle pleurait à la façon dont son corps tremblait, faisant frissonner les marguerites de sa robe.

« Louisa. » Elle s'agenouilla à côté de la voiture pour lui parler avec douceur. « Je t'en prie, ne fais pas ça. »

Isla dévisageait Mandy, les yeux écarquillés, depuis le siège arrière. Son menton frémissait, mais elle parvenait à retenir ses larmes.

« On y va ou pas ? demanda le chauffeur. Si vous voulez partir, c'est maintenant. »

Louisa tendit la main et pressa le bras de Mandy.

« Laisse-moi y aller », dit-elle. Son visage ruisselait de larmes. « Tu m'appelleras dans quelques jours ? Tu me diras s'il va bien.

— Tu seras chez ta mère ? »

Elle confirma d'un signe de tête, que Mandy lui retourna. Elle ne trouvait pas ses mots. Isla avait fondu en larmes et le chauffeur tambourinait des doigts sur son volant.

« Au revoir, ma chérie. » Avec un sourire figé, Mandy porta ses doigts à ses lèvres et tendit sa main par-dessus le siège en skaï brûlant pour caresser la joue d'Isla. « Sois gentille avec ta maman. » Elle se releva et repoussa la portière de la voiture.

Le taxi s'éloigna tandis qu'Isla se retournait sur la banquette. À travers la vitre ouverte, elle cria : « Je ne veux pas partir ! »

Mandy leur courut après et perdit une pantoufle dans le caniveau en trébuchant. Isla n'était plus qu'un petit point blond à l'arrière du taxi, plaquant ses mains pâles contre la vitre arrière. Mandy resta plantée au milieu de la route, à lui faire signe de la main jusqu'à ce qu'elle ait disparu.

Elle retourna vers le trottoir en boitillant. Le soleil lui dévorait la nuque et le bitume embrasait la plante de son pied nu. David Walker travaillait son violon, lançant une série de notes ternes et hésitantes depuis le trottoir d'en face. Le portail devant la maison de Louisa était resté ouvert. Mandy n'arrivait pas à le regarder. Elle ramassa son chausson et rentra chez elle.

11

Sydney, 1997

Isla lisse une nappe sur la table à tréteaux qu'elle a montée dans le jardin. Elle s'est levée à l'aube pour cuisiner et ranger, rincer les verres et les flûtes à champagne. L'agneau a mariné toute la nuit, les salades n'attendent plus que d'être servies, les boissons ont été mises au frais dans le seau à glace. Sur la table, elle a disposé les verres en les rangeant par taille. Son moi sobre semble pour le moins perfectionniste. Son double maléfique la pousserait bien à prendre un verre, juste un, pour tenir à distance cette rabat-joie crispée, maniaque et froide qu'elle est devenue.

Son père traverse la pelouse pour venir à sa rencontre. Après trois jours, son aspect la choque toujours autant, avec ses poches sous les yeux et ses rides profondes qui courent de son nez à sa bouche, plus prononcées d'un côté que de l'autre. Ses cheveux gris et fins, ramenés vers l'arrière du crâne. Mais il y a autre chose, un changement inquiétant dans sa physionomie. Il ressemble à un homme traqué, pris au dépourvu.

« J'espère que tu as soif », lui lance-t-il.

Elle baisse les yeux sur le buffet. « C'est sûr qu'on a de la marge.

— Je ne sais même pas si les gens vont venir, ma chérie. Je ne suis pas tellement en odeur de sainteté dans le coin, en ce moment. » Il désigne d'un mouvement de tête le fanion aux couleurs pastel qu'elle a accroché à l'arrière de la maison. « C'est déjà bien assez de t'avoir ici. Je n'ai pas besoin de toute cette agitation. »

Elle grimace. « Ça fait trop ?

— Tiens-moi juste au courant si tu as une fanfare qui répète dans le salon.

— Pas de fanfare au menu, je te rassure. »

Il allume une cigarette. « Merci, dit-il, et son sourire lui ôte une décennie. C'est parfait. Aucune importance s'il n'y a que nous. »

Isla met le seau à glace à l'ombre, sous la table. Elle reste accroupie un instant et fixe une extrémité du fanion qui se détache. Son père fait les cent pas sur la pelouse, à côté d'elle. Il se réjouira de la fête une fois qu'elle aura commencé. Elle en est sûre, elle tient tout à fait de lui sur ce point. C'est aussi comme ça qu'elle sait qu'il a déjà bu un verre aujourd'hui – un petit coup pour faire baisser la pression, pour se mettre dans l'ambiance. Peut-être même plus d'un.

« Je suis tombée sur Scott hier, dit-elle en se redressant.

— C'est vrai ?

— On a pris un café, en face de son bureau. Il n'avait pas beaucoup de temps.

— C'est tout lui, ça.

— Il a dit qu'il viendrait tout à l'heure. »

Joe tousse dans son poing et se détourne d'elle, le temps de laisser passer le spasme. Il transpire quand il la regarde à nouveau.

« Je n'ai pas vu ton frère depuis un moment. Ça doit faire au moins six mois. On n'a pas l'impression qu'il vit dans la même ville que nous.

— Il m'a promis de venir.

— Vraiment ? » Il tousse à nouveau, se cogne la poitrine.

« Ça va, Papa ? »

Il remarque un cendrier près du barbecue et y écrase sa cigarette. « Mieux que jamais. »

Une brise souffle depuis l'océan et soulève le fanion. Isla perçoit l'odeur de l'eucalyptus des voisins et se souvient tout à coup de Mandy, occupée à plier son linge, à le ranger dans un panier. Une femme blonde, aux courbes généreuses et au sourire complice. Des cheveux fins et clairs, glissés dans un foulard. Si différente de sa mère que l'aimer lui avait semblé une trahison.

« Ta mère est au courant de la venue de Scott aujourd'hui ? »

Debout devant la table à tréteaux, son père joue avec les verres à vin. Il prend une flûte à champagne et la repose.

Isla se revoit dans le jardin de Mandy, une poignée de pinces à linge à la main, ses pieds nus dans l'herbe. Une sensation de sécurité, un souffle calme et profond. Un sentiment de perte la submerge sans raison, vis-à-vis de cette femme dont elle se souvient à peine.

Son père répète : « Elle est au courant ?

— Oui. » Elle lui sourit. « Oui, Maman est ravie de revoir Scott. »

Il se détourne d'elle. Des éclats de rire et de voix fusent depuis la cuisine. Quelqu'un piaille d'excitation. « On dirait qu'on va devoir partager nos munitions », lâche Joe.

Un petit garçon en tenue de cow-boy s'enfuit par la porte du jardin, suivi de la grande et athlétique Andrea Walker et de son mari, un type court sur pattes engoncé dans une chemise hawaïenne tape-à-l'œil.

« Comment il s'appelle ? demande Joe à voix basse. Le mari d'Andrea ?

— Ben, répond Isla. Il bosse dans l'informatique. »

Joe vient à sa rencontre. « Ben ! » Il lui tape dans le dos comme à un vieil ami. « Alors, comment se porte Internet ? »

Isla verse un verre de vin à Andrea. « Merci d'être venus.

— Je n'allais pas manquer ça. » Andrea sourit, exposant une impeccable rangée de dents blanches. « On est revenus s'installer à Agnes Bay, Ben et moi. On habite à dix minutes d'ici en voiture.

— C'est ce que j'ai entendu dire ! Ma mère me donne toujours de tes nouvelles. »

Andrea lève son verre. « Tu ne prends rien ?

— J'ai arrêté de boire.

— Depuis quand ?

— Pas longtemps.

— Tu n'es pas enceinte, quand même ? » Andrea lui donne un coup de coude.

« Non ! » Isla se force à rire. De l'autre côté du jardin, sa mère tourne la tête. « Peut-être un jour », dit-elle en souriant devant le petit cow-boy qui file devant elle. L'espace d'un instant, elle craint de se mettre à pleurer.

Le temps se maintient. La journée se révèle douce et les invités affluent dans le jardin. Isla entre et sort de la cuisine en courant, des assiettes et des verres à la main, remplit le seau à glace, salue des gens qu'elle n'a pas vus depuis une décennie, tout en répétant son discours à l'identique. Oui, cela fait dix ans qu'elle vit à Londres. Elle travaille à la télévision, en postproduction, au montage des programmes. Non, elle n'est pas mariée. Non, personne ne l'attend chez elle. Elle s'excuse devant leurs visages consternés : elle doit aller chercher de la moutarde, elle a cru entendre quelqu'un sonner.

Une certaine tranquillité s'installe, une fois les convives rassasiés. La cuisine est vide et Isla décide de laisser l'eau chaude couler sur les assiettes grasses. Elle s'autorise une pause et jette un œil par la fenêtre. Il y a pas mal de monde, finalement. Les amis du club de natation de sa mère sont tous venus rire aux anecdotes des uns et des autres, tenant leur petit colloque sur le patio. La plupart des voisins aussi. Les hommes se sont regroupés autour du barbecue, veillant sur les ultimes saucisses. L'atmosphère paraît tendue, mais ce n'est peut-être qu'une impression. Ses parents restent à bonne distance l'un de l'autre, dans le jardin comme dans leurs conversations. Son père lance des regards contrits, et sa mère semble tout faire pour ne pas l'avoir dans les pattes. Une ou deux fois, Isla a entendu des gens parler à voix basse en scrutant son père. Ils s'interrompent dès qu'ils la voient. Difficile de se détendre ou de faire mine d'ignorer ça. Elle reste trop vigilante, trop tendue. Elle répugnerait à s'inviter elle-même à une fête.

« Te voilà ! » Carol Taylor, la voisine, sourire éméché aux lèvres, lui tape sur l'épaule.

« Merci d'être venue », dit Isla en se baissant pour lui faire la bise. Elle sent la crème solaire et le rouge à lèvres. Durant toutes les années où elle a vécu dans le même pâté de maisons, Isla n'a jamais vu Carol sans rouge à lèvres, généralement d'un rose vif. Elle a toujours la même couleur de cheveux, malgré le temps qui passe : un brun pâle, comme sa peau et ses yeux. Sans rouge à lèvres, elle serait café au lait de la tête aux pieds.

« J'adore ce que tu as fait à tes cheveux. Ça te donne un petit côté punk », dit Carol en s'approchant pour toucher une de ses mèches, avant de se raviser.

Isla aimerait que son moi sobre puisse lui retourner le compliment. « Merci, dit-elle sèchement.

— Je n'arrive pas à croire que tu sois encore célibataire. C'est vrai ?

— J'ai rompu. Il y a quelques mois.

— Il était allé voir ailleurs ?

— Non, c'est juste que ça ne collait pas. » Le mensonge lui laisse un goût de métal en bouche. « Je voulais des enfants, et pas lui », explique-t-elle, sans tout à fait mentir. « Il ne voulait pas d'enfants avec moi » aurait été plus proche de la vérité. Il n'en voulait pas parce que j'étais une épave.

Carol fait la moue, affichant un air de compassion.

« C'est le bon moment pour toi de rentrer à la maison ?

— Je ne crois pas, non.

— Je suis sûre que ton père et ta mère aimeraient t'avoir plus près d'eux.

— Je ne pense pas, Carol. »

Dehors, un verre se brise sur le patio et quelqu'un jure, avant de s'excuser. Plus loin, une femme part d'un rire aigu et strident. « Tu es atroce », glousse-t-elle. Isla veut aller chercher la pelle et la balayette dans le placard, mais Carol lui tient toujours les mains.

« Tu aurais une balayette ? » Douglas Blunt les rejoint dans la cuisine, tenant à la main le pied cassé d'un verre à vin. « On a eu un petit accident. »

Isla abandonne Carol et Doug pour aller ramasser le verre. Elle prend son temps, balayant jusqu'au dernier éclat, avec un peu de cendre de cigarette et quelques pignons de pin tombés de la salade. Dans la cuisine, Isla entend Doug dire à Carol qu'elle lui évoque une Rosbif coincée avec un balai dans le cul. Il faut dire qu'il a une voix qui porte.

« Et puis, l'agneau n'était pas terrible, poursuit Doug. Avec son espèce de marinade chichiteuse. »

Quand elle relève les yeux, Isla aperçoit son frère debout près du barbecue, en compagnie des autres hommes. Elle n'avait pas remarqué son arrivée. Il boit une Victoria Bitter et discute avec Roger Walker. Leur père se tient à côté de Roger, en marge de la conversion, occupé à regarder ses pieds. Scott a l'air plus âgé aujourd'hui, sans son costume et sa cravate. Ses vêtements du dimanche lui compriment le ventre. Elle avait cru qu'il vieillirait mieux, avec tout l'argent qu'il brasse et son immense maison à Bellevue Hill. Il gagne sa vie en achetant des terrains et en construisant des demeures plus imposantes que celle de sa jeunesse, avec piscine et cuisine américaine. Il avait été l'un des premiers à anticiper le fait que les habitants de la banlieue ouest allaient commencer à réinvestir le centre-ville, que le port et la côte verraient leur cote monter en flèche. Et ça reste moins cher que Londres, avait-il fait remarquer hier devant son café. Son appartement de Sinclair Road avait semblé rétrécir au fur et à mesure qu'elle le lui décrivait.

Elle lui lance un signe de tête en se relevant. Il la salue de la main. Ruby, sa femme, tient une conférence devant le buffet en versant du champagne. Isla se demande à nouveau si prendre un verre – un seul – aurait vraiment de l'importance. Juste pour porter un toast à l'anniversaire de son père.

Mais enfin, quel intérêt de ne boire qu'un verre ?

Dans la cuisine, Doug se tient devant la table avec Carol. Il se souvient des premières années de Bay Street, à l'époque où les maisons venaient tout juste d'être construites, où Agnes Bay n'avait pas fini d'émerger de la brousse et où l'on pouvait traverser tout Sydney en tramway. Isla tend l'oreille, tout en vidant les débris de verre dans la poubelle.

« Joe et Louisa ont pris la dernière maison du côté de la mer, dit Doug en faisant un geste vers le jardin. Le reste de la banlieue a été aménagé des années plus tard. Ils n'ont pavé les rues qu'à partir de 1964. Je me souviens très bien des bulldozers. »

Carol vide son verre de vin. « Je ne savais pas que vous habitiez ici depuis si longtemps.

— On a été le premier couple à acheter une maison sur Bay Street, dit Doug. Pendant quelques mois, il n'y avait que nous, jusqu'à ce que les Mallory emménagent. » Il s'interrompt. « On s'est régalés, Isla », dit-il en rougissant sous son chapeau de paille.

Isla range la pelle dans le placard. Un ange passe dans la cuisine. Carol s'éclaircit la gorge et presse son pouce contre les miettes sur la plaque à gâteaux.

« Vous avez dit les Mallory ? » Isla se rapproche de Doug. Un sentiment familier la traverse, celui d'une explosion imminente dans sa poitrine. « J'ai bien entendu ? »

Carol se lèche le pouce et secoue la tête, suppliant Doug du regard.

« Les Mallory vivaient dans la maison qu'habitent Carol et Dave aujourd'hui, dit Doug, baissant la voix pour compenser sa gêne. C'étaient des gens sympas. Un policier et sa femme.

— Ils habitaient la maison juste à côté ?

— C'est ça.

— Et c'étaient quoi, leurs prénoms ? » Elle lève le ton. « Peut-être que je me souviendrai d'eux.

— J'en doute, dit Doug. Tu n'étais qu'une…

— Dites toujours. »

Doug remonte son short. « Steve et Mandy, dit-il. Les Mallory. »

Carol attrape une bouteille de vin sur la table et en verse le fond dans son verre.

« Mandy. Ce n'est pas la femme qui a disparu ? » Le regard d'Isla oscille entre Carol et Doug.

« Si, c'est bien ça. » De la sueur apparaît à travers la chemise de Doug. « Son frère a essayé de se renseigner, il la recherche. Elle a hérité de la succession de leur père.

— Et aucune trace de sa mort, dit Isla. Je suis sûre d'en avoir déjà entendu parler.

— C'est vrai, dit Doug. Elle n'a laissé aucune trace. Volatilisée.

— Ça a l'air suspect, non ? » persifle Isla.

Doug reste silencieux. Il hausse les épaules et gonfle les joues.

« Elle a peut-être été tuée. Assassinée. » À ce mot, l'excitation lui monte à la tête. « Qu'est-ce que vous en pensez ?

— Ce n'est pas ce que j'ai dit.

— Ah bon ? » Elle fulmine, sort enfin de ses gonds. « Je crois que si, mais vous n'avez simplement pas le cran de le dire devant moi.

— Écoute, Isla. Je ne veux pas gâcher ce bel après-midi. » Doug fait un signe de tête vers la porte. « Peut-être qu'il est temps que je m'en aille.

— Et toi, Carol ? Ça fait quoi de vivre dans la maison d'une femme introuvable et que tout le monde croit morte ? »

Carol passe sa langue sur ses dents. « Je ne la connaissais pas, ma chérie.

— Tu ne te dis pas que mon père aurait pu l'enterrer sous tes pavés ? »

Carol secoue la tête, comme pour la supplier de s'arrêter.

« C'est ce que tu te dis ? » Elle se tourne vers Doug. « C'est ça que vous racontez aux autres ?

— Arrête un peu, Isla, s'emporte-t-il. Je n'ai pas à subir tes sarcasmes. » Isla rit, étonnée d'elle-même, euphorique. Pas encore navrée.

Doug la bouscule et croise Scott, qui ramène une pile d'assiettes sales. Isla remarque que Doug se dirige vers le fond du jardin. Il semble s'adresser au mari d'Andrea, Ben, en faisant de grands gestes vers elle.

« Je crois que je vais y aller », dit Carol. Elle pose son verre sur la table de la cuisine. « C'était une jolie fête.

— Désolée, Carol.

— Ça doit être difficile. » Carol attrape le bras d'Isla. « Peut-être qu'elle ne veut pas qu'on la retrouve, cette Mandy. Peut-être qu'elle est heureuse là où elle est.

— Peut-être », dit Isla, tandis que Carol s'éclipse.

La cuisine en désordre devient étouffante, elle pue le vin tiédi et le tabac froid. Isla pense à Dom, à son visage soucieux, désapprobateur, impitoyable. Elle s'imaginait que c'était l'alcool qui la rendait comme ça. Elle voudrait disparaître de la surface de la terre.

« Qu'est-ce qui se passe ? » Scott pose les assiettes sur le comptoir.

« Qu'est-ce que tu as entendu ?

— Presque tout. » Il se tourne vers la porte pour vérifier qu'ils sont bien seuls. « Qui est cette Mandy, bordel ?

— Une ancienne voisine, d'il y a des années. Avant que Dave et Carol n'emménagent.

— Et c'est quoi, cette histoire avec Papa ?

— Je me suis emballée. Je n'aurais pas dû dire ça à Carol. »

Il ouvre la porte du couloir et la tire par la main. Une fois dans le salon, il la prend par les épaules et plonge son regard dans le sien. « Qu'est-ce qu'il a fait ? »

Elle se libère de son emprise et s'assied sur le canapé. « La police étudie différentes pistes, c'est tout. Ils ont l'air de croire que Papa est la dernière personne à avoir vu Mandy avant qu'elle ne disparaisse. »

Il acquiesce. « Elle a disparu quand ?

— Il y a trente ans, selon eux.

— Trente ans ? »

Elle hoche la tête. « C'est l'année où tu es né.

— Papa a été interrogé, à l'époque ?

— Personne n'a signalé cette disparition, sur le moment. »

Il se masse les tempes. « Pourquoi ?

— Je devine qu'elle n'a manqué à personne, jusqu'à aujourd'hui. Son frère a commencé à essayer de retrouver sa trace après la mort de leur père. C'est lui qui a contacté la police. »

Scott s'assied sur le fauteuil face à elle. Le soleil couchant, derrière les maisons de l'autre côté de la rue, baigne le salon d'une lueur rose. Il se penche en avant, les coudes sur les genoux, les mains dans les cheveux. « Il en dit quoi, Papa ?

— Pas grand-chose. Le sujet a l'air un peu délicat.

— Ils pensent qu'elle est morte, cette Mandy ?

— On dirait bien. » Son regard se pose sur la rue. « En tout cas, c'est ce que ce quartier semble croire.

— Bon Dieu, Isla. Tu aurais dû me mettre au parfum.

— Je sais. J'en avais l'intention.

— Et ça t'est sorti de l'esprit comme ça ? »

Elle le dévisage. « Je pensais que tu allais imaginer le pire venant de lui, comme d'habitude. Et je me suis dit que tu refuserais de venir à son anniversaire.

— Tu aurais eu raison. »

Elle donne un grand coup sur le canapé. « Arrête ça, Scott.

— Quoi ? Je n'ai rien dit.

— Mais tu t'imagines qu'il serait capable de… » Elle n'arrive pas à le dire. « Je me trompe ?

— Tu ferais mieux de partir avec Ruby et moi, voilà ce que je pense.

— Je ne peux pas faire ça.

— Hors de question que tu restes ici avec lui.

— Il a besoin de moi.

— Et si ça devient une affaire de meurtre ? Alors quoi ?

— Alors, il aura encore plus besoin de moi. »

Il grogne. Les voilà rendus à leur vieille guerre de tranchées : Scott qui canarde leur père, et Isla qui s'interpose et prend les balles à sa place. Ça s'est toujours passé ainsi, d'aussi loin qu'elle s'en souvienne. Elle a toujours compris, implicitement, que son père n'avait personne à part elle.

« Il ne mérite pas ta confiance, dit Scott.

— Bien sûr que si.

— Tu es tellement naïve.

— Je ne suis pas de cet avis.

— Mais réveille-toi, Isla ! »

Elle regarde derrière lui. La lumière fait ressortir la tache de plâtre sur le mur à côté de la commode, bien qu'elle ait été repeinte. On voit encore les coups de pinceau.

« Merci pour la proposition », dit-elle.

Des voix lui parviennent de la cuisine, trop ténues pour qu'on puisse les distinguer. Isla tend l'oreille tandis qu'elles traversent le couloir. Une voix d'enfant, des pas de course. Ben et Andrea, se dit-elle, avec leur petit cow-boy. Ben parle de bases de données, de recherches informatiques.

« Elle figurerait sur les listes électorales, si elle était vivante, dit-il. La police a accès à toutes ces infos. »

Ils sortent côté rue, referment la porte derrière eux. Le soleil se couche derrière les maisons d'en face, plongeant la pièce dans l'obscurité. Scott se lève et aide Isla à faire de même. Elle pose machinalement la tête sur son épaule. Il la prend dans ses bras, la serre contre lui. Son geste la désarçonne. Elle lui rend son accolade avec hésitation, de peur d'inonder de larmes son polo.

« Appelle-moi, dit-il, si tu ne te sens pas en sécurité. Je peux être ici en une demi-heure. »

12

Sydney, 1967

Joe laissa tomber ses clés sur la table de la cuisine, où rien n'avait bougé depuis le matin. Le cendrier n'en finissait pas de déborder. Le toast qu'il n'avait pas mangé gisait toujours dans son assiette. La lettre que Louisa avait laissée – si on pouvait appeler ça une lettre – reposait, pliée sous une tasse de café sale.

Il s'assit et repoussa l'assiette. Il essayait de garder la tête froide. Elle était partie depuis environ vingt-quatre heures, elle n'avait pas pu aller bien loin. Sa garde-robe semblait intacte. L'ours Digby d'Isla se trouvait toujours dans sa chambre, comme la plupart de ses vêtements. Elle avait dû trouver refuge chez une amie qu'il ne connaissait pas, ou une collègue qui pouvait l'héberger un moment. Elle boudait et voulait le faire mariner assez longtemps pour qu'il prenne peur. Il n'allait pas entrer dans son jeu. Mais, il fallait bien l'admettre, il commençait à s'inquiéter. Ce qu'il n'avait pas fait, et qu'il allait devoir faire à présent, c'était appeler Hordern & Sons pour savoir si elle s'était rendue au travail. Dans le cas contraire, s'ils ignoraient où elle était, il lui faudrait prévenir la police. À cette idée, un frisson lui parcourut l'échine.

C'était son message qui l'inquiétait. Un seul mot – *désolée* –, écrit sans la moindre rature, tout en haut de la feuille. Sans colère, ni rien qui puisse indiquer qu'il avait été écrit à la hâte. *Désolée* semblait être un terme dûment pesé. Personne ne s'excuse à l'avance, si ce n'est pour quelque chose de sérieux, de définitif.

Il avait trop bu le vendredi précédent, quand Louisa avait vu Mandy. Le lendemain, il avait retrouvé la bouteille de whisky vide, dans la poubelle, mais il ne se souvenait pas de l'y avoir mise. Il s'était penché sur Louisa dans son lit, puis ils s'étaient battus. Ça, il s'en souvenait. La proximité de son visage dans l'obscurité. Puis plus rien ensuite. Elle n'en avait pas parlé le lendemain. Il s'était réveillé sur le canapé – ce qui, en soi, n'avait rien d'exceptionnel – en se demandant s'il avait rêvé. Mais un terrible sentiment de culpabilité le rongeait, comme s'il avait disjoncté. En même temps, les comas éthyliques lui donnaient toujours l'impression d'être un monstre. Elle lui en aurait certainement parlé, s'il lui avait fait du mal. En représailles, elle n'aurait pas manqué de faire de sa vie un enfer.

Tout ça lui donnait envie de boire un coup. Il se leva et jeta un œil vers l'extérieur, espérant y trouver quelque distraction. Le linge de Mandy, suspendu au fil qui traversait son jardin, soutenu au centre par un poteau de bois. Des draps et des serviettes, déployés comme une guirlande au soleil. Puis il vit Mandy, qui prenait l'air près de l'eucalyptus, là où l'herbe montait plus haut. Le rose pâle du foulard sur ses cheveux blonds.

Elle semblait occupée à cueillir des fleurs pour confectionner un bouquet. Il l'observa pendant une minute, peut-être deux, coupant les fleurs à la base de leur tige et les amassant au creux de son bras.

Mandy savait où se trouvait Louisa. À cette pensée, son sang ne fit qu'un tour, son cœur se serra. Ce matin, en sortant dans le jardin, il l'avait vue rentrer discrètement chez elle. Ça crevait les yeux, à présent. Elle avait sûrement promis à Louisa de ne rien dire.

Avant de sortir sur la terrasse, il attendit que Mandy se tourne vers chez lui. Elle le vit, le regarda droit dans les yeux et le salua d'un signe de tête, puis alla déposer les fleurs sur le fauteuil de jardin à l'ombre de la vigne.

« Mandy ! » cria-t-il, aussi fort qu'il était possible sans paraître grossier.

Elle se redressa, s'essuya les mains sur son tablier. Il faisait une chaleur à crever. Elle avait les joues rouges. L'air réticent. Pendant un instant, il se dit qu'elle allait tourner les talons. Il leva la main en un demi-salut hésitant. Il essayait de sourire, en vain.

« Je peux te parler ? » Il s'avança jusqu'à la rangée d'arbustes qui séparait leurs deux jardins. Les fleurs de Louisa brillaient d'un rose éclatant. Le ciel resplendissait, sans l'ombre d'un nuage. Un temps idéal pour aller à la plage. L'air iodé, les couleurs, tout le remplissait d'une terreur sans nom.

« Salut. » Mandy se rapprocha, à quelques mètres de la haie. « Il fait lourd aujourd'hui. Je donnerais n'importe quoi pour une petite brise. »

Joe s'approcha des arbustes, aussi près qu'il le pouvait. « Mandy, est-ce que Louisa t'a dit qu'elle voulait prendre un peu l'air ? Un truc dans le genre ? »

Mandy glissa ses mains dans les poches de son tablier.

« Elle a dit qu'elle partait. Elle me l'a dit quand elle est venue vendredi soir. Je suis désolée, Joe. J'ai essayé de l'en dissuader.

— Elle t'a dit qu'elle *partait* ?

— C'est ça.

— Elle a utilisé ce mot-là ? » Joe éprouvait un sentiment de malaise et d'effroi mêlés. Le bruissement des cigales résonnait atrocement à ses oreilles. Quand avaient-elles commencé à émettre ce son ? Il pouvait à peine s'entendre penser. « Tu en es sûre ?

— Elle m'a promis qu'elle allait t'en parler. » Elle pinçait le bout de son doigt avec une pince à linge sortie de la poche de son tablier. « J'ai vraiment cru que j'avais réussi à lui faire changer d'avis. »

Joe n'aimait pas les termes que Mandy employait. Il n'aimait pas le ton de sa voix, son sourire navré. Comme s'il s'agissait d'une situation à laquelle il ne pouvait rien. Comme si c'était sans appel.

« Où sont-elles, Mandy ? »

La pince à linge tomba dans l'herbe. Mandy la fixa du regard. « Tu ne sais pas où elles sont ? Elle ne t'a pas laissé un mot, ou…

— Non. » Sa chemise lui collait à la peau. « Aucune idée. »

Mandy le dévisagea. « Tu dois être mort d'inquiétude.

— Elle a écrit un mot sur un bout de papier. *Désolée.* C'est tout. » Il donna un coup de pied au rosier de Louisa, dont les pétales tremblèrent. « Ça ne m'aide pas des masses. »

Mandy se pencha pour ramasser sa pince à linge. Elle avait les épaules rouges. Il aperçut un liseré de peau plus pâle au moment où la bretelle de sa robe glissa sur son bras.

« Elles sont reparties en Angleterre, dit-elle en se relevant, avant de ranger la pince à linge dans sa poche. Elles ont quitté le pays, Joe. »

Il secoua la tête. Les cigales grinçaient, rageuses. « Ce n'est pas possible.

— Je suis désolée. Louisa aurait dû te le dire elle-même. » Son regard se perdait à l'horizon. « Je n'arrive pas à croire qu'elle m'ait laissée t'annoncer ça.

— Elles ne peuvent pas être parties en Angleterre. » Il sentait l'exaspération monter en lui. « Ce n'est pas possible, Mandy. On ne part pas en Angleterre comme ça. »

Mandy eut un sourire désolé. Il la méprisait d'avoir pitié de lui, de lui avoir appris ce qu'il ne voulait pas savoir.

« Je les ai vues partir en taxi. Elle m'a demandé de ne pas t'en parler tout de suite. »

Il donna un deuxième coup de pied au rosier, dont les pétales valsèrent. Pendant quelques secondes, les cigales se turent. Il recommença, plus fort.

« Je suis vraiment confuse, Joe. »

Il lui tourna le dos et fit face à sa maison. Sa maison vide.

Son mot, bordel. Cette note coupable qui sonnait comme un adieu.

« Si je peux faire quelque chose, Joe… » Mandy paraissait nerveuse. « Quoi que ce soit. »

Il se retourna. Elle avait reculé de quelques pas.

« Pourquoi tu ne m'as pas dit qu'elle allait faire ça ? J'aurais pu l'en empêcher ! » Ça le soulageait de hurler. « J'aurais pu l'arrêter si j'avais su qu'elle pensait ça. Tu aurais dû me le dire ! T'aurais dû m'en parler ! »

Mandy écarta les mains. « Tu crois que ça me fait plaisir d'être mêlée à vos affaires ? De t'annoncer où se trouvent ta femme et ta fille ? J'aurais préféré ne jamais avoir essayé de l'aider. »

Elle se retourna vers le fauteuil où elle avait laissé ses fleurs. Elle les ramassa et les serra contre elle. Des fleurs violettes, aux étamines jaune vif.

« Mandy. » Il l'interpella alors qu'elle atteignait sa terrasse. « Mandy, je suis désolé. C'est juste que… Je ne comprends rien à ce qui se passe. »

Elle baissa le regard sur ses fleurs, qui se flétrissaient déjà dans ses bras.

« Fais-moi signe si tu as besoin de parler, Joe. Quand tu voudras. »

Il traversa la pelouse, rentra chez lui et s'effondra devant la table de la cuisine, face à son toast rassis, sa tasse de café et son mot d'adieu. Des pétales de rose s'étaient collés à ses semelles. Il en avait semé dans la maison. Les roses chéries de Louisa. Il ôta l'une de ses chaussures et la projeta de toutes ses forces à travers la pièce.

13

Sydney, 1967

Mandy éteignit sa cigarette et jeta le mégot à la poubelle. Elle ne pensait plus qu'à fumer depuis qu'elle avait promis à Steve qu'elle allait arrêter. Ça l'aidait à supporter ses jérémiades. Elle remit le paquet dans le tiroir, sous les serviettes, et ouvrit la porte du jardin pour aérer. Un mensonge de plus, rien de bien grave.

La porte d'entrée s'ouvrit. Steve fredonnait un air, sans doute une chanson qu'il avait entendue le matin à la radio et qui lui revenait, quelques heures plus tard, avec de nouvelles paroles et une mélodie méconnaissable. Ça ne pouvait qu'être bon signe. Il se reprenait en main. Elle savait y faire avec cette version-là de son mari : optimiste, tapageur, chantant comme une casserole. Si seulement ça pouvait durer.

Elle ouvrit et referma plusieurs fois la porte du jardin, pour finir de ventiler la pièce.

« Tu es là, chérie. » Il laissa tomber sa lunch-box et sa gourde sur la table de la cuisine. « Tu prépares quoi ?

— J'ai fait un ragoût. Tu en veux ?

— Je meurs de faim. » Il ouvrit le réfrigérateur, regarda à l'intérieur et le referma, puis souleva le couvercle du ragoût. « C'est prêt ? »

Elle lui donna une petite tape sur le bras. « Bouge de là.

— Je viens de croiser Joe devant chez lui. » Il rouvrit le frigo et en sortit une bière. « Pauvre gars. Je ne savais pas quoi lui dire.

— Il n'y a pas grand-chose à dire, je crois. »

Mandy finit son verre de gin. Elle se sentait coupable envers Joe – il était resté planté là tout l'après-midi. Elle n'arrivait pas à chasser le souvenir de la tête qu'il avait faite, quand elle lui avait annoncé où elles étaient.

« J'arrive toujours pas à y croire… Pas toi ? » Steve s'attabla et déboutonna sa chemise. « Une jolie fille comme ça, qui fout le camp sans rien dire. J'aurais jamais imaginé ça de Louisa. Il dit que c'est toi qui lui as appris qu'elle était repartie en Angleterre. »

Mandy se tourna vers la cuisinière pour touiller le ragoût.

« C'est vrai.

— Mais pourquoi ? » Il étouffa un rot. « Pourquoi elle a fait ça ?

— Elle voulait rentrer chez elle, Steve. » Elle aurait aimé qu'il lâche l'affaire. « Louisa avait le mal du pays. Elle n'a jamais été heureuse ici. Elle n'arrivait pas à s'y faire. »

Steve fit claquer sa bouteille sur la table.

« Et c'était quoi, son problème, à Louisa ? Ce pays lui a donné tout ce qu'elle pouvait souhaiter. » Il désigna d'un geste le jardin, où leur linge étendu disparaissait dans la lumière déclinante. « Une belle maison pour sa famille. Un bon niveau de vie. Elle avait de quoi se montrer reconnaissante. »

Elle perçut l'effet de l'alcool au ton de sa voix. Une bière et le voilà à moitié cuit. Elle continua de remuer son plat, essayant de se montrer patiente. Ça ne faisait que cinq minutes qu'il était rentré.

« Ça ne marche pas comme ça, Steve. Ce n'est pas aussi simple.

— Je trouve qu'elle crache dans la soupe.

— Elle traverse une période compliquée. Elle ne sait pas si elle pourra s'en sortir, avec un deuxième enfant et sa famille si loin d'elle. » Elle tapota la spatule contre la paroi du faitout et s'efforça de ne pas penser aux cigarettes. Il en restait une dans le paquet. « Joe n'a jamais rien voulu comprendre à tout ça. Qu'est-ce qu'elle aurait pu faire d'autre ? »

Il y eut un long silence. Elle devinait la tête qu'il faisait sans avoir besoin de lui jeter un regard. Il l'observait bêtement, sentant la colère monter en lui.

« Une femme n'a pas le droit de faire ça à un homme ! » Il tapa du poing sur la table et fit vaciller les orchidées dans leur vase. « Elle lui a pris sa gamine ! Il est rentré dans une maison vide. T'imagines un peu ?

— Je sais. » Elle versa une portion de ragoût dans une assiette. « Je sais ce qu'elle a fait.

— Elle l'a laissé en plan. Le pauvre vieux. » Il contempla son dîner et saisit sa fourchette. « Une jolie fille comme ça. Il est pas près de s'en remettre. »

Mandy lança un coup d'œil à Steve, pour le principe. Elle savait parfaitement qu'il trouvait Louisa attirante et ne s'en souciait guère. Impossible de passer à côté d'elle sans la remarquer, de toute façon, avec ses jambes de gazelle et sa chevelure noire, épaisse, qui se balançait à la moindre occasion. Elle était splendide, mais à l'anglaise, comme par mégarde. Elle imaginait la main de Joe agrippant les cheveux de Louisa, sa bouche qui lui dévorait le cou, les épaules, la nuque.

« C'est délicieux, Mand. Vraiment. »

Elle balaya l'image de son esprit. « Il en reste. J'en ai fait assez pour plusieurs jours.

— Louisa t'a dit quelque chose avant de partir ? »

Il n'allait pas lâcher le morceau. La cuisine devenait étouffante. Elle s'agaçait à présent de ce qu'elle avait fait subir à Joe en le laissant mariner comme ça, alors qu'elle aurait pu lui annoncer la nouvelle tout de suite. Elle sortit sa cigarette du paquet et l'alluma.

« Je croyais que tu avais arrêté ?

— C'est la dernière, dit-elle en agitant le paquet vide. Laisse-moi en profiter. »

Il la regarda inspirer. « Louisa t'avait laissé entendre qu'elle serait capable d'un truc pareil ?

— Elle m'a dit qu'elle avait retiré de l'argent d'un compte épargne. Pour payer les billets d'avion.

— Les billets d'avion ? »

Elle l'observait du coin de l'œil. Bouche bée, stupéfait.

« Elle se prend pour qui ? La putain de reine d'Angleterre ?

— Je sais. Il devait y avoir pas mal d'argent sur ce compte. »

Il reposa ses couverts. « Comment elle a pu mettre la main sur tout ce fric ?

— C'était un compte commun.

— Je parie qu'il le regrette amèrement. » Il se leva pour prendre une deuxième bière dans le frigo. « Elle l'a vidé, c'est ça ?

— J'imagine. »

Elle perçut son indignation à sa façon d'ouvrir la bouteille et de la boire. Elle n'aurait pas dû parler d'argent. Ils allaient finir par se disputer, s'il continuait sur sa lancée. Leur dernière embrouille tournait déjà autour de ça. D'ailleurs, aucun risque qu'elle vide leur compte en banque et fiche le camp : elle n'avait même pas de carnet de chèques. Elle pourrait à peine faire le trajet jusqu'à Manly avec l'argent du ménage qu'il lui donnait chaque mois.

« Ça m'a choquée de la voir partir », lâcha-t-elle. Le jardin était désormais plongé dans l'obscurité. Et elle avait oublié de décrocher son linge. « Je n'arrive toujours pas à y croire.

— Moi non plus. » Il abandonna la bouteille vide près de ses semblables, à côté de la corbeille à pain. « Je l'ai toujours vue comme une fille adorable. Ça montre bien à quel point on peut se tromper.

— Ce n'est pas ça. » Elle ouvrit la porte du jardin et se posta dans l'embrasure pour fumer sa cigarette. « Ce n'est pas un pays facile, quand on n'a pas grandi ici. C'est dur de se retrouver si loin de chez soi.

— Voilà que tu parles comme ta mère. Paix à son âme.

— Arrête ça, fit-elle en se tournant vers lui. Ne t'avise pas de me comparer à elle.

— Ça va, ça va. Joue pas ta grincheuse avec moi. »

Mandy expira la fumée vers l'extérieur. Une lampe s'alluma dans la cuisine de Joe et elle le vit se déplacer, ouvrir des placards et les refermer. Il cherchait sans doute quelque chose. « Je vais décrocher le linge.

— Tu ne manges pas ? » Steve semblait dépité. « Pourquoi tu ne t'assieds pas ?

— J'en ai pour une minute », dit-elle en tirant la porte derrière elle.

Elle s'avança dans la nuit chaude, sous un ciel tapissé d'étoiles. Une demi-lune éclairait les arbres à thé des arrière-cours du côté de Bay Street qui donnait sur la plage. Les cigales sifflaient toujours leur mélopée stridente. L'air se faisait de plus en plus frais à chacun des pas qui l'éloignaient de chez elle, et le vrombissement de l'océan enflait à ses oreilles. Sa tête cessa enfin de tourner. Elle ferma les yeux, s'appuya contre l'eucalyptus et inspira à pleins poumons.

Quelques minutes s'écoulèrent. Elle se retourna vers chez elle. Un carré de lumière laissait voir Steve derrière la porte, penché sur la casserole, en train de se resservir une portion de ragoût. Elle ne l'aimait plus. Cette pensée la choqua, mais impossible de l'ignorer. Lui l'aimait toujours autant, elle le savait. Mais elle, non. Elle avait jadis eu une certaine idée de lui, de la vie qu'il lui offrirait. La réalité s'était révélée tout autre.

Les draps étaient raidis par le sel de l'océan. Elle les décrocha et les plia sur ses bras, puis les maintint devant son visage. Elle ne l'aimait plus. Elle le dit à voix haute, à travers les draps, d'abord doucement, puis plus fort. C'était comme regarder quelqu'un tomber d'une falaise.

« Mandy. » Joe se tenait sur sa terrasse, toujours en costard, un verre de whisky à la main. Son équilibre semblait laisser à désirer.

Elle se glissa sous la corde à linge et vint à sa rencontre.

« Belle soirée, dit-elle.

— Désolé pour tout à l'heure. » Il s'avança vers elle, jusqu'à la haie d'arbustes. « Ça a été un choc, tu sais. J'en suis encore sonné.

— Ça se comprend.

— Mais je n'aurais pas dû te parler comme ça. Je me suis défoulé sur toi.

— Ce n'était pas une situation facile, Joe.

— Je sais. Je suis désolé. »

Elle resta là un moment, à le regarder. Elle aimait sa taille et sa silhouette, son corps svelte. Ses bras. Il s'apprêtait à retourner chez lui, mais elle voulait prolonger la conversation.

« Je me disais que tu aurais peut-être besoin d'un coup de main pour le ménage. Je pourrais m'en occuper, quand tu seras au travail. Pour t'aider à ranger. Ce ne sera pas un souci. »

Il fit glisser son verre d'une main à l'autre, songeur. « C'est très gentil.

— Ça me ferait plaisir. Franchement.

— Ça m'enlèverait une épine du pied. Si tu es sûre que ça ne te dérange pas. » Il hocha la tête et s'éloigna. « Merci, Mandy. »

Elle prit son temps pour dépendre le reste du linge, le défroisser, le plier dans le panier. Elle repasserait tout ça demain et changerait les draps. Le coton aurait encore l'odeur de l'océan quand ils se coucheraient.

La lumière s'éteignit dans la cuisine de Joe. Son jardin fut plongé dans l'obscurité. Steve voyait juste, en un sens. Louisa ne savait pas la chance qu'elle avait. Son mal du pays pouvait se comprendre. Mais il fallait être folle pour quitter un homme comme Joe Green.

Elle ramassa son panier et rentra chez elle.

14

Sydney, 1997

Il a dû pleuvoir toute la nuit. Isla s'est postée sur la terrasse, une tasse de café à la main. La brise qui souffle de l'océan fait frissonner les eucalyptus à côté. Le soleil se cache encore derrière les arbres à thé. L'hiver s'annonce majestueux. Malgré les ternes résidus de la fête, la banderole humide et le seau à glace qui traîne au sol, la journée promet d'être belle.

« Encore un peu de café ? »

Isla se retourne et voit son père lui tendre la cafetière. Il ressemble à un cadavre. Ses yeux bleus prennent une pâleur fantomatique sur sa peau grise.

« Merci. » Elle s'avance jusqu'à la porte pour qu'il remplisse sa tasse. « Tu t'es levé tôt.

— Je n'arrivais pas à dormir. Autant se mettre au boulot. »

Il allume la radio et boit une gorgée de café. Son débardeur informe pend sur ses clavicules. Elle a envie de lui demander à quel moment il s'est mis à avoir l'air aussi malade. S'il a peur du fait que la police ait appelé pour le voir. S'il n'aurait pas omis de lui dire un truc.

« Je vais préparer le petit déjeuner », dit-elle à la place.

Joe fait non de la tête, distrait par la radio. « Pas pour moi, ma chérie, merci. Je casserai la croûte plus tard. »

Elle rentre dans la cuisine. La radio diffuse une interview d'un membre du gouvernement. C'est la même rengaine qui passe en boucle depuis son arrivée : le Premier ministre, John Howard, refuse de s'excuser auprès des Aborigènes pour les enlèvements de leurs enfants. À l'époque, les gens pensaient agir comme il le fallait, assure le ministre. C'étaient d'autres mœurs.

« Je parie que ça ne fait pas la une des journaux en Angleterre, dit Joe.

— Non. On n'en parle pas du tout.

— Évidemment.

— Il vient d'y avoir des élections au Royaume-Uni, faut dire. C'est un nouveau gouvernement.

— C'est vrai. » Il renifle. « Le fameux flegme britannique. Ils ne manquent pas d'air, si tu veux mon avis. »

Ils sirotent leur café en écoutant. Il n'y aurait pas de mal à demander pardon, dit l'interviewer.

« C'est ça, va dire à Tony Blair de venir ici pour s'excuser. » Joe lance à la radio un regard furibond. « Dis-lui qu'on est ce gros continent à la con, avec des kangourous et des boomerangs. »

Cela permettrait de panser les plaies du passé, poursuit le journaliste.

« On en revient toujours aux Anglais. » Il tend dans le vide un doigt accusateur. « Où qu'on regarde. Dans ce pays comme dans la majeure partie du monde.

Dès qu'il y a un conflit quelque part, tu peux parier que ça remonte à l'époque où les Anglais y ont débarqué pour planter leur foutu drapeau. »

Isla se garde bien de défendre les Anglais face à son Anglais de père. Il n'a jamais accepté qu'elle déménage en Grande-Bretagne, ce pays qu'il avait quitté. Elle trouve des œufs et les casse dans un bol.

« Plus vite on deviendra une république, mieux ce sera », dit Joe.

C'était il y a longtemps, répète le ministre. La plupart des Australiens ignoraient ce qui se passait.

Joe pose son café et allume une cigarette.

« Ce n'était pas il y a si longtemps. Je m'en souviens bien.

— Tu t'en souviens ?

— Ce salaud d'à côté trempait là-dedans jusqu'au cou. »

Isla verse les œufs dans une poêle. Elle lève les yeux vers son père, qui regarde fixement le jardin voisin. « Dave Taylor ? Il est architecte, non ?

— Steve Mallory », chuchote Joe.

Elle soulève lentement les bords de l'omelette à l'aide d'une spatule. « Le mari de Mandy ? »

Il acquiesce.

Elle sent la sueur perler sur son front. Elle retourne l'omelette, bien qu'elle n'ait déjà plus faim.

« Il était flic, dit Joe.

— Il ne conduisait pas un camion ? Un camion vert foncé. Toujours crade.

— C'est vrai. Tu t'en souviens ? »

La sueur se répand sur son corps. « Il me faisait peur.

— Les enfants le sentent bien, quand quelqu'un n'a pas bon fond. » Joe pose sa cigarette dans le cendrier et vide son café. « Mais il savait préserver les apparences. Les gens l'aimaient bien par ici.

— Comme toi ?

— Non. Je ne dirais pas ça.

— Comment as-tu pu rester là, à ne rien faire ? »

Il fronce les sourcils. « Qu'est-ce que tu veux dire ?

— Si tu savais ce qu'il faisait. Qu'il enlevait des enfants. Tu n'aurais pas pu faire quelque chose ? »

Joe se fige. Il met du temps à répondre.

« Ce n'était pas si simple.

— Tu as essayé ?

— J'ai essayé. Ça n'a mené à rien. Avec le recul, je me dis que j'aurais dû y aller plus frontalement. »

Isla fait glisser l'omelette dans une assiette et s'assied. L'ombre de Steve Mallory s'insinue en elle, comme une palpitation aveugle menaçant de faire surface. Elle visualise les pièces bien propres et ordonnées de la maison d'à côté. L'odeur du fer à repasser et du savon au phénol. Mandy à la fenêtre, qui le regarde garer son camion, les épaules tendues.

Elle prend sa fourchette. « Du coup, personne n'a bougé le petit doigt. Vous l'avez laissé faire ses horreurs sous votre nez pendant toutes ces années.

— Steve faisait partie de la police, ma chérie. Il était du bon côté de la loi.

— Et toutes ces familles ont perdu leurs enfants. »

Il fixe sa cigarette. « J'ignorais à quel point c'était sérieux, à l'époque.

— Et elle en pensait quoi, Mandy ?

— Je ne sais pas. » Il tourne son regard vers le jardin. « Est-ce qu'elle parlait de ça ? Je ne m'en souviens plus. C'était il y a longtemps. »

Isla repousse son assiette et s'installe à côté de lui, devant la porte du jardin. Le soleil, qui domine désormais les arbres à thé, illumine la pelouse.

« Comment peut-on disparaître pendant trente ans sans que personne ne s'en aperçoive ?

— On pensait qu'elle avait déménagé, dit-il après un long silence. Elle et Steve. Ils ont vendu la maison et ont déménagé dans le Victoria, si je me souviens bien. Je ne voyais aucune raison de m'interroger là-dessus. »

Elle n'arrive pas à attraper son regard. « Ça voudrait dire que ce serait Steve, le dernier à l'avoir vue ?

— C'est ce que j'aurais cru.

— Pourquoi la police pense-t-elle que c'est toi, alors ? »

Il semble parfaitement calme à côté d'elle. « J'imagine que Steve a son propre point de vue sur la question », lâche-t-il finalement. Il écrase sa cigarette. La radio passe de la musique à présent, un morceau entraînant. Il traverse la pièce pour l'éteindre.

« Pourquoi personne n'a signalé sa disparition ? » Isla se tient dans l'encadrement de porte, le soleil dans le dos. « Et Steve ? Il était flic. Pourquoi il n'a pas lancé une enquête ?

— Je ne sais pas, ma chérie. C'est à lui qu'il faudrait poser cette question.

— Et sa famille ?

— Je suppose qu'ils n'étaient plus en contact.

— Son père lui a laissé son héritage. Il devait bien l'aimer.

— J'en suis convaincu. » Les mains de Joe tremblent tandis qu'il se reverse du café. « Mais c'est compliqué, la famille, Isla.

— Je ne te le fais pas dire. »

Isla se détourne pour ne pas avoir à le regarder éponger le café qu'il a renversé sur le comptoir. Le soleil pénètre à l'intérieur de la maison. Le vent soulève le fanion autour de la table du jardin.

« Tu dois compter les jours avant de pouvoir partir.

— Non. » Elle le regarde. « Je suis contente d'être ici, Papa.

— Ça va aller, tu sais. » Il frotte une tache de café qui vient de couler sur son débardeur. « Tout ça sera vite oublié. »

Il attrape ses cigarettes et les met dans sa poche. Isla l'entend se déplacer dans la maison, de la salle de bains à la chambre à coucher, puis dans l'ancienne chambre de Scott, à l'époque où il vivait ici. C'est là que son père planque sa vodka. Elle est tombée dessus le lendemain de son arrivée, en cherchant les CD de son frère. Trois grandes bouteilles au fond d'une armoire. Il y en a sûrement d'autres, éparpillées dans la maison. Il en a toujours été ainsi. Pourtant, elle s'étonne naïvement de constater l'impact que cela a fini par avoir sur lui. Elle vient tout juste de comprendre que c'est pour ça qu'il a l'air si mal en point. Pour ça qu'il tremble et titube, qu'il ne conduit plus. Qu'il paraît à ce point défait.

Elle verse ce qui reste de café dans sa tasse, rallume la radio et balance son petit déjeuner à la poubelle.

15

Sydney, 1967

Mandy sourit en entendant Joe glisser sa clé dans la serrure. Elle avait passé la majeure partie de la journée à nettoyer sa maison, qui était enfin propre, selon ses critères à elle. Le genre de demeure où elle aimait entrer. Propre, soignée, rangée. Elle débrancha l'aspirateur et enroula le câble autour de son coude. C'était gratifiant de voir le résultat de ses efforts. Ça la changeait de sa maison à elle, qu'elle astiquait tellement qu'elle finirait par disparaître, un de ces jours.

Elle rangea l'aspirateur dans la cuisine, prit quelques grandes respirations et essaya d'adopter un air désinvolte. La plupart des hommes ne faisaient jamais attention au ménage, ou ne voyaient pas la charge de travail que cela représentait. Enfin, ce n'était pas comme si Joe avait l'habitude de la propreté. Louisa n'avait jamais su gérer les tâches ménagères. Elle semblait toujours dépassée, à bourrer les affaires dans les placards, ou laisser traîner la vaisselle sale dans l'évier. Enfin, personne n'est parfait, songeait Mandy. Lou n'était peut-être pas une fée du logis, mais elle avait toujours une allure incroyable.

Elle plaqua ses cheveux sous son foulard tandis que Joe franchissait le pas de sa porte.

« Mais qu'est-ce… » Il laissa tomber ses clés sur la table basse. « Qu'est-ce que c'est que ces conneries ? »

Elle le vit en premier. Elle comprit son erreur juste avant qu'il ne la remarque. Il avait l'air stupéfait – et pas dans le bon sens. Estomaqué.

« Joe, je… » Elle s'avança vers lui.

« Bon sang, Mandy !

— Tu avais oublié que je devais venir ? » Elle traversa le salon, foulant le tapis encore humide à l'endroit où elle l'avait shampouiné. « C'était bien convenu que je viendrais aujourd'hui ? »

Il passa la main sur son visage. « Qu'est-ce que tu as fait ? Où sont passées toutes les affaires ?

— J'en ai rangé quelques-unes dans les commodes et les armoires. » Elle suivait son regard qui s'attardait sur les fenêtres étincelantes, les cadres photo qu'elle avait briqués, l'impeccable horloge murale. « Et ensuite, j'ai fait la poussière et le ménage. À quoi tu t'attendais ? »

Il ouvrit quelques tiroirs et les referma. « Je n'ai jamais vu la maison comme ça. Je ne la reconnais même pas.

— Je pensais que ça te ferait plaisir. Je trouve ça plus agréable, une maison bien rangée. »

Il s'assit sur le canapé et se gratta le crâne. « Je vois ça.

— S'il y a quelque chose que tu n'arrives pas à retrouver, ou que tu voudrais que je remette à sa place…

— Bon Dieu. » Il laissa tomber sa tête entre ses mains et se tut un moment. « C'est ma femme que je n'arrive pas à retrouver, Mandy.

— Oh. » Elle replia ses orteils sur le tapis humide. « Je pensais…

— Et ma fille. » Il regardait tout autour de lui, l'air consterné. « Elles étaient là. Leur bordel, les choses qu'elles ont laissées derrière elles. Leur odeur.

— Tu voulais que je laisse tout en désordre ?

— Je pensais que tu allais vider les cendriers. Peut-être faire la vaisselle.

— Je n'avais pas bien compris. »

Il se leva et quitta la pièce, livide.

Mandy s'attarda un moment dans le salon, trop lumineux, trop nu, maintenant qu'elle le voyait à travers ses yeux à lui. Comme si personne ne vivait ici.

Un silence de mort s'était fait dans la maison. Elle inspecta chaque recoin, circonspecte, et finit par retrouver Joe dans la petite chambre au bout du couloir, assis sur un tapis rond à côté du lit. Deux des poupées d'Isla gisaient dessus, abandonnées, à moitié habillées. Son ours Digby, avachi sur une petite chaise dans un coin, dépassait à peine d'une pile de linge.

« Je n'ai pas touché à cette chambre, dit-elle.

— Non. » Il posa sa main sur le matelas. Les draps étaient roulés en boule au pied du lit, le pyjama d'Isla replié sur l'oreiller. « Ne reste pas ici, Mandy. Quitte cette chambre, s'il te plaît.

— Très bien. Je ferais mieux de partir, de toute façon. Steve va rentrer d'une minute à l'autre. »

Elle laissa le double de la clé de Joe sur la table de la cuisine. Elle encaissait le coup, voyant à quel point elle s'était fourvoyée. Dire qu'elle s'attendait à ce qu'il lui demande de revenir faire le ménage – peut-être même la cuisine, de temps en temps. Elle dénoua le tablier qu'elle avait emprunté et le raccrocha à la patère. Bon Dieu, quelle honte. Qu'est-ce qui avait bien pu lui passer par la tête ?

Elle s'apprêtait à sortir vers le jardin quand elle entendit la voix de Joe derrière elle.

« Excuse-moi. »

Elle se retourna vers lui. « J'en ai trop fait. Beaucoup trop. Je suis vraiment désolée.

— Assieds-toi. » Il tira une chaise et la lui désigna d'un mouvement de tête. « C'est ma faute. Tu ne pouvais pas savoir. »

Elle s'installa en considérant les traces encore fraîches d'eau savonneuse sur la table. « Je sais que je manque parfois de finesse. Ce n'est pas volontaire. Steve me le dit tout le temps. »

Joe tendait la bouilloire sous le robinet. « Tu veux du thé ?

— Avec plaisir, oui. Merci.

— On doit être deux à manquer de sensibilité, alors. »

Mandy le regardait s'échiner sur le robinet. Il avait la main droite tuméfiée, les articulations à vif. « Qu'est-ce qui te fait dire ça ?

— Ma femme. » Il posa la bouilloire et referma l'eau de la main gauche.

« Vous vous êtes disputés violemment ? »

Il croisa son reflet dans la bouilloire. « Je crois, oui.

— Tu crois ? »

Il releva les yeux vers elle. « C'était le soir où vous vous êtes vues. Elle est rentrée tard. Je ne m'en souviens pas en détail, mais je crois qu'on s'est bien engueulés. Du genre assez tendu. »

Mandy acquiesça. « Tu ne t'en souviens pas ?

— J'ai fait un coma éthylique. » Il déboutonna son col. « Elle t'en a parlé ?

— Non, elle n'a rien dit. Elle était toujours avec Isla quand je la voyais, remarque.

— C'est vrai. J'aimerais tellement réussir à me souvenir.

— Tu ne voulais pas vraiment que je m'occupe de ta maison, je me trompe, Joe ? »

Il la regarda droit dans les yeux et sourit. Un sacré sourire. « Pas vraiment. Je voulais te parler.

— Vas-y. » Cet éclaircissement l'apaisait. « Tu aurais dû me le dire avant. »

Il saisit deux tasses sur la rangée de crochets au mur. « J'ai téléphoné à tous les ports. À toutes les compagnies maritimes. Leurs noms n'apparaissent sur aucune liste de passagers, que ce soit pour l'Angleterre ou pour une autre destination. Elles doivent toujours être ici, Mandy. » Il sourit à nouveau. « Elles sont toujours en Australie.

— Je ne pense pas. » Elle parlait à voix basse, avec précaution. « Je ne crois pas qu'elles soient parties en bateau, Joe. »

Il mit longtemps à répondre. La bouilloire sifflait. « Elles auraient pris l'avion ?

— C'est ça.

— Ce n'est pas possible. » Il ouvrit et referma le placard au-dessus de l'évier, fouilla quelques tiroirs et les claqua. « Où tu as mis les cendriers ?

— Par ici. » Elle se pencha en arrière pour ouvrir le tiroir près de la cuisinière au moment précis où il l'atteignait. Leurs mains se rencontrèrent sur la poignée métallique. « Je les ai tous nettoyés », dit-elle en se recalant sur sa chaise. Elle posa ses mains sur ses genoux et serra les jambes. « Tu en avais laissé partout. Ils débordaient de mégots.

— Je sais. » Sa cigarette dansait entre ses lèvres lorsqu'il parlait. Il s'assit et lui tendit le paquet. Ses mouvements étaient brusques, nerveux. « Elles ne peuvent pas être retournées en Angleterre, Mandy. Ça coûte très cher de prendre l'avion. »

Mandy alluma sa cigarette et le laissa réfléchir une minute ou deux. L'inquiétude le pétrifiait. Il essayait de digérer ce qu'elle lui avait dit. Il ne tarderait pas à vérifier le compte épargne, une fois le choc encaissé. Elle ne voulait pas lui annoncer davantage de mauvaises nouvelles. Au bout d'un moment, elle se leva et versa du thé dans les deux tasses, prit une bouteille de lait et posa le tout sur la table. Il ne sembla même pas le remarquer.

« Je n'arrive pas à me faire à leur absence. » Sa jambe droite tressautait. « Je continue à croire qu'elle se trouve dans la pièce d'à côté. Je pense à quelque chose que je veux lui dire, et ça me revient au moment où je vais la chercher. » Il plongea son regard dans sa tasse fumante. « Elle avait bien prévu son coup. Sa décision devait être prise depuis longtemps.

— Tu as sans doute raison.

— Et même pas une lettre digne de ce nom ! » Il tapa du poing sur la table et grimaça de dégoût. Puis il massa ses doigts meurtris avec sa main valide.

« J'ai cru qu'elle allait mieux, dit-il, comme s'il réfléchissait à voix haute. J'y croyais vraiment. »

Mandy se rassit et sirota son thé. Joe serrait sa tasse dans sa main, le pouce glissé dans l'anse. Il était encore loin du compte. Il essayait d'assembler les pièces du puzzle, tout en refusant l'évidence. Ça faisait mal à voir.

« L'Angleterre te manque ? demanda-t-elle.

— Non. Ça ne m'a jamais manqué. Pas un instant.

— Tu te plais ici ?

— J'aime ce pays. Je l'ai aimé dès notre arrivée. Avec ses extrêmes. La chaleur du soleil, l'espace entre les lieux. Le ciel. Je n'avais jamais autant vu de ciel.

— Et les verts pâturages anglais, alors ? dit-elle en singeant l'accent britannique. La rusticité champêtre ? »

Il renifla. « Tu parles ! L'Angleterre que je connais, c'est une zone glaciale et surpeuplée. Où l'on entasse les gens dans des cubes de béton. De vrais rats d'égout. Je vivais dans un de ces coins qu'on ne voit jamais sur les cartes postales.

— Tu n'aurais donc aucune envie d'y retourner ?

— Oh, non. Hors de question. Je hais l'Angleterre, pour te dire la vérité. Les gens comme moi n'ont aucune chance là-bas. On ne sort jamais de sa condition. Tu nais pauvre, tu meurs pauvre. »

Elle prit une gorgée de thé. « Et si Louisa ne revient pas ? »

Il se leva et se dirigea vers l'évier, où il vida le reste de son thé.

« Je ne peux pas penser à ça, Mandy.

— Désolée. » Elle aurait mieux fait de se taire. Il fixait la bonde, l'air désespéré.

« Je me suis tellement démené, dit-il. Louisa sait à quel point j'ai bossé dur pour nous construire une vie ici. »

Elle écrasa sa cigarette et se leva. Il se faisait tard.

« Je ferais mieux d'y aller. Il faut que je prépare le dîner pour Steve.

— D'accord. Bien sûr. Merci pour tout. Le ménage, et…

— N'en parlons plus. »

Il la suivit jusqu'à la porte.

« Merci d'avoir essayé de la retenir, Mandy.

— Je crois vraiment qu'elle a fait une connerie. » Elle posa la main sur son bras, juste au-dessus de là où il était enflé. « Tu t'es défoulé contre le mur ? »

Il ne bougea pas. « Tu as remarqué ?

— Évidemment que j'ai remarqué. Il y a un trou dans ton mur, Joe. » Elle fit un signe de tête vers le salon, où elle avait balayé le plâtre tombé sur la moquette. « Tu devrais mettre de la glace sur ta main.

— Tu as raison. » Il fixa ses articulations gonflées. « Je dois me méfier de l'alcool.

— On en est tous là, non ? » Elle retira sa main et la coinça sous son bras gauche avant d'avoir un geste qu'elle aurait pu regretter. « Merci pour le thé.

— Mandy ? » Il la suivit sur la terrasse. « Tu n'aurais pas retrouvé un livret d'épargne, par hasard ?

— Si. » L'obscurité avait envahi le jardin. Il était plus tard qu'elle ne l'avait cru. « Je l'ai rangé dans le tiroir de la commode du salon.

— Merci. Où tu l'as trouvé ?

— Sous le lit. » Elle lui parlait par-dessus son épaule, tout en se dirigeant vers chez elle. « Il avait glissé assez loin. Je l'ai rattrapé avec l'aspirateur. »

16

Sydney, 1967

Mandy se tenait à l'entrée du jardin, attendant que le sol de sa cuisine sèche. Ce serait rapide avec cette chaleur, mais ça lui donnait une bonne excuse pour une pause cigarette. Elle expédiait le ménage trop vite ces derniers jours, et cela rendait ses après-midi interminables. Surtout qu'Isla n'était plus là pour la distraire. Plus personne pour la traîner à la plage, une fois son linge étendu.

Mandy se sentait plus cruellement blessée qu'elle ne voulait l'admettre par le fait que Lou avait fui en Angleterre sans penser une seconde à elle. C'était par pur hasard qu'elle les avait aperçues à travers sa fenêtre, ce matin-là. Elle n'avait pas pu leur dire au revoir, pas convenablement du moins, dans cet étouffant taxi dont le compteur tournait, impassible. Cette simple pensée lui fit monter les larmes aux yeux. Il fallait qu'elle se ressaisisse, bon sang. Elle n'avait aucune légitimité à éprouver ce genre de sentiment pour la gamine d'une autre. Elle savait ce que lui dirait Steve : un enfant à toi, au moins, ça t'occuperait. Ce qui n'était pas faux.

Son regard errait sur le jardin. Elle devait tondre l'herbe près de l'eucalyptus. Arroser les plantes. Il n'y avait pas beaucoup de lessive à faire, mais ça ne ferait pas de mal de laver à nouveau les torchons et les serviettes. Par principe. Elle se demandait si elle était la seule au monde à envisager la maternité comme une occasion de multiplier les lessives. La seule, aussi, à ressentir une peur panique à cette idée. Et le besoin de refumer une clope.

« T'es où, Mand ? »

Elle remit la cigarette dans le paquet, les mains tremblantes. « Tu es déjà là ? » Elle réussit à glisser le paquet dans le tiroir et à le refermer avant que Steve n'entre. « Ce n'est même pas encore l'heure du déjeuner. »

Steve s'assit derrière la table, sans retirer ses bottes. Il se frotta les yeux.

« Ray veut que je retourne à Ivanhoe.

— Quoi, maintenant ? Tu y étais déjà il y a quelques semaines, non ?

— Oui. »

Il regardait par la fenêtre, dans le vide, l'air fiévreux. Elle ouvrit le robinet et posa un verre d'eau devant lui. Comme il ne la regardait pas, elle s'assit sur la chaise à côté de lui.

« Ray aurait dû te prévenir qu'il y avait plusieurs enfants à prendre là-bas. Ça t'aurait évité de faire deux voyages.

— Il m'avait prévenu.

— Comment ça ? »

Il but la moitié du verre et s'essuya la bouche du revers de la main.

« J'étais censé embarquer un autre gosse, la dernière fois. Un petit garçon.

— Tu devais revenir avec deux enfants ?

— C'est ça.

— Il y a eu un problème ? »

Il la regardait, l'œil vitreux. Elle sentit son estomac se nouer.

« Non, dit-il. Pas ce coup-ci.

— Alors, pourquoi tu n'as…

— Il n'y a pas eu de problème, parce que je ne l'ai pas pris. Je suis entré dans la maison et je l'ai vu avec son grand-père. J'ai rien pu faire. Alors je suis parti sans lui.

— Comment ça, tu n'as rien pu faire ? Qu'est-ce que ça veut dire ?

— Ça veut dire que j'en étais incapable. Ce n'était qu'un bébé, Mandy. Je ne trouve pas ça juste d'embarquer un bébé. Il avait l'air très bien là où il était. » Il retira ses bottes tout en parlant et les abandonna sur le lino propre. « Et l'endroit où il finirait, si je l'emmenais, serait sans doute bien pire. »

Mandy attrapa ses bottes, les emporta jusqu'à l'entrée du jardin et les déposa sur les pavés. Elle prit quelques grandes inspirations en écoutant le bruit des vagues, et perçut un éclat de rire au loin. Elle n'avait jamais été aussi réticente à l'idée de retourner dans la même pièce que son mari. Qui regardait fixement ses mains.

« Tu ne me l'avais pas dit. » Elle ramassa quelques morceaux de terre tombés des semelles des bottes.

« Que tu avais laissé un enfant. Tu ne m'en as jamais parlé.

— J'essayais de ne plus y penser.

— Ça t'était déjà arrivé ?

— Non. C'était la première fois.

— Et maintenant, Ray veut que tu retournes le chercher, c'est ça ?

— Exactement. Il a fait la gueule quand je suis revenu sans lui, la dernière fois. Mais je vais pas y arriver, Mand. Je crois que je n'en peux plus de ce boulot. »

Elle remplit la bouilloire au robinet et la mit à chauffer sur la plaque de cuisson. Elle réfléchit à ce qu'elle allait dire, au ton à employer.

« Tu sais... » Elle lui tournait toujours le dos. « Tu prends ça trop à cœur. Tu te laisses encore atteindre. Tu ne dois pas oublier que c'est la meilleure chose à faire pour ces gosses. Ça leur donne un bon point de départ dans la vie.

— Voilà que tu te mets à parler comme Ray. »

Elle lui fit face. « Ray a peut-être raison. On ne sait jamais ce qui se passe réellement dans ces familles. Il y a des menaces qu'on ne voit pas au premier coup d'œil. Tu as abandonné ce gamin à son sort.

— Peut-être, Amanda. » Il baissa les yeux et contempla ses pieds. « Mais peut-être pas. C'est tout le problème. » Il transpirait dans son uniforme, où des auréoles se formaient au niveau des aisselles. « J'ai commencé ce boulot en pensant être du bon côté. Mais, au fil des ans, ça s'est retourné contre moi. Maintenant, je me demande juste si je ne suis pas une raclure.

— Ne dis pas ça. » Le rire d'un martin-chasseur géant, au fond du jardin, la fit sursauter. Elle n'aimait pas l'entendre parler ainsi. « Bien sûr que non. Je sais qui tu es. Tu n'as pas une once de méchanceté en toi.

— Tu ne comprends pas.

— Tu es quelqu'un d'honnête, qui fait bien son travail. Ne dis pas de bêtises. »

Il traversa la pièce jusqu'au tiroir où le paquet de cigarettes était encore ouvert. Il n'en restait plus que deux. Il les sortit et lui en tendit une.

« Je ne suis pas très douée pour les planquer, dit-elle en se penchant vers l'avant, reconnaissante, tandis qu'il lui grattait une allumette.

— Je sais. Je ne suis pas idiot, Mandy. Je reconnais l'odeur, quand tu as fumé.

— J'imagine. » Elle inspira profondément.

« Je veux qu'on soit réglo l'un envers l'autre. Honnêtes. »

Elle s'installa à ses côtés, dos au comptoir. « Moi aussi, mon amour.

— J'ai besoin que tu comprennes ce que je dis. Que tu essaies.

— Je comprends.

— Vraiment ? » Il broya le paquet vide et alluma sa cigarette. Il n'avait jamais beaucoup fumé. Les clopes paraissaient minuscules entre ses doigts et il n'en tirait que quelques bouffées. Un vrai gâchis, aux yeux de Mandy.

« Écoute. Ce n'est pas toi qui décides quels parents vont perdre la garde de leur enfant, n'est-ce pas ? Ce n'est pas ta faute s'il y a une erreur.

— Ils devraient commencer par jeter un œil à certains de leurs foyers, s'ils veulent vraiment savoir à quoi ressemblent des gamins délaissés. » Il pointa son doigt vers le nord, du côté de chez Joe et au-delà. « Il faut voir où je les emmène. La négligence de leur famille, c'est ce qui peut leur arriver de mieux. »

Mandy jeta un regard circulaire sur sa cuisine à moitié propre, la lumière du soleil dans le jardin, le désordre de sa matinée avortée. Elle allait devoir se coltiner son monologue. Il avait raison, au fond, elle n'avait pas compris. Elle croyait qu'il emmenait des enfants dans un lieu sûr, afin qu'ils puissent bénéficier de meilleures conditions de vie. Elle imaginait avoir épousé un policier intègre et courageux.

« Ça craint tant que ça, dans ces foyers ?

— On ne devrait même pas leur donner ce nom. » Il tira sur sa cigarette, inhalant à peine. « Ce ne sont pas des foyers. Des asiles, plutôt.

— Ça vaut toujours mieux que de les laisser là où ils sont, non ? Je me souviens que tu avais toi-même dit qu'ils vivaient dans des conditions déplorables. Des gamins laissés pour compte, des crève-la-faim. Je me souviens que ça t'avait choqué.

— C'est vrai. Il y a eu un moment où ce genre de choses me dérangeaient.

— Ce n'est pas bon pour des enfants de grandir comme ça, dans la crasse, sans rien à se mettre sous la dent…

— Ces gens-là n'en aiment pas moins leurs gosses, Mandy. Une fois que t'as compris ça, tu commences à douter de tout le reste. »

La bouilloire gargouillait ; elle attrapa deux tasses dans le placard.

« C'est un bébé, ce garçon pour lequel tu es censé y retourner ? »

Il acquiesça. « Il a quelques mois, je crois.

— Pourquoi on le retire ? »

Il haussa les épaules. « C'est une famille compliquée. Le père a fichu le camp. La mère n'est elle-même qu'une gamine. Le grand-père essaie de faire vivre la famille, mais il n'arrive pas à joindre les deux bouts.

— Peut-être que ça vaut mieux pour ce garçon, Steve. De sortir de là, jeune. Il n'en saura rien. Il ne se souviendra pas de sa famille. »

Il se raidit et tapa du poing sur le comptoir. De la fumée s'échappait de ses narines. « Bon sang, Mandy ! T'as rien écouté ou quoi ?

— Si. J'essaie juste de te faire relativiser.

— C'est toi qui as besoin de faire fonctionner tes méninges. Ce n'est pas juste, toutes ces histoires. Tu comprends ça ?

— Ce que je comprends, c'est que tu es un homme bon, dit-elle doucement.

— Qu'est-ce que t'en sais ? Je suis du côté des salauds. » Il secoua la tête. « J'en ai ma claque. J'en peux plus, vraiment. Je vais dire à Ray que je laisse tomber. Il n'a qu'à trouver quelqu'un d'autre pour finir le boulot.

— Comment il va réagir ?

— Je sais pas.

— Ray s'est toujours montré sympa avec toi. Compréhensif.

— Je sais. » Il hocha la tête. Il se calmait peut-être un peu. Il écrasa sa cigarette et de la main essuya la sueur qui coulait le long de son cou. « J'aurais arrêté depuis des années, s'il n'y avait pas eu Ray. Sans lui et le souvenir de mon vieux. J'ai honte en imaginant ce qu'il dirait s'il m'entendait.

— Tu n'as pas à avoir honte.

— C'est là que tu te trompes. »

Il la prit dans ses bras et la serra fort contre lui. Il sentait le tabac, la sueur et la poussière. De la chaleur se dégageait de lui comme d'une étuve.

« Si tu savais tout ce dont j'ai honte, ma chérie. »

Elle s'appuya contre lui un moment, lui caressa le dos. Elle évitait de le regarder, de peur de découvrir sur son visage quelque chose qu'elle pressentait. Quelque chose qui se dénouait inéluctablement en lui, comme un bateau larguant les amarres.

« Je crois que tu devrais aller jusqu'au bout, dit-elle. Pour ne pas partir sur un échec.

— Je ne peux pas, Mandy.

— Je crois que si. Démissionne ensuite, si c'est nécessaire. » Elle prit son visage entre ses mains. « Mais pars dignement, après avoir rempli ta mission. »

La poitrine de Steve se souleva et retomba. « Je vais y réfléchir.

— Fais donc ça, mon amour. »

Elle alla chercher du lait dans le réfrigérateur. Elle le voyait encore du coin de l'œil, le visage enfoui dans ses mains. Elle resta un moment derrière la porte ouverte afin de ne plus l'avoir dans son champ de vision.

17

Leeds, 1967

Isla s'assit sur une chaise en bois dans la cuisine. Elle portait un chandail beaucoup trop large pour elle. La buée avait envahi les fenêtres, masquant la vue du dehors. Toujours aussi sombre. Impossible de mettre le nez à l'extérieur avec ce froid de canard. La cuisine était la seule pièce où il ne gelait pas, grâce au poêle, mais il n'y faisait pas chaud non plus. Il ne faisait bon nulle part en Angleterre. À la moindre sortie, il fallait mettre un gilet, des chaussettes et un pull. Et on risquait d'attraper la mort dans la salle de bains : des stalactites se formaient à la fenêtre et il valait mieux ne pas s'asseoir trop longtemps sur la cuvette des toilettes. Sa grand-mère gardait un pot de chambre sous son lit, qu'elle utilisait la nuit pour ne pas choper la crève. Un de ces jours, elle attraperait une angine de poitrine et ce serait la fin.

Sa grand-mère rangeait la cuisine, balayait de sa main les miettes de la planche à pain dans l'évier. Isla voyait bien qu'elle était gentille, mais elle ne l'aimait pas.

L'Angleterre lui faisait tout détester, même les choses agréables. Le pire, c'est que l'Angleterre lui rappelait parfois l'Australie, mais déformée. Isla n'aimait pas la hauteur des maisons anglaises. Elle n'aimait pas les escaliers. Elle aimait les maisons vastes et sans étage. Les Anglais croyaient avoir tout compris aux maisons, et ça donnait à Isla envie de pleurer. Ils pensaient avoir raison et personne ne se souciait de son avis à elle.

« Tu ne manges pas ta tartine ? » Sa grand-mère se tenait à côté d'elle. Elle regardait Isla puis Isla regardait sa tartine. « Pourquoi tu ne veux pas goûter ? Tu dois mourir de faim.

— Ce n'est pas de la Vegemite, dit Isla.

— Il me semble que c'est la même chose. » Sa grand-mère lui montra le pot, brun et incurvé, au couvercle jaune. « Et ta mère préfère celle-ci. »

Isla secoua la tête.

« Tu aimerais peut-être, si tu essayais.

— C'est pas pareil. » Isla détestait que sa grand-mère fasse semblant de ne pas comprendre. « Et je n'aime pas non plus quand c'est tout brûlé. »

Sa grand-mère reprit l'assiette et jeta les tartines à la poubelle.

« Je ne t'en veux pas, ma chérie. Je trouve ça dégoûtant, moi aussi. »

Isla décida de ne rien manger avant d'être rentrée en Australie. Elle ne voulait plus rien avaler d'anglais.

« Comment ta mère te fait-elle tes tartines ? »

Sa grand-mère prit le couteau et le posa en équilibre sur le pain.

« Mandy sait les faire comme j'aime.

— Mandy ? » Sa grand-mère prononçait son nom d'une drôle de façon. « De qui s'agit-il ? »

Isla ne savait comment répondre à cette question. Elle balança ses pieds sous la table jusqu'à ce qu'elle arrête de penser à Mandy qui lui disait au revoir.

« Et si je te les faisais légèrement griller avec un peu de fromage ? »

Isla baissa les yeux et haussa les épaules. Elle aimait bien le fromage sur ses tartines, mais rechignait à rompre son jeûne si tôt.

Dans le couloir, le téléphone sonna. Sa grand-mère s'apprêtait à répondre, mais sa mère dévala l'escalier et décrocha la première.

« J'en connais une qui s'est réveillée », dit sa grand-mère.

Isla écoutait sa mère au téléphone. Elle parlait fort, comme quand elle appelait l'Angleterre depuis la maison. « Allô, dit sa mère. Oui, c'est moi. »

Sa grand-mère écoutait aussi. Elle arrêta de trancher le pain et inclina la tête en direction de la porte.

« Ça fait du bien d'être chez soi, dit sa mère. C'est vraiment apaisant. Même s'il fait un peu froid ! »

Isla savait bien que sa mère ne parlait pas à son père. Elle avait sa voix de menteuse. Sa grand-mère retourna couper le pain.

« Tu lui as parlé ? » demanda sa mère. Il y eut une longue pause. « Je suis désolée, je n'avais pas les idées claires. »

Sa grand-mère se tourna vers elle. « Tu es sûre que tu ne veux pas un peu de Marmite sur cette tartine ?

— Non, merci, répondit Isla.

— Sûre et certaine ? » Sa grand-mère fit une grimace. Une sacrée grimace. Elle arrivait à loucher, tout en levant un sourcil plus haut que l'autre.

Dans le couloir, sa mère raccrocha. Elle se dit quelque chose à elle-même, qu'Isla ne parvint pas à saisir.

« Mamie ?

— Oui, ma chérie ?

— Pourquoi on est venues ici ? »

Sa grand-mère alla éteindre le grille-pain. Elle s'essuya les mains sur son tablier et ouvrit grand les bras. « Viens ici, ma chérie. »

Isla sauta de sa chaise.

18

Sydney, 1967

Mandy raccrocha. C'était donc si génial que ça, l'Angleterre ? Seigneur ! Elle découvrait une autre facette de Louisa, ces jours-ci. Quelle indécence de l'entendre aussi contente d'elle-même.

« À qui tu parlais ? »

Mandy se retourna. « Tu m'as fait peur. Depuis quand tu es là ?

— Désolé, Mand. » Steve entra d'un pas lourd dans la cuisine, en pyjama, somnolent. « J'ai cru t'entendre parler à quelqu'un. T'étais au téléphone ?

— Il est presque minuit, Steve. Tu as dû rêver.

— Je suis sûr que je t'ai entendue dire quelque chose. "C'est gonflé", ou un truc dans le genre.

— Je n'ai jamais dit ça. Tu étais en train de rêver. » Mandy manipula sa montre, qui lui pinçait le poignet. Elle ignorait la raison de son mensonge. Elle aurait pu lui dire qu'elle avait passé un coup de fil à Louisa. Ils auraient pu en discuter, s'asseoir et en rire, comme au bon vieux temps. Pourquoi avait-elle nié en bloc ?

« Qu'est-ce que tu fais debout ? demanda Steve.

— Je n'arrive pas à dormir. Je meurs de chaud. »

Steve bâilla. « Je ne suis pas dans mon assiette, Mandy. Je rumine trop. » Il passa la main dans ses cheveux, qui se figèrent en un épi, et scruta la pièce plongée dans l'obscurité. « J'ai décidé d'aller chercher ce gosse, à Ivanhoe. J'irai tout à l'heure. »

Il avait l'air abattu et faisait plus vieux que son âge.

« Tu es sûr ? Je croyais que tu voulais laisser tomber.

— Je sais. Mais ça m'embête de ne pas aller jusqu'au bout. Je ne veux pas que Ray croie que je me suis défilé. »

Elle s'approcha de lui et le recoiffa d'un geste. « Tu as toujours été fier. Tu veux garder la tête haute.

— C'est vrai.

— Ça fait longtemps qu'on aurait dû parler de tout ça. J'aurais dû essayer de mieux te comprendre. »

Il se gratta le nez. « Je m'étais mis à avoir peur de rentrer à la maison. Je n'arrivais pas à encaisser la façon dont tu me regardais quand j'étais mal dans mes pompes.

— Je suis désolée. Tu aurais dû m'en parler plus tôt.

— À partir de maintenant, je veux qu'on soit honnêtes l'un envers l'autre. D'accord ? On n'a pas d'autre solution, Mand. »

Elle lui attrapa la main. Il avait raison. Elle avait pris un mauvais pli en le tenant à distance. « Il y a un sujet sur lequel je n'ai peut-être pas été tout à fait franche avec toi.

— Vas-y, chérie.

— Je ne veux pas tomber enceinte, Steve. »

Les mots sortirent avant qu'elle puisse les peser. Elle en rit presque de soulagement.

« Tu ne veux pas… »

Elle secoua la tête.

« Je croyais que tu t'étais faite à l'idée.

— Je suis désolée, mon amour. Ce n'est pas ça que je veux. » La main de Steve s'alourdit dans la sienne. « Je ne peux plus faire semblant. »

Il resta silencieux un long moment. La montre de Mandy égrenait les secondes. Son sentiment de délivrance se dissipa.

Steve lui lâcha la main et s'assit à la table.

« Tu commençais à t'y faire. Non ?

— J'ai vraiment essayé, Steve. Mais plus je faisais d'efforts, plus je comprenais que ce n'est pas ce que je veux.

— Tu penses pouvoir changer d'avis ?

— Non. Je suis désolée.

— Ça me fout un coup, Mandy. » Il regardait fixement ses pieds. « Ça fait longtemps que je veux un enfant. Plus que tout.

— Je suis vraiment désolée. »

Il se leva et se dirigea vers la salle de bains, tout en remontant l'arrière de son pyjama, dont l'élastique avait craqué.

« Steve, ne t'en va pas. Reviens, parlons-en.

— Autant commencer tôt. » Il alluma la lumière dans la salle de bains. « Histoire de passer à autre chose.

— On est en plein milieu de la nuit. Ne fais pas l'idiot. »

Il referma la porte derrière lui. Mandy prit les cigarettes dans le tiroir, en alluma une et se posta près de la porte donnant sur le jardin. Le souvenir de son père lui revint à l'esprit. Le meilleur type qu'elle ait jamais connu. Fier, solide et honnête. Anéanti par la femme qu'il aimait.

19

Sydney, 1997

Isla s'agite au cœur de la nuit. Elle tend la main vers Dom. Elle a reconnu son poids dans le lit, à côté d'elle. Sa chaleur, son odeur. Elle sent sa bouche venir contre la sienne. D'abord ensommeillée, puis insistante. Elle se laisse caresser, sans bouger, pour le pousser à y mettre davantage de vigueur. Il est doué pour ça. Réceptif et généreux, jamais en demande. Elle lui descend son caleçon jusqu'aux genoux. Il la fait rouler sur le dos, elle lui résiste. Pas tout de suite. Elle ne le dit pas. Elle n'arrive pas à ouvrir la bouche. D'une voix pâteuse, il lui susurre à l'oreille des mots qu'elle ne comprend pas. Il a la bouche trempée, dégoulinante. Avec un goût de sang.

Elle ouvre les yeux. Il la dévisage, l'œil sombre et tuméfié. Sa bouche difforme lance des bulles d'écume écarlate. « Pas encore ? » bafouille-t-il.

Isla se redresse, en sueur. Elle est seule dans cette chambre plongée dans l'obscurité. Elle retire ses couvertures, tâtonne autour du lit simple. Ça n'avait rien de réel, évidemment. Juste un fantôme, fait de peur et de honte.

Elle allume la lampe de chevet, dont l'abat-jour de coton fin, orné de fleurs, tamise la lueur d'une teinte rosée. Les meubles de son enfance côtoient des cartons de cintres, des cartons de chaussures, des cartons renfermant d'autres cartons plus petits. Une caisse de détergents aux dimensions industrielles occupe désormais le bureau devant lequel elle s'asseyait jadis pour faire ses devoirs. Elle se sent démesurément grande dans cette chambre. Quelle déception pour son moi jeune et plein d'espoir qui vivait ici.

Elle s'allonge et referme les yeux. Mais Dom lui apparaît à nouveau, tiré à quatre épingles, souriant, tel qu'elle l'a rencontré la première fois, alors que son patron le présentait à l'équipe. Il avait rougi en la voyant. Et elle avait dû résister de toutes ses forces à l'envie de bondir à travers le bureau pour l'embrasser goulûment.

Elle n'avait pas bu devant lui, les premiers mois. Elle commandait un jus d'orange au pub, après le travail, tout en remplissant son frigo de cannettes de bière blonde et forte. C'est devenu plus difficile quand il a emménagé chez elle. Il lui avait passé un savon, la fois où il l'avait surprise à boire de la vodka pure à la bouteille alors qu'elle le croyait au lit. Elle avait minimisé la portée de son geste, lui avait promis de changer. Il l'avait crue. Il s'était mis à lui parler mariage, tandis qu'elle songeait à la bouteille qu'elle gardait planquée dans la sacoche de son vélo. Et puis plus tard, des années plus tard, il était devenu l'adversaire, celui dont elle se cachait, celui qui la forçait à se regarder en face. Et sur lequel elle se défoulait quand elle détestait ce qu'elle voyait.

Il lui manque comme s'il venait à peine de partir.

Le réveil sur la table de nuit indique qu'il est encore tôt, même pas vingt-trois heures. Elle se change, enfile un tee-shirt sec. Elle a besoin d'eau et d'air frais, ces deux nouvelles béquilles de sa sobriété. Une lampe éclaire encore le salon. Derrière la porte entrouverte, la télévision ronronne d'accents britanniques et des rires enregistrés.

Isla se dirige vers la cuisine, sur la pointe des pieds. Elle se fige en entendant la voix de sa mère.

« Débarrasse-t'en. Si tu n'y tiens pas. »

La réponse de son père est inaudible. Un grognement. Un mouvement sur le canapé.

« Qu'est-ce qui t'en empêche, Joe ? Pourquoi garder un truc comme ça ?

— Tu ne voudrais pas la boucler un peu ?

— Tu ne vois pas de quoi ça a l'air ?

— Tu vas finir par la fermer, bordel ? Qu'est-ce que je dois faire pour que tu me foutes la paix ? »

Isla referme bruyamment la porte de sa chambre, à dessein. Ses parents se taisent. Elle attend dans le couloir, tout ouïe, les sachant désormais conscients de sa présence. Elle n'hésitera pas à s'interposer, si elle entend une dispute ou un cri. Sinon, elle retournera au lit et tendra l'oreille, ne dormant que d'un œil, effrayée pour chacun d'eux. Combien de fois s'est-elle déjà retrouvée dans cette situation ? Son père grogne et elle se tend, prête à intervenir, à retenir son bras, à se glisser entre eux pour les arrêter. Elle criera s'il le faut, pour les séparer. Elle se souvient de ses coups de poing dans le dos de son père, de sa solidité. De sa mère en larmes. Puis des remords, des regrets paternels et du calme qui les accompagnait. Des sanglots de Scott.

Il ne s'agit pas d'un simple souvenir. Elle sait qu'il en contient d'autres, emballés à l'intérieur. Comme des cartons rangés les uns dans les autres.

« Il commence à se faire tard, dit son père d'une voix chaleureuse et posée.

— Je vais encore lire un peu, répond Louisa. Ne m'attends pas pour te mettre au lit. »

Isla rebrousse chemin vers la cuisine. Son père jette un coup d'œil vers elle, tandis qu'il ouvre la porte de la salle de bains et tire sur le cordon de la lumière. Un regard puissant, bref mais hostile. Elle s'éloigne de lui à travers l'obscurité du couloir.

20

Sydney, 1967

La chaleur ne montrait pas le moindre signe d'apaisement. Mandy scrutait l'horizon depuis le haut du chemin côtier. Le bleu profond du ciel dominait l'océan impassible, à peine troublé par une traînée d'écume à sa surface, un fin liseré blanc sur le rivage. La chaleur ne faiblirait pas avant un bon moment, se dit-elle. Plusieurs semaines. Des mois, même.

Isla aurait voulu aller à la plage, un jour comme celui-ci. Elle aurait pris son tuba pour observer les poissons. Peut-être aurait-elle ramassé des coquillages dans son seau, aussi, et fouillé les flaques sur les rochers, pour voir ce qu'elle pourrait y trouver parmi le corail et les algues. Elle gardait toujours l'espoir de tomber sur une pieuvre, la petite. Ou un requin. Sur la plage, un jeune garçon et sa mère tapaient dans un ballon qui se dégonflait. Un homme d'un certain âge sortit de l'eau à toute allure, s'ébrouant comme un chien : peut-être M. Harper, de la pharmacie de Bridge Street, qui prenait son habituel bain de mer durant son heure de déjeuner.

Des enfants plus âgés grimpaient sur les rochers plats au bord de la baie, pour sauter dans l'eau, là où ils avaient pied. Ils riaient, mais elle les entendait à peine. Elle ne s'était pas rendue à la plage depuis quinze jours. Depuis le départ d'Isla. Elle n'en avait pas eu envie. Même si on y avait l'air bien, quand même.

Elle s'engagea sur le sentier côtier, sous un soleil au zénith. Plus elle s'approchait de l'océan, plus il lui paraissait accueillant. Elle se baignait rarement – elle n'aimait pas trop imaginer ce qui se passait sous la surface –, mais difficile de ne pas avoir envie de piquer une petite tête, avec cette chaleur. Elle jeta son chapeau de paille sur la plage et retira ses sandales. Le sable lui brûlait les pieds, la brise se faisait rare. Elle remonta son jean sur ses mollets et trempa ses pieds dans l'eau. La mer semblait si fraîche, si calme. Elle s'y enfonça jusqu'aux genoux, se pencha pour s'éclabousser le visage et les bras, passa une main dans ses cheveux pour les dégager de son visage et de son cou. Ayant déjà mouillé son jean, elle continua, soulevant son chemisier pour le garder au sec. Le sable glissait sous ses pieds et elle se retrouva trempée jusqu'à la taille avant même de s'en rendre compte. Et puis merde. Elle rit.

« Belle journée pour une baignade. »

Elle se retourna et aperçut Joe sur la plage, en costume, cravate dénouée et col ouvert. Les ourlets de son pantalon traînaient dans le sable. Elle se sentit soudain ridicule. Elle alla à sa rencontre.

« Elle est délicieuse. » Elle lui lança un sourire, auquel il ne répondit pas. Il la regardait peut-être de travers. Ou plissait les yeux face au soleil. « Tu n'es pas au travail ?

— Je n'ai pas réussi à y aller. J'ai fait la moitié du trajet et je suis rentré. »

Elle s'approcha de lui. « J'ai oublié mon maillot de bain, dit-elle en baissant le regard sur son jean trempé.

— Je t'ai suivie, dit-il. Je t'ai vue depuis chez moi. »

Elle s'assit sur le sable, s'appuya sur ses bras derrière elle et leva le visage vers le soleil. Joe retira ses chaussures et ses chaussettes avant de s'accroupir auprès d'elle, les pieds dans l'eau. Il avait un bandage à la main droite, étroitement lacé autour de ses articulations, et fixé à son poignet par une épingle de nourrice. Elle se demandait s'il se l'était fait lui-même ou s'il était allé voir un médecin. S'il avait élargi le trou dans le mur de son salon.

« Comment ça va ? »

Il déglutit, les sourcils froncés, scrutant l'horizon. « Elle a vidé le compte épargne. En totalité. »

Mandy fit glisser ses talons sur le sable humide et regarda l'eau remplir les deux petits sillons qu'ils avaient creusés.

« J'imagine que ça coûte bonbon, un billet pour l'Angleterre. »

Le ballon de plage dégonflé atterrit avec lourdeur à ses côtés. Elle le relança vers l'enfant et remarqua, en ramenant son bras vers elle, que sa montre avait pris l'eau. Le délicat tic-tac de sa trotteuse avait cessé. Elle restait bloquée sur midi et demie. À peine quelques minutes plus tôt. Mandy la porta à son oreille. Pas le moindre bruit.

« Je ne pourrais même pas les rejoindre, si je voulais. Pas sans vendre la maison. » Il passa ses mains sur son visage, où des grains de sable se mêlèrent à la sueur et à la poussière. « Elle a quitté son travail, aussi. Elle leur a donné son préavis.

— Je sais. » Elle le regarda. « Désolée. Je n'ai pas réussi à te le dire.

— Tu as eu des nouvelles d'elle, depuis qu'elle est partie ? »

Mandy hocha la tête. « Juste un coup de fil rapide. Qui n'a pas duré longtemps. Il y avait de la friture sur la ligne. »

Il fixa son profil avec dureté. « Et qu'est-ce qu'elle a dit ? » Il lança un caillou dans l'eau. « C'est toi qui l'as appelée ?

— Oui. Chez sa mère.

— Et ? »

Elle gardait les yeux rivés sur l'horizon. Il souffrait le martyre à côté d'elle et elle ne voulait pas voir ça. « Elle a dit que c'était génial d'être rentrée en Angleterre, Joe. Voilà ce qu'elle a dit. Je suis désolée. »

La marée montait. Une vague déferla à leurs pieds, les trempant largement. Aucun d'eux ne bougea. Elle sentait la chaleur du soleil inonder sa nuque. Ses cheveux avaient séché, le sel tirait sur sa peau.

« Je vais rentrer, dit-elle. Histoire de me servir un verre et de manger un morceau. »

Comme il ne réagissait pas, elle se releva et ramassa son chapeau sur le sable.

« Steve est parti, dit-elle en attendant qu'il se retourne. Il ne reviendra pas avant un jour ou deux. »

Joe se redressa maladroitement et brossa le sable de ses vêtements.

Mandy tira les rideaux de la chambre, masquant le soleil de l'après-midi. Elle avait laissé Joe avec une bière, dans la cuisine. Même s'il valait mieux ne pas l'abandonner trop longtemps, elle s'assit sur le lit et alluma une cigarette. Ce qu'elle avait tant désiré était sur le point de se produire. Elle éprouvait un sentiment irrépressible, torrentiel. Elle expira lentement en regardant la fumée s'épaissir et flotter dans l'air.

Son jean était presque sec. Mais le sel l'avait rendu rêche, il lui faisait mal en frottant contre sa peau. Elle l'ôta pour en mettre un propre et se retourna devant le miroir, s'assurant qu'elle avait l'air jolie, mais sans en faire trop. Elle ne voulait pas qu'il s'imagine qu'elle se donnait de la peine pour lui plaire. Sur la commode, une photo encadrée de son père l'observait, qu'elle retourna face au mur.

Elle entendit Joe dans la cuisine. Il s'agitait sur sa chaise, posait sa bouteille de bière sur la table, se raclait la gorge. Le cœur de Mandy battait à se rompre. Elle hésitait presque à faire marche arrière et à le renvoyer chez lui. Mais son désir le plus fort restait de laisser faire les choses. De découvrir ce plaisir avec lui. Elle n'arrivait pas à penser à autre chose.

De retour dans la cuisine, elle glissa un cendrier sur la table. Il leva les yeux vers elle.

« Une autre petite bière ? demanda-t-elle.

— Volontiers. »

Elle en prit une aussi, pour l'accompagner. Joe avait l'air d'une épave dans son costume humide et ensablé. Il avait un coup de soleil au sommet du front. Les yeux injectés de sang. Il avait gardé le silence depuis leur départ de la plage. Elle fit glisser son paquet de cigarettes à travers la table. Il en sortit une, l'alluma et s'avachit sur sa chaise.

« J'avais tellement confiance en elle, lâcha-t-il en portant la bouteille à sa bouche. Une confiance aveugle.

— Bien sûr. Tu ne pouvais pas savoir.

— J'aurais quand même dû me méfier. » Il dénoua sa cravate, la retira par le haut et la posa sur la table. « J'aurais pu anticiper, l'empêcher d'en arriver là.

— Tu ne peux pas revenir en arrière et changer le passé, Joe. »

Il écrasa sa cigarette. « La voiture était pour elle. Je l'avais inscrite à des cours de conduite, je voulais lui faire la surprise. Je croisais les doigts pour qu'elle puisse passer le permis avant la naissance du bébé. Et voilà comment elle me remercie. »

Elle étendit une jambe sous la table et appuya son pied nu sur le genou de Joe, espérant apaiser sa nervosité. « Tu ne mérites pas ça, dit-elle. La façon dont elle t'a traité. Ce n'est pas juste. »

Il ne réagit pas. De toute sa vie, Mandy n'avait jamais fait d'avances à un homme. Elle en mourrait, s'il la rejetait.

Lentement, il enroula sa main valide autour du pied de Mandy et le monta plus haut sur sa cuisse. Puis il glissa son pouce entre ses orteils. Un frisson de volupté la traversa, qui la fit s'agripper au rebord de sa chaise.

« Je peux te demander un truc, Mandy ? »

Elle déglutit. « Dis-moi.

— Tu crois qu'elle m'a quitté ? » Son pouce parcourait la plante de son pied, de haut en bas. « Je veux dire, pour de bon ? Ou elle essaie juste de me faire du mal ?

— Je ne sais pas. » Elle s'avança sur sa chaise, l'invitant à faire courir sa main le long de son mollet. « Les deux, peut-être.

— C'est ce que je me disais.

— Tu mérites mieux, Joe. »

Il la regarda. « Tu es sûre, Mandy ? De ce qu'on est en train de faire ? »

Elle ôta son pied. Il étendit son bras par-dessus la table pour lui prendre la main. Elle remarqua qu'il avait retiré son alliance. Une fine bande blanche en marquait l'absence à son doigt.

« Ça ne peut faire de mal à personne. »

Elle lui sourit en se demandant si elle mentait – et si c'était ce mensonge qui allait tout foutre en l'air.

Il lui prit les mains pour l'aider à se lever de sa chaise.

21

Ivanhoe, 1967

Le dos de Steve le faisait souffrir alors qu'il s'extirpait du camion. Il claqua la portière et les gamins près du ruisseau détalèrent comme des lapins, bientôt dispersés dans la brousse. Le chien était attaché cette fois-ci, mais il le suivait du regard en tirant sur sa laisse et grogna lorsque Steve frappa à la porte. Il regardait fixement l'animal, qui s'assit en lui montrant les crocs.

« Tu te souviens de moi, c'est ça ? » souffla-t-il d'une voix rauque. Il n'avait pas parlé de la journée. « Tu te souviens de moi », répéta-t-il, et le chien lui renvoya un grognement rocailleux.

Steve le fusillait du regard au moment où la porte s'entrouvrit. Une jeune femme apparut. Il faillit être pris de court lorsqu'il comprit qu'elle allait lui claquer la porte au nez. Il la bloqua avec sa botte. La femme essayait en vain de la refermer en y mettant tout son poids, insultant Steve autant qu'elle le pouvait, lui criant d'aller au diable, de foutre le camp de chez elle, de la laisser tranquille. Le chien aboyait en tirant sur sa laisse. À l'intérieur de la maison, le bébé hurlait.

Il retenait la porte d'une main ferme. Puis il la poussa. Elle céda facilement, propulsant la jeune femme en arrière. Elle le dévisageait, terrorisée. Il avait déjà vu cette expression. Celle d'un cauchemar atroce qui devenait réalité.

« Désolé. Il va falloir me laisser entrer », dit-il.

Elle se retourna vers l'enfant.

« Je vous en prie, ne le prenez pas. » Elle n'avait pas la force de lui résister. « S'il vous plaît, je vous en supplie. »

Il se rendit compte qu'elle était plus jeune que ce qu'il croyait. Seize ans, peut-être.

« Tu es sa mère ? »

Elle acquiesça. « Mon grand-père m'a dit que vous reviendriez. Il m'a prévenue, le jour où vous êtes venu chercher Dora.

— On va s'occuper du petit », dit-il. Ses propres mots lui donnèrent la nausée. « Ça lui fera un bon point de départ dans la vie.

— Mensonge ! » Elle pointa son index vers le visage de Steve. « Ma tante a été enlevée quand elle était petite. Elle m'a raconté comment c'était. »

Les pleurs du bébé s'amplifièrent tandis qu'il fermait la porte derrière lui. Elle prit l'enfant dans ses bras, le serra contre elle, sanglotant en silence, son visage appuyé contre celui du bébé. Steve songea que ce gosse était celui qui allait le briser. L'achever. Il le savait depuis qu'il avait posé les yeux sur lui.

« On va faire autrement », dit-il.

Elle lui tourna le dos, tremblant de façon incontrôlable, et ses cris se muèrent en un gémissement. Il s'approcha et se fit l'ambassadeur du mal, pour une dernière fois. La toute dernière fois.

« Je te jure que ce sera différent. J'y veillerai moi-même », dit-il en posant la main sur l'enfant.

22

Leeds, 1967

Isla avait la gorge râpeuse, le nez bouché. On l'avait couchée, malade. Il faisait froid dans ce lit et elle se doutait que ce n'était pas l'heure de dormir. Mais on ne pouvait jamais vraiment savoir : il faisait toujours plus ou moins nuit en Angleterre. Le contact de ces couvertures trop fines l'agaçait, la rendait encore plus mal. Elle avait laissé son ours Digby en Australie et commençait à se dire qu'elle n'aurait jamais l'occasion de prendre le chaton d'Andrea Walker dans ses bras. Elle avait été gentille avec Andrea toutes ces dernières semaines, tout ça pour rien.

Quelqu'un alluma la lumière du couloir. Les fleurs du papier peint s'illuminèrent, grandes et laides, jaunes et marron. Isla avait beau fermer les yeux, les fleurs ne disparaissaient pas, elles grandissaient et se rapprochaient d'elle, avant de rétrécir. Les yeux clos, Isla essayait de deviner si les fleurs jaunes allaient repousser les marron lorsque de nouvelles couleurs se mirent à éclore. Du vert, puis du rose, avec des pétales gros comme des langues. Elle avait l'impression d'avoir une brique à l'intérieur du crâne. Elle ne pouvait plus bouger tellement celui-ci était lourd et douloureux. Elle restait allongée, immobile. Elle entendit la voix de sa grand-mère dans le couloir.

« Tu ne peux pas dire que je ne t'avais pas prévenue.

— Vraiment ? répondit sa mère.

— Tu aurais pu avoir un diplôme. Une situation.

— Je sais.

— Je te l'avais dit, à l'époque, que ce n'était pas un type bien.

— Tu ne le connais pas, Maman. »

Sa grand-mère renifla de mépris. « Je pourrais lui filer une sacrée trouille, je te le dis. »

Les mots de sa grand-mère se répétaient dans la tête d'Isla, sans trouver de sens. Elle aimait bien sa grand-mère, parce qu'elle venait d'un endroit qu'on appelle l'Islande. Sa grand-mère n'aimait pas non plus beaucoup l'Angleterre. Et elle était gentille, même quand elle râlait. C'est juste qu'elle avait une voix geignarde. Mais, quand on faisait une grimace, elle riait et en faisait une à son tour.

« Il n'est pas si mauvais bougre. Il lui arrive même d'être adorable, parfois, dit sa mère.

— Bien sûr, comme n'importe lequel. »

Isla s'assit. La brique cognait toujours contre les parois de son crâne. « Maman ! »

Les fleurs tourbillonnaient, leurs pétales se faisaient gras et caoutchouteux. Elle ne savait plus si elle avait les yeux fermés ou non. Il faisait chaud, très chaud dans ce lit. Isla était en nage. La brique s'était brisée en mille morceaux qui s'enfonçaient dans sa tête, son cou, le long de son dos. Isla s'assit au bord du lit. Peut-être rêvait-elle encore. C'était difficile à dire. Les fleurs lui tiraient la langue. « Maman ! »

La porte s'ouvrit.

« Mandy ? » Elle savait que ça ne pouvait pas être Mandy, mais elle avait son nom sur les lèvres. « Mandy ?

— C'est moi, ma chérie. C'est Maman. »

Isla se retenait de pleurer. « J'ai trop chaud. »

Elle se rallongea et sa mère posa la main sur son front. Sa mère avait compris, pour la brique. Elle repoussa les couvertures d'un geste rapide.

« Mon Dieu, tu es brûlante. »

Mandy souriait toujours quand on lui faisait une grimace et elle en faisait une, elle aussi. Elle faisait de chouettes grimaces et elle ne criait presque jamais. Isla essayait d'imaginer le visage de Mandy, mais elle ne voyait que d'énormes fleurs aux langues pendantes, vertes et roses, jaunes et brunes.

23

Sydney, 1997

À peine Isla atteint-elle le fond du jardin qu'il se remet à pleuvoir. En contrebas, la mer renvoie ses reflets grisonnants. Elle va s'abriter sous les arbres à thé en se disant qu'elle n'ira pas à la plage, finalement. Elle frissonne malgré la chaleur ambiante. Ses chaussures prennent l'eau. Elle s'apprête à retourner dans la maison lorsqu'elle aperçoit une femme sur la plage, qui émerge, grande et droite, insensible aux vagues qui viennent s'écraser contre elle. Plus âgée qu'Isla, mais en bien meilleure forme. La femme attrape sa serviette étendue sur le sable, puis se sèche en secouant ses cheveux. Isla reconnaît d'abord la serviette de plage à motifs floraux, puis sa mère : sa nouvelle coupe de cheveux et son maillot de bain noir, son allure sportive. L'admiration d'Isla cède la place à une haine si froide, si immédiate qu'elle en a l'estomac retourné. Elle éprouve une irrépressible envie de lui taper dessus.

Elle demeure immobile, à regarder sa mère avancer sur le sable, serviette sur l'épaule, puis gravir le chemin en pente sans avoir à s'arrêter pour retrouver son équilibre. Son visage lui apparaît plus distinctement, au fur et à mesure qu'elle se rapproche. Elle a un air inquiet, les sourcils froncés. Isla lève une main pour lui faire signe. Elle ne peut pas la haïr à ce point, tout de même ? Mais peut-être bien que si. Peut-être qu'elle l'a toujours détestée.

« Alors, tu vas piquer une tête ? lui crie Louisa.

— Non. Elle a l'air trop froide.

— Pas tant que ça. Moins que cette pluie, en tout cas. »

Elle avance pieds nus, le corps trempé. Elle semble à peine essoufflée malgré son ascension depuis la plage.

« Je vais quand même passer mon tour », dit Isla.

Elles se tiennent toutes les deux sous les arbres, à contempler le jardin. Le fanion s'est affaissé à l'arrière de la maison.

« Enfin, ce n'est pas non plus la pluie qu'on avait en Angleterre, reprend Louisa. Celle-là, elle te trempe jusqu'aux os. J'ai dû mettre un an à sécher en arrivant ici.

— Ça te manque ?

— L'Angleterre ? » Louisa rit. « Plus maintenant. Je n'arrive pas à imaginer comment j'ai pu avoir envie d'y retourner. »

Elles regardent la pluie tomber. Isla connaît par cœur l'histoire de sa mère qui, rongée par le mal du pays, était retournée en Grande-Bretagne avec elle, quand elle était enfant. Mais, une fois sur place, sa mère s'était rendu compte qu'elle ne s'y sentait plus chez elle. Et qu'elle avait fait une terrible erreur. Joe l'avait suppliée de rentrer à la maison, jurant qu'il ne pouvait vivre sans elle. Ainsi va l'histoire. De son séjour chez sa grand-mère, Isla ne se souvient que d'amoncellements de neige et de tuyaux gelés. Du vent qui soufflait dans les cheminées et remplissait les pièces de suie. De son père, qui lui manquait.

« Comment tu as fait ? La fois où on est parties en Angleterre. »

Derrière elles, l'océan se met à rugir. « Qu'est-ce que tu veux dire ?

— Comment t'as fait pour les billets d'avion ? Tu ne devais pas gagner grand-chose à l'époque. »

Isla regarde ses pieds. De l'eau s'infiltre à travers ses vieilles chaussures en toile. Elle touche là aux coulisses de l'histoire officielle. À son revers obscur, sa face cachée. Son chapitre manquant.

« J'avais retiré toutes nos économies, dit Louisa. Il y avait beaucoup d'argent sur le compte. Ton père avait économisé pour acheter une voiture.

— Et il n'a pas essayé de t'en empêcher ?

— J'avais planqué le livret d'épargne. Le temps qu'il le trouve, on était déjà parties. »

Isla observe la pluie. « Je n'arrive pas à croire que tu aies fait ça.

— Je n'avais pas vraiment le choix. » Elle se tait un moment. « Je suppose que tu ne peux pas t'imaginer ce que c'est, de dépendre financièrement d'un homme.

— En effet.

— Je me souviens que ton père avait même dû rédiger une lettre, pour que je puisse avoir mon nom sur le compte et y verser mon salaire. C'était rare à l'époque. Les comptes en banque étaient destinés aux hommes, pas à leurs femmes. »

Le regard d'Isla s'attarde sur l'arrière de la maison. À côté, Carol Taylor claque la fenêtre de sa cuisine.

« J'ai trahi sa confiance, dit Louisa en se frottant les cheveux avec sa serviette. Il ne me l'a jamais vraiment pardonné.

— Il avait déjà été violent avec toi ? »

Louisa se tourne vers elle. Sa serviette tombe au sol.

« C'est pour ça que tu l'as quitté ? »

Elle ramasse la serviette, la secoue vigoureusement.

« Ça n'a jamais été un homme facile.

— Je sais. »

Elle secoue à nouveau la serviette. De la terre et du sable humide y restent accrochés.

« J'ai donné autant que j'ai reçu, dit-elle.

— Vraiment ? »

Louisa la regarde et acquiesce.

« Je me suis défendue. Pendant longtemps, c'était lui qui dominait. »

Plus maintenant, se dit Isla. Elle se demande à quel moment le pouvoir a basculé entre eux. Si son père angoisse à l'idée de vivre avec une femme qui nourrit une telle rancune à son égard. Elle pense à Dom, vidant la vodka dans l'évier, le dos tourné.

« On a eu de bons moments, quand même, non ? » dit Louisa.

Sauf que tu n'as jamais su être heureuse, songe Isla en se demandant d'où cette réflexion peut bien lui venir.

« Évidemment, dit-elle. Mais les mauvais jours ne l'étaient pas à moitié. »

La pluie s'intensifie, masquant presque la maison. Isla observe le profil de Louisa, la raideur de son cou. Elle sait que sa mère ne s'excusera jamais, ni n'exprimera le moindre regret. Ce n'est pas son genre. Isla a passé son adolescence à ronger son frein, face à cette mère incapable de céder ou de reconnaître ses torts. Ça l'avait rapprochée de son père – ni lui ni elle n'avaient jamais le dernier mot sur quoi que ce soit.

« Tu le crois, Maman ?

— Qui ça ?

— Papa. Tu crois à son histoire, à propos de Mandy ? »

Louisa a un mouvement de recul. Elle se retrouve immédiatement trempée, les cheveux aplatis par la pluie.

« Tu veux que je te montre quelque chose ? » demande-t-elle.

Isla peine à discerner le visage de sa mère.

« Quel genre de chose ?

— Quelque chose que tu dois voir. »

Isla suit sa mère sur la pelouse, la tête baissée. Elle retire ses chaussures sur le paillasson. Louisa se dirige droit vers la plus grande chambre, où elle jette sa serviette sur une chaise.

« Viens. Entre. »

Isla s'assied sur le lit. De l'eau coule encore le long de son cou. La pièce est chaude, la fenêtre embuée. Le panier à linge déborde dans un coin, à côté de la pile du dernier repassage, posée sur une chaise. Un bouquet de roses, mortes depuis une éternité, termine de se faner dans un vase sur la commode.

Louisa fouille le fond d'un tiroir. « Je suis tombée là-dessus, il y a quelques mois. Ton père garde ça au milieu de ses chaussettes, avec la vodka que je fais semblant de ne pas voir. »

Isla chasse ses cheveux mouillés de son visage. Elle éprouve un sentiment de curiosité et de peur mêlées.

« Qu'est-ce que c'est ?

— Ça appartenait à Mandy. » Louisa sort une montre en la tenant par le bracelet. « Je l'ai reconnue au premier coup d'œil. »

Isla se lève pour examiner la montre. Elle est longue et fine, plaquée or, avec un cadran oblong et des encoches à la place des chiffres. Les aiguilles sont figées juste après midi et demie.

« Ton père n'a pas pris la peine de nier que c'était à elle, poursuit Louisa. Je lui ai demandé de s'en débarrasser, mais il a refusé. »

Isla détourne les yeux de la montre. La pluie cogne contre la fenêtre. Cette chambre lui donne l'impression de suffoquer.

« J'ai toujours eu des soupçons envers lui et Mandy. Ça se voit, quand un homme a la tête ailleurs.

— Ça ne veut pas pour autant dire que…

— Elle avait du charme, coupe Louisa.

— Mais ça ne signifie rien.

— Pour l'amour de Dieu !

— Tu tires des conclusions hâtives.

— Il a admis s'être entiché d'elle. Rien de sérieux, prétend-il. » Louisa replie ses doigts sur la montre. « Mais c'était il y a longtemps. Bien avant l'intervention de la police. »

Isla sent son corps se tendre, la chaleur s'abattre sur sa peau. « D'accord, il s'est amouraché d'elle et a conservé sa montre en souvenir. Et alors ?

— Il ment, Isla. Il cache quelque chose.

— Tu n'en sais rien.

— Je le sais quand il ment. Il est à cran. Il boit trop. Il y a un truc qui le ronge.

— Qu'est-ce que tu racontes ? » Isla crie afin de masquer sa peur. « Tu es en train de dire que Papa l'a tuée ?

— Je n'ai pas dit ça.

— Mais c'est ce que tu penses ?

— Je l'en crois capable. Oui. »

Isla se tourne vers sa mère. Elles ne se trouvent plus qu'à un mètre l'une de l'autre, dans cette pièce qui suinte la claustrophobie. « Tu veux savoir ce que je pense ? dit Isla.

— Bien sûr. » Elle fait glisser la montre autour de ses doigts.

« Je pense que ça te plairait qu'on l'arrête.

— Ce n'est pas vrai !

— Il a couché avec ton amie. »

Louisa passe la main à travers ses cheveux et s'immobilise, le coude replié. Elle ferme les yeux.

« C'était bien ton amie, non ? »

Louisa acquiesce. « C'est ce que je croyais.

— Tu t'en prends à lui, mais ils t'ont fait du mal tous les deux.

— Il ne s'agit pas de ça.

— Quand est-ce que tu t'es rendu compte qu'ils avaient une liaison ?

— Tu vas arrêter de parler de ça ? » Elle a le visage rougi, les membres crispés.

« C'est pour ça que tu l'as quitté ? Tu lui as pris toutes ses économies et tu es partie en Angleterre, parce que tu as découvert que…

— Non ! crie-t-elle. Non. J'ai commencé à avoir des doutes après notre retour. J'imagine que ça a dû commencer pendant qu'on n'était pas là. »

Isla recule. Elle a toujours craint le tempérament de sa mère. Au fil des ans, elles ont appris à marcher sur des œufs l'une avec l'autre, à éviter la confrontation.

« Tu as dû lui en vouloir, à elle aussi », dit Isla.

Louisa baisse les yeux au sol, où le linge repassé est tombé de sa chaise.

« Quand est-ce que tu as vu Mandy pour la dernière fois ? »

Louisa relève la tête. « Je ne l'ai pas vue depuis trente ans.

— Quand exactement ?

— Avant que toi et moi ne partions pour l'Angleterre.

— Tu en es sûre ?

— Évidemment. » Sa mère la regarde avec assurance. Dans le jardin, un oiseau lance un cri familier.

Louisa se retourne et range la montre dans le tiroir. Ses omoplates saillent lorsqu'elle soulève les chaussettes et les remet en place.

« N'en parle pas à ton père », dit-elle en tournant toujours le dos à Isla, qui regarde la pluie ruisseler sur la fenêtre.

24

Sydney, 1967

« Quand est-ce que Steve doit rentrer ? »

Joe se tenait debout dans la cuisine de Mandy, une tasse de café à la main, vêtu de sa chemise froissée et de son pantalon de costume. Le soleil venait à peine de se lever. Le jardin n'avait pas encore revêtu les couleurs du jour. Mandy avait compris que Joe allait bientôt partir. Elle n'attendait que ça. En même temps, elle devait bien admettre que ça lui aurait aussi plu qu'il reste.

« Il est à Ivanhoe, dit-elle. Il faut presque une journée pour faire le trajet. »

Joe coupa court à un bâillement. « Autrement dit, il peut revenir à tout moment.

— Détends-toi. » Elle se versa du café et le touilla. « Il sera là demain, au plus tôt.

— Mandy, je… » Il posa sa tasse sur le comptoir. « Et s'il écourte son voyage ?

— Il ne le fera pas. » Elle s'assit à la table de la cuisine. « Il doit conduire un petit dans un de ces foyers pour enfants. La dernière fois, ça lui a pris une semaine. »

Il fronça les sourcils. « C'est sa routine, alors ? D'enlever des gosses ?

— Davantage qu'il ne le voudrait. Ça le mine, ces derniers temps. Les familles le prennent mal.

— Tu m'étonnes…

— Steve dit que ces gens aiment leurs enfants, comme tout le monde. Et que les foyers où il les emmène ne leur font pas plus de bien. »

Joe haussa les sourcils. « Autant dire qu'il ne résout pas franchement le problème.

— Non. » Elle pivota sur sa chaise. « Il en finit même par penser que c'est *lui* le problème.

— Pourquoi il ne démissionne pas ? Il pourrait faire autre chose ?

— Je crois, oui. Mais ce n'est pas facile pour lui. Il descend d'une longue lignée de policiers, sur plusieurs générations. Il savait ce qu'il faisait. Il s'imaginait qu'il serait à la hauteur.

— Je ne m'en étais jamais rendu compte. Je veux dire… J'ignorais qu'il le vivait aussi mal.

— Il n'en parle pas beaucoup. » Elle repensa aux larmes de Steve sur le seuil de la maison. « Louisa est au courant de tout. Ça m'étonne qu'elle ne t'en ait pas parlé. »

Il baissa les yeux. Elle regretta d'avoir mentionné son nom. « Désolée.

— Non. Ce n'est pas grave. »

Il finit son café et retourna dans le salon. Elle entendit le cliquetis de la boucle de sa ceinture et le frottement des pieds du fauteuil, qu'il déplaçait pour trouver ses chaussures.

À son retour, la chemise était rentrée dans son pantalon, sa ceinture bouclée. Le bandage à son bras commençait à se défaire.

« Je peux te poser une question ?

— Vas-y. »

Elle lui sourit. À son expression, elle se dit qu'il voulait peut-être savoir à quoi s'en tenir avec elle, s'il pourrait la revoir.

« Est-ce que Louisa t'a parlé de moi, quand tu l'as eue au téléphone ? »

Le vague à l'âme, elle ramassa les chaussures qu'il avait posées au sol et les lui tendit.

« Elle m'a demandé comment tu allais. Comment tu digérais tout ça.

— Vraiment ?

— Je lui ai dit que c'était gonflé de sa part de m'avoir laissé t'annoncer où elle était. »

Il enfila ses chaussures. « Elle a dit autre chose ?

— Juste que ça lui faisait du bien d'être de retour en Angleterre. Comme je te l'ai dit. »

Elle se rassit. Joe rajusta son bandage en pliant ses doigts blessés, serrant son poing dans sa main valide. Elle n'aurait peut-être pas dû lui rapporter ce que Louisa avait dit au téléphone. Elle avait remarqué que ça le faisait souffrir. C'était comme appuyer sur une dent cariée.

« Ma mère aussi est née à Londres, dit-elle, plus pour le distraire qu'autre chose. Lou me fait penser à elle, sous un certain angle. Elle avait tout le temps le mal du pays.

— Je ne savais pas ça.

— Elle a émigré avant que je naisse. Et elle a passé le reste de sa vie à se plaindre de ce pays. Les mouches, la chaleur. Les araignées. Elle n'a jamais réussi à se plaire ici.

— Elle n'est pas retournée vivre en Angleterre ?

— Non. » Elle sortit une cigarette du paquet posé sur la table. « Elle a fichu le camp avec le laveur de vitres, quand j'avais onze ans. C'était un Rosbif, lui aussi. Enfin, un Anglais, je veux dire.

— C'était pour elle une façon de se rapprocher de son pays natal, non ? »

Elle sourit. « Sauf qu'il habitait au bout de la route de Pyrmont et buvait des pintes avec les autres au bistrot du coin.

— Ma foi. Il faut bien s'intégrer. »

Ça faisait longtemps qu'elle n'avait plus pensé à Mikey Benson. Il appréciait un peu trop Mandy. Lui et ses mains baladeuses. Sa mère l'avait remarqué, mais n'avait rien dit. Elle avait même épousé ce connard, se demandant pourquoi Mandy ne venait jamais lui rendre visite.

« Ta mère t'a emmenée ? Quand elle est partie ?

— Mon Dieu, non. » Elle en renversa son café. « Surtout pas. C'était nous, les enfants, qu'elle fuyait. »

Il avait l'air choqué. Un brin désapprobateur aussi. Elle détourna le regard.

« Ma mère a eu quatre enfants avant ses vingt-cinq ans. Trois garçons, puis moi. » Elle s'entendait à nouveau la défendre, comme elle l'avait toujours fait. « Elle a tenu le coup aussi longtemps que possible.

— Je suis sûr que tu n'étais pas si odieuse que ça.

— Mais j'étais le dernier clou dans son cercueil. » Le café la rendait nerveuse. Dans la cour, les cigales stridulaient leur refrain dissonant. « Mon père ne l'a jamais laissée rentrer à la maison. Il a refilé toutes ses affaires à un magasin d'occasion. Ensuite, il s'est mis à nettoyer ses vitres lui-même.

— Je vois. »

Encore un soupçon de désapprobation. « Personne n'est parfait. Je ne la blâme pas pour autant.

— Et elle vit toujours avec son laveur de carreaux ?

— Elle est morte, il y a quelques années. D'un cancer.

— Bon Dieu… Désolé.

— C'est pas grave. » Elle n'avait pas eu l'intention de se lancer là-dedans. « Toute ma famille a éclaté depuis qu'elle est partie. Mes frères ne prennent jamais de nouvelles. La dernière fois que j'ai essayé d'appeler mon père, il n'y avait plus personne à son numéro. »

Joe s'attabla face à elle et tapota l'extrémité de sa cigarette sur le cendrier. « Je peux te demander autre chose ? »

Elle opina. « Tant que ce n'est pas au sujet de ta femme ou de ma mère.

— Tu n'es pas obligée de répondre. C'est juste que…

— Vas-y.

— Ça t'est déjà arrivé avant ? »

Il lui fallut un moment pour saisir ce qu'il voulait dire. Elle fit non de la tête. « Steve était le seul avec qui j'avais fait ça.

— D'accord. » Il s'éclaircit la gorge. « Pareil pour moi. Je veux dire, je n'avais jamais… Enfin, pas depuis que je vis avec…

— Ne t'inquiète pas. » Elle ne voulait pas l'entendre prononcer son nom. « Je vois ce que tu veux dire. »

Elle fit glisser son pied nu sur le lino, puis dit spontanément : « Je n'avais jamais ressenti ça avant. Avec Steve. »

Il la regarda. « Non ?

— Non. »

Ils se sourirent. La lumière du soleil, filtrée par les arbres à thé, inondait la pièce. Mandy se demandait si elle pourrait un jour oublier ce qu'elle avait fait avec Joe Green sur le sol de sa cuisine.

« Tu ferais mieux de rentrer chez toi. »

Il lui tendit la main. Elle la saisit, se leva et se blottit contre lui. Elle aimait la façon dont il posait son menton sur le sommet de son crâne. Sa démarche ample et droite. Et le fait qu'il n'était pas son mari.

Il l'embrassa et se retourna vers la porte. Elle ne le regarda pas partir.

25

Sydney, 1997

En rentrant du centre-ville, Isla est perdue dans ses pensées. Une voiture de police la dépasse. Elle la suit des yeux vers Bay Street, droit devant elle, mais n'y prête guère attention. Elle parcourt plutôt du regard les jardins avoisinants. Douglas Blunt est accroupi sur sa pelouse, occupé à couper ses roses fanées, affichant un air de concentration qui suggère qu'il l'a vue et n'a aucune intention de la saluer. Elle fait halte au niveau de son portail.

« Monsieur Blunt. » Elle tousse. « Je voudrais m'excuser. »

Il prend son temps pour tourner vers elle son visage livide.

« Je n'aurais pas dû vous parler comme ça. Pendant la fête. Mes mots ont dépassé ma pensée.

— En effet.

— Je suis désolée. »

Il pointe ses cisailles vers la maison de ses parents, devant laquelle stationne la voiture de police.

« On dirait bien que vous avez de la visite. »

Un officier en uniforme sort du véhicule et claque la portière. Isla le regarde ouvrir le portail, gravir les marches de la véranda. Elle résiste à l'envie de prendre ses jambes à son cou. Son père est sorti, il ne rentrera pas avant plusieurs heures. Si les flics avaient voulu l'arrêter, ils se seraient présentés plus tard dans la journée. D'ailleurs, ils savent où il travaille. La porte se referme sur l'officier de police. Isla se fige, paniquée. Elle parvient à conserver son équilibre en s'appuyant sur un piquet de clôture. La montre… Elle essaie de réfléchir. Derrière elle, Doug est reparti tailler son rosier.

Elle entre dans la maison, s'arrête dans le vestibule. La porte de la cuisine est entrouverte, la maison baignée de soleil. Elle entend le policier qui parle à sa mère.

« J'ai fait aussi vite que j'ai pu, dit-il. Mais si ce n'est pas le bon moment, je peux revenir plus tard.

— Non, dit Louisa. Ça va aller. »

Un silence, puis un grincement de chaise. De l'eau frémit dans la bouilloire. Isla entre à pas feutrés dans la chambre de ses parents. Elle ouvre le tiroir, celui où elle a vu sa mère cacher la montre. Elle le fouille. Elle n'y est pas. Elle vérifie à deux reprises, soulevant la flasque de vodka et les paires de chaussettes roulées en boule. Elle a disparu. De la sueur coule sous ses aisselles. Elle essaie les autres tiroirs, en vitesse, creuse parmi les tee-shirts et les caleçons, vérifie les poches. Puis le panier à linge sale, le dessous de l'armoire et celui du lit. Rien.

La voix de sa mère lui parvient depuis la cuisine – une petite conversation polie, affable. Isla se glisse hors de la chambre. Avançant dans le couloir, elle aperçoit les bottes du flic et l'ourlet de sa veste, suspendue au dossier de la chaise.

« Vous avez mentionné un objet, lors de votre appel, dit-il. Un objet susceptible de faire avancer notre enquête.

— En effet », répond Louisa.

Isla s'immobilise, stupéfaite.

« Nous vous remercions de votre aide, madame Green. Cela va nous permettre d'avoir une vue d'ensemble.

— Il n'y a pas de quoi.

— Vous pourriez peut-être me répéter ce que vous m'avez dit au téléphone. Et me montrer l'objet que vous avez évoqué. »

Isla pousse la porte de la cuisine. Dans la lumière blanche qui inonde la pièce, deux visages se tournent vers elle, bouche bée. La tasse de thé de sa mère lui tombe des mains et se fracasse au sol.

« Mon Dieu, Isla. » Debout parmi les morceaux de porcelaine épars, Louisa pose une main sur sa gorge. « Je ne savais pas que tu étais déjà rentrée.

— J'arrive à l'instant. » Son ton de voix, cassant, contraste avec le soleil qui rayonne dans la cuisine.

Le regard du flic passe alternativement d'Isla à sa mère.

« Tout va bien, mesdames ?

— Je vous présente ma fille », dit Louisa.

Isla adresse un sourire au flic, grand et voûté, les cheveux gris, avec une épaisse moustache blanche. De petits yeux sévères derrière des lunettes. Isla observe les trois étoiles sur chacune de ses épaules et la radio à sa ceinture.

« Isla Green, dit-elle en lui serrant la main.

— Inspecteur Perry, répond le flic, qui reprend sa place à la table. Vous voulez bien poursuivre, madame Green ? »

Louisa se dirige vers l'évier, les morceaux de la tasse entre ses mains.

« Vas-y, Maman, dit Isla en s'asseyant. Je fais partie du décor, lance-t-elle à l'inspecteur Perry. Ne faites pas attention moi. »

Il hésite. « On peut poursuivre au poste, si vous préférez…

— Ce n'est pas la peine », coupe Louisa sans se retourner. Elle laisse tomber ce qui reste de la tasse dans la poubelle. « Reprenons. » Elle en sort une nouvelle du placard. Les deux autres patientent en silence. L'inspecteur tire un bloc-notes de la poche de sa chemise et l'ouvre sur une page blanche. La radio à sa ceinture émet un grésillement sourd.

« Alors, madame Green. » Il retire ses lunettes et dévisage Louisa. Elle pose son thé sur la table et s'assied. « Pourriez-vous me répéter ce que vous m'avez dit au téléphone, si vous le voulez bien ? »

Louisa croise ses mains devant elle. « J'ai de bonnes raisons de croire… » Elle baisse les yeux. « Que mon mari a entretenu une liaison avec Amanda Mallory, il y a trente ans, alors que ma fille et moi étions en Angleterre. »

Il se frotte les yeux et rechausse ses lunettes. « Pourriez-vous me rappeler à quelle époque c'était ?

— Durant les trois premiers mois de l'année 1967. Entre janvier et mars. »

Il griffonne une page de son carnet. Isla observe sa mère, qui joue nerveusement avec sa boucle d'oreille en or.

« Et votre mari se trouvait donc seul ici, à Sydney, durant toute cette période ?

— Tout à fait.

— Après votre retour en Australie, avez-vous revu Mme Mallory, ou eu de ses nouvelles ? »

Louisa secoue négativement la tête. « Leur maison était vide quand on est rentrées. Ils avaient déménagé dans le Victoria, je crois.

— Qu'est-ce qui vous fait croire cela ?

— C'est ce que Joe m'a dit, à l'époque.

— Je vois. Autrement dit, la dernière fois que vous avez vu Mme Mallory, c'était en janvier 1967 ?

— C'est cela. » Louisa le regarde écrire, triturant toujours sa boucle d'oreille.

« M. Green a-t-il avoué leur relation ?

— Pas en ces termes, non.

— Qu'est-ce qui vous fait donc penser qu'il aurait eu une liaison avec Mme Mallory ?

— Il a gardé quelque chose d'elle. » Louisa se penche vers son sac à main. « Il a reconnu que ça appartenait à Mandy. »

Le flic tourne une page de son bloc-notes. L'impatience se lit sur son visage tandis qu'il relève les yeux, ébauchant un sourire. Isla a envie d'envoyer valser la table. Elle agrippe le dessous de sa chaise jusqu'à en avoir mal aux doigts.

« Je suis tombée là-dessus il y a quelques mois », dit Louisa. Elle adresse un regard à Isla tout en déposant la montre sur la table. Un pétillant regard de délatrice, de cafteuse. « Joe la cachait au fond d'un tiroir.

— Et vous êtes sûre que cela appartenait bien à Mme Mallory ? » Il examine la montre en baissant ses lunettes sur son nez.

« Certaine », dit Louisa. Elle prend une gorgée de thé. « Je me souviens que Steve, son mari, la lui avait offerte à Noël, peu avant qu'on parte en Angleterre. »

Il note l'information en prenant son temps. « Ça va nous être très utile, madame Green. » Il sort de sa poche un gant en plastique, avec lequel il glisse la montre dans un sachet destiné aux pièces à conviction. « Évidemment, je vais devoir emporter ça avec moi. »

Louisa acquiesce, le visage blême. « J'imagine que vous ne pourrez pas prouver que ça appartenait à Mandy », dit-elle.

L'inspecteur Perry retire ses lunettes, laissant apparaître un sillon sur chacune de ses tempes.

« On n'est jamais à l'abri d'une surprise. Beaucoup d'affaires sont rouvertes depuis vingt ou trente ans, grâce aux avancées du profilage ADN. Il suffit d'un cheveu ou d'une trace de sueur. » Il désigne du menton son sachet de collecte. « Ou d'une goutte de sang. »

Louisa met la main devant sa bouche.

« Rien ne prouve que mon père et Mandy aient eu une liaison », dit Isla. L'inspecteur la considère avec étonnement. « Mon père n'a jamais reconnu ça.

— Je crois que j'ai assez pris de votre temps. » Il se lève.

« Et Steve Mallory ? Le mari de Mandy. »

L'inspecteur s'immobilise. « Eh bien, quoi ?

— Vous l'avez interrogé ?

— Je ne peux pas vous le dire, j'en ai bien peur. » Il remet ses lunettes. « Je vais devoir y aller.

— Il travaille toujours dans la police ? »

Sa mère la fixe du regard. La radio de l'officier crachote à sa ceinture.

« Vous le connaissez, non ? insiste Isla en se mettant debout. Il était flic à l'époque où il vivait à côté de chez nous.

— M. Mallory n'appartient plus aux forces de l'ordre », lâche l'inspecteur.

Louisa plaque ses mains sur la table et se lève à son tour. « Je vais vous raccompagner, dit-elle.

— Une dernière chose. » Isla se tient sur le seuil de la porte, lui bloquant le passage. « Pourquoi enquêter maintenant sur cette affaire de disparition ? »

Il baisse les yeux sur Isla avec agacement. « Le cas de Mme Mallory n'est pas simple.

— C'est une enquête pour homicide ?

— Nous avons beaucoup de dossiers en Nouvelle-Galles du Sud. Des personnes décédées sans jamais avoir été identifiées, dont certaines dans des circonstances suspectes. Il est possible que Mme Mallory en fasse partie.

— Et vous cherchez aussi en dehors de la Nouvelle-Galles du Sud ? Si Mandy a déménagé dans le Victoria…

— Et si vous me laissiez plutôt faire mon travail, mademoiselle Green ?

— Mais si elle a déménagé…

— Ça ne semble pas avoir été le cas. » Il la dévisage. « Steve Mallory assure que sa femme n'est pas venue avec lui, lorsqu'il est parti.

— Vous l'avez donc interrogé. »

Il s'apprête à la dépasser. Du coin de l'œil, Isla saisit le mouvement de tête désapprobateur de sa mère.

« Vous croyez que Mandy est vivante ? »

Il ferme les yeux. « Je l'espère.

— Mais vous vous dites que c'est quand même peu probable ?

— Je pense que ça fait long, trente ans sans laisser la moindre trace. »

Isla attend dans le couloir tandis que sa mère raccompagne l'inspecteur jusqu'à l'entrée avant de le regarder partir à travers le judas. Elles entendent bientôt le claquement du portail.

« Tu avais vraiment besoin de faire ça ? » Louisa se retourne vers l'intérieur de la maison. « Tu étais obligée de te lancer dans un contre-interrogatoire ?

— Il faut bien que quelqu'un défende Papa. » Isla ferme la porte de la cuisine derrière elle, plongeant le couloir dans l'obscurité. Elle s'approche de sa mère et s'immobilise devant la chambre de ses parents, avec son panier à linge sens dessus dessous et ses tiroirs ouverts. « Désolée d'avoir fait tomber ton plan à l'eau.

— Je n'ai aucun plan, voyons, dit Louisa.

— Ah, vraiment ? J'avais pourtant bien l'impression que tu comptais envoyer Papa en taule.

— J'ai pensé que ça pouvait être important. La montre. Après t'en avoir parlé, je me suis dit…

— Quoi ? » Elle s'efforce de ne pas crier. « Tu t'es dit quoi ?

— Que je dissimulais peut-être une preuve, dit-elle.

— On aurait pu s'en débarrasser.

— Je me suis dit qu'il valait mieux qu'ils soient au courant.

— Tu t'es surtout dit que ça ferait passer Papa pour un psychopathe, grogne Isla. Comme s'il avait voulu garder un souvenir d'elle après l'avoir butée.

— Ça y ressemble, non ?

— Pas pour moi. » La rage bout en elle. Isla se réjouit de cette bonne vieille montée d'adrénaline. « Tu essaies de détourner l'attention de toi-même. »

Elle rit. « Ne dis pas d'absurdités, Isla.

— Ça n'a rien d'absurde. Mandy t'a trahie. Et toi, tu fais de la lèche aux flics pour qu'ils n'examinent pas ton cas de trop près.

— Mais je n'aurais jamais…

— Je crois que si », coupe Isla.

La maison retombe dans le silence. Isla entend la respiration de sa mère et son propre souffle. Le sang qui bat dans sa tête.

« Je ne t'ai jamais parlé de Mandy, j'imagine ?

— Non, répond Isla. Tu devrais peut-être. »

Louisa la rejoint devant la porte de la chambre. Elle observe Isla d'un air pensif.

« Mandy m'a sauvé la vie quand tu étais bébé, dit-elle. Elle était l'unique personne à comprendre que je n'arrivais pas à m'en sortir. Je n'ai jamais eu besoin de le lui dire, elle m'a vue et elle a compris. Elle m'a tellement aidée avec toi. Elle te prenait dans ses bras et te calmait quand tu ne voulais pas tenir en place. Elle te promenait en landau pour que je puisse me reposer. C'est grâce à elle que j'ai pu m'en sortir. »

Isla se rend compte qu'elle est littéralement le reflet de sa mère : qu'elle adopte la même posture, la même inclinaison de la tête. Elle se redresse.

« Continue.

— Finalement, j'en suis venue à me reposer sur elle. C'est elle qui s'est occupée de toi quand je suis retournée travailler. J'ai pris ça comme un acquis… même s'il m'a fallu du temps pour m'en rendre compte. » Elle s'avance dans la chambre et s'accroupit près du lit. « La maison des Mallory est restée vide pendant des mois, à notre retour d'Angleterre. Ton père travaillait beaucoup et je n'avais personne pour m'aider à la naissance de Scott. Je n'ai jamais été aussi seule.

— Ça n'a pas dû être facile.

— Tu l'as dit. » Louisa tend son bras sous le lit pour sortir une valise. « Si Mandy était venue me voir à l'époque, je lui aurais tout pardonné. Je me serais prosternée devant elle en l'implorant de m'aider. »

Isla s'assied sur le lit. Son accès de colère est passé. Elle se sent un peu honteuse et stupide, à présent.

« Pourquoi tu ne m'en as jamais parlé ?

— C'était plus simple comme ça. » Louisa arrache des vêtements de leurs cintres et les jette dans la valise. « Ton père sursautait dès que je prononçais son nom. J'ai essayé de la chasser de ma mémoire. »

Elle s'en va, comprend Isla alors que sa mère extrait des pulls et des tee-shirts des tiroirs en les regardant à peine. Elle les replie en vitesse. Isla se souvient d'elle dans une robe jaune, avec des motifs de marguerites. D'une chaude journée et d'un taxi dont la banquette en skaï lui brûlait l'arrière des jambes.

« Je ne peux plus protéger ton père. Même si je sais que tu l'aimes », reprend Louisa. Elle attrape sa chemise de nuit sous l'oreiller. « Je sais que tu n'arrives pas à y croire.

— Non, je n'y crois pas.

— Il est le dernier à avoir vu Mandy vivante. » Louisa fait un signe de tête vers la cuisine, comme si le flic était toujours là, avec son carnet et sa radio. « Steve Mallory est parti sans elle.

— C'est la parole de Steve contre celle de Papa, pour autant que je sache. Et Steve était flic. Ils vont forcément lui faire davantage confiance. »

Louisa soupire et jette une brosse à cheveux dans la valise, puis une photo encadrée d'Isla et Scott, prise par le photographe de l'école. La belle rangée de dents de lait de Scott, les cheveux tressés d'Isla.

« Steve faisait partie des flics chargés de ces enlèvements forcés. Il volait des enfants aborigènes à leur famille », dit Isla.

Louisa la fixe. Un nuage glissant devant le soleil obscurcit la chambre.

« Comment tu sais ça ?

— C'est Papa qui me l'a dit. »

Elle ferme la valise. « Je ne vois pas le rapport.

— C'est un travail qui peut rendre cinglé.

— Tu te rassures à moindres frais. Steve adorait Mandy.

— Tu es capable de penser du bien d'un type qui trempait dans ces histoires ? Mais pas de ton propre mari ?

— Et toi, tu as l'air prête à suspecter tout le monde, sauf ton père.

— Ce n'est pas vrai.

— Je crois que si, ma chérie. Tu voudrais pouvoir faire porter le chapeau à quelqu'un d'autre. » Le soleil reparaît. Louisa se tient devant la fenêtre, dans un rai de lumière où scintillent des particules de poussière. « Viens avec moi, Isla. »

Elle se rend compte qu'elle pleure. « Tu vas où ?

— Chez Scott et Ruby. »

Elle pense au taxi, à sa banquette brûlante, à la valise remplie à la hâte. Elle se sent prise au piège, à nouveau complice d'une immense trahison.

« Je vais rester ici, dit-elle.

— Il y a de la place chez Scott.

— Il sait que tu viens ?

— Oui.

— Tu avais planifié tout ça ? »

Louisa baisse les yeux. « Oui. »

Isla s'essuie le visage avec sa manche. « Je ne bouge pas d'ici.

— Je ne peux pas te forcer.

— Non, en effet. »

Un oiseau pousse un cri strident, comme un râle, près de la fenêtre. Isla se redresse et Louisa recule, prise d'un frisson.

« Tu as peur de moi ?

— Bien sûr que non.

— Tu as quand même l'air effrayée. »

Louisa ramasse la valise. « C'est juste que tu me rappelles ton père, parfois. »

Elle attend qu'Isla s'écarte pour quitter la pièce.

26

Sydney, 1967

Mandy posa ses sacs de courses au sol et marqua une pause. Elle aurait dû prendre le bus, plutôt que de rentrer à pied sous ce soleil de plomb. Elle n'avait fait qu'aggraver son cas. Maintenant, elle allait devoir affronter le regard de Steve avec une migraine, en plus de sa conscience coupable. Ces emplettes n'avaient rien d'essentiel. Elle aurait pu y aller plus tard, après avoir marqué le coup pour son retour. Un bon petit plat et un thé. Voilà ce qu'elle aurait dû faire.

« Salut, Mandy. Ça va ? »

Douglas Blunt lui souriait sous son chapeau de paille, des cisailles à la main. Elle acquiesça.

« Pas trop mal, dit-elle. Chaudement.

— On crame, renchérit-il avec un signe de tête vers son carré de légumes. Mes tomates ont cuit sur place. J'ai trop tardé à les mettre à l'ombre. »

Il ressemblait lui-même à une grosse tomate roussie, pensa-t-elle, malgré son chapeau baissé sur son visage écarlate. Pauvre Doug. Il s'était fait virer de son boulot sur le port et sa femme était morte quelques mois plus tard. Il ne savait plus quoi faire de lui-même.

« Tu devrais te mettre à l'ombre, Doug. »

Il pointa ses cisailles vers la maison de Mandy et le camion de Steve, garé sur le trottoir. « Steve est rentré il y a un petit moment, déjà. »

Elle réussit à afficher un sourire crispé, qui relança son mal de crâne.

« C'est bien ce que j'espérais. Mais on ne sait jamais trop quand il va rentrer.

— Je n'ai pas croisé Louisa, récemment. » Il se pencha en arrière, afin de mieux la voir de sous son chapeau. « Ni la petite.

— Non. Moi non plus.

— Rentrées en Angleterre, à ce qu'il paraît. » Il coupa quelques feuilles sur sa haie. « Elle ne se plaisait pas trop, ici.

— Non. C'est dommage. On les aimait bien. »

Doug s'éloigna d'une prêle des champs qui grouillait d'abeilles près de son épaule. « Une chouette fille, Louisa. Tu as eu de ses nouvelles ?

— Pas trop. » Elle ramassa ses sacs de courses. « Allez, à plus tard. »

Elle fit deux pas et s'arrêta net. Les pleurs d'un bébé vinrent aggraver son mal de tête, répercutant l'onde de choc le long de son dos. Ses courses lui tombèrent des mains. Elle entendit les œufs se briser en heurtant le trottoir.

« Ce gosse braille depuis des plombes. » Doug scrutait la rue d'un air accusateur. « Il serait grand temps de lui retirer ses piles. »

Elle éprouva un sentiment étrange, un choc sans étonnement. Comme s'il allait de soi que ces cris de bébé provenaient de chez elle. Comme si elle aurait dû s'y attendre.

« Les Walker vont avoir un enfant, dit-elle. Il est peut-être arrivé plus tôt que prévu. »

Doug secoua la tête. « J'ai croisé Abigail, il y a moins de dix minutes. Toujours grosse comme une maison. »

Mandy déglutit. C'était la déshydratation, sans doute, qui lui soufflait des pensées délirantes.

« Abigail dit que ça ressemble à une poussée dentaire. » Doug retourna tailler sa haie. « En tout cas, il a du coffre. »

Andrea Walker déboula à vélo, fit résonner sa sonnette à l'angle de Bay Street et disparut.

Les jambes de Mandy lui pesaient en gravissant les marches de sa véranda. Derrière les rideaux tirés du salon, elle entendit les plaintes inquiètes d'un bébé qui ne dormait pas tout à fait. Elle laissa à nouveau tomber ses courses au sol et resta une minute à l'ombre, immobile, sa clé à la main.

27

Sydney, 1967

Joe ouvrit les yeux pour les refermer aussitôt. Il n'avait pas bien tiré les rideaux la nuit dernière, et ils laissaient à présent passer le soleil. La chambre en devenait étouffante, aveuglante de clarté. Et lui n'était qu'un raté, un incapable, un bon à rien vautré au pieu la moitié de la journée, fuyant son travail alors qu'il n'avait aucun problème, hormis ses cuites quotidiennes et sa vie en ruine. Alors qu'il se retournait dans son lit, une obscure douleur vint lui embrasser la base du crâne. Il s'y accrochait, la laissant envahir sa tête.

Qu'importe la quantité d'alcool bue, il se réveillait toujours avec le souvenir que Louisa l'avait quitté en lui prenant sa fille. La gueule de bois le faisait ruminer, lui soufflait des idées noires avant même qu'il puisse essayer de trouver le moindre sens à tout cela. Sa douleur n'en faisait que redoubler, sans surprise. Il avait beau en être conscient, il buvait quand même. C'était son vieux qui prenait le dessus. Au fond, son père avait toujours eu le dernier mot.

Il s'efforça de s'asseoir, de se traîner hors du lit. Sa gorge le brûlait, il avait dû fumer presque un paquet entier, hier soir. Ses doigts étaient jaunes, brunis par endroits. Il tendit la main vers le premier tiroir de la table de chevet, saisit ses comprimés pour le mal de tête et en croqua deux, sans eau. Un haut-le-cœur le surprit. Il ferma les yeux, attendant que ça passe. Il se remit à penser à Louisa, une serviette roulée autour de la tête, qui lui tendait une assiette de tartines. Il devait se méfier de sa sensiblerie. Ça faisait des années qu'elle ne lui avait pas préparé de petit déjeuner. Elle passait ses matinées à courir après Isla, ou à chercher des vêtements propres pour se rendre au travail.

À peine eut-il posé un pied dans la douche que le téléphone se mit à sonner. Il le laissa résonner dans le vide. Il pouvait ainsi se laisser croire que c'était elle qui l'appelait pour s'excuser. Pour s'expliquer. Il l'imaginait au bout du fil, croisant les doigts, impatiente et fébrile. Elle ne perdait rien pour attendre ; il ne céderait pas si facilement. Il fit mousser le savon. Il allait la laisser mijoter. La sonnerie s'arrêta et il se rinça le visage en retenant son souffle. Ça ne pouvait pas être elle, au téléphone. Il faisait nuit en Angleterre. Si elle devait appeler, elle attendrait que ce soit le soir ici. Le matin là-bas. Vers vingt et une heures, sans doute.

Mais il était toujours ivre à vingt et une heures.

La serviette empestait. Il la jeta au sol et entra nu dans le salon, dégoulinant sur le tapis. Il avait fait rétrécir toutes ses chemises dans la machine à laver, la veille, et n'avait pas l'intention de recommencer de sitôt. La machine devait avoir un problème. Ou alors il n'avait pas trouvé le bon réglage. C'était la première fois qu'il l'utilisait. Mandy devait bien savoir comment ça fonctionnait, mais l'idée de le lui demander suffisait à l'angoisser. Quelle humiliation que toute cette situation. Il préférait sécher dans le plus simple appareil plutôt que de laisser Mandy voir ses slips qui jonchaient le sol, et ses verres à whisky dans l'évier.

Il allait devoir faire gaffe avec Mandy. Elle le soulageait, l'aidait à traverser une mauvaise passe – rien de plus. Elle n'était même pas son genre. C'était peut-être ça qui l'attirait. Comme un antidote à Louisa. Les cheveux clairs, ronde, complice. Il l'observait du coin de l'œil depuis des années, évidemment, mais sans jamais s'être attendu à dépasser le stade du fantasme. Savoir qu'elle se trouvait tout à côté, l'apercevoir de temps en temps, ça le distrayait. Ça le démangeait un peu, aussi. Mais elle était mariée. Et la vie ne manquait déjà pas de complications.

L'odeur dans la cuisine était épouvantable. Des effluves fétides, un truc qui pourrissait quelque part, un tuyau d'évacuation bouché peut-être. Il ouvrit la porte côté jardin et entendit d'un coup un bébé pleurer, très fort, tout à côté. Ce bruit avait le don de le hérisser, aujourd'hui encore. Difficile de faire quoi que ce soit quand un gamin braille comme ça. Comme Isla quand elle était petite.

Bon Dieu ! Il referma la porte et alluma une cigarette. Le briquet tremblait entre ses mains, noircissant la clope. Il mit la radio en marche. « L'envoi d'un nouveau bataillon au Viêtnam avant la fin de l'année... » Il tendit la main vers le commutateur rotatif, le tourna en vitesse, cherchant une fréquence susceptible de calmer ses esprits. Il tomba sur une autre station d'information ;

Harold Holt affirmait vouloir supprimer le mot « britannique » des passeports australiens. C'était pas trop tôt. Il se retrouva à écouter d'une oreille distraite. Son esprit vagabondait autour de l'image de Mandy sur la plage, rentrant tout habillée dans l'eau et s'y enfonçant, les bras levés.

De retour dans la chambre, il glissa ses vêtements de la veille sur sa peau humide, puis tira la couverture sur le lit. Les vêtements de Louisa étaient restés suspendus à la chaise du côté où elle dormait. Le livre qu'elle lisait n'avait pas bougé, toujours ouvert sur la table de nuit, le dos vers le haut. *La Cloche de détresse*. Il le ramassa, parcourut quelques lignes et le reposa en perdant la page. Sa tête palpitait. Il reprit le bouquin et le jeta dans un tiroir, qu'il fit claquer. Il attrapa les vêtements sur la chaise, ouvrit l'armoire et les lança dans l'espace encombré du bas, là où Louisa entassait ses chaussures. La porte ne voulait plus fermer. Il s'agenouilla et bourra les vêtements au fond, prenant conscience de toutes ces robes et de tous ces chemisiers suspendus au-dessus de lui, qui lui frôlaient la nuque. Il appuya de tout son corps contre la penderie, jusqu'à ce qu'elle ferme. Il était en nage, la chemise trempée.

Il aurait dû aérer mais ne voulait pas risquer d'entendre à nouveau ces cris de bébé. Il valait peut-être mieux faire un tour. Racheter du café et des cachets contre le mal de crâne. Il pourrait marcher jusqu'à Bridge Street et s'acheter une ou deux nouvelles chemises. Il irait travailler demain, s'il parvenait à ne pas boire ce soir.

Le téléphone sonna de nouveau, tandis qu'il laçait ses chaussures. Il ne se donna pas la peine d'imaginer

Louisa, cette fois-ci. Ce serait Stan qui l'appellerait du bureau et voudrait savoir où il était. Il avait prétexté un rhume. La première excuse qui lui était venue à l'esprit. Il aurait dû y songer à deux fois, inventer un truc susceptible de durer quelques semaines. Impossible d'affronter le bureau, ses piles de documents administratifs, ses réunions à n'en plus finir, sa politique interne. C'était déjà bien assez pénible avant que sa femme ne le quitte.

La petite d'en face faisait un tour de bicyclette. La gosse des Walker ; comment elle s'appelait, déjà ? Isla avait tellement été jalouse d'elle et de son vélo. Il avait prévu de lui en acheter un, avec son augmentation de salaire. Mais l'argent se trouvait sur son compte épargne, que Louisa avait vidé jusqu'au dernier centime pour retourner en Angleterre.

Il se releva en s'appuyant au mur. Il sentit l'élan de son bras, son poing qui s'écrasait contre le plâtre. Une, deux, trois fois. Les phalanges avaient cédé, il le savait. Ses jambes flageolèrent sous le coup de la douleur. Il ravala le flux de bile qui lui inondait la bouche.

Le téléphone cessa de sonner. Il s'assit sur le canapé et retira ses chaussures avec ses pieds.

28

Sydney, 1997

Debout dans le couloir, Isla compose un numéro à Londres. Des photos de ses parents l'observent, encadrées sur le guéridon. Son moi jeune, un trophée de gymnastique entre les mains, pose en justaucorps pour la presse locale, l'air revêche et embarrassé (« Tu n'aurais pas pu sourire, un peu ? » l'avait houspillée sa mère). Des photos d'école, de remise de diplôme. De ses parents devant la maison tout juste construite, éblouis par le soleil, qui se tenaient par la taille. Une famille heureuse, affranchie de son passé. Isla les regarde fixement.

Le téléphone sonne à l'autre bout du monde.

« Allô ? Isla Green à l'appareil. J'appelle pour l'appartement du premier étage sur Sinclair Road. »

Un accent britannique lui répond qu'elle fait bien d'appeler. Les propriétaires de l'appartement ont revu le prix à la hausse. La négociation sera rompue, lui assure-t-il, si elle ne reconsidère pas son offre. Isla consent tout en douceur à débourser vingt mille livres de plus. L'immobilier va prendre de la valeur, assure-t-il en articulant à outrance. Elle ne peut pas être perdante.

« Une dernière chose, signale-t-elle. Je vais rester à Sydney un peu plus longtemps que prévu. J'ai un petit contretemps. »

L'agent immobilier prend le numéro de ses parents avant de raccrocher. Puis elle déambule de pièce en pièce, rapporte les cendriers débordants de son père à la cuisine pour les vider. C'est le seul endroit de la maison où sa mère l'autorise à fumer, porte ouverte côté jardin, et il éprouve une joie rageuse à enfreindre cette règle – en vain, puisque Louisa n'est plus là pour s'en plaindre. Voilà trois jours qu'elle est partie et que son désordre je-m'en-foutiste a été balayé.

Dans la cuisine, Isla empile les assiettes sales à côté de l'évier, fait couler l'eau du robinet et y verse du liquide vaisselle. À côté, Dave Taylor tond sa pelouse de long en large, dessinant de longues bandes vertes sur son passage. Un cacatoès se pose sur le treillis arqué où grimpe sa vigne de fruit de la passion. Mandy avait l'habitude de s'asseoir là-dessous, songe Isla. Un fauteuil rayé, blanc et vert. Elle repousse cette image. Elle essaie de ne pas penser à Mandy, ces derniers jours. Et à cette fois où sa mère avait claqué la porte en laissant son père meurtri, abasourdi, prompt à se réfugier dans l'alcool. Avec Mandy juste à côté.

C'est de Steve Mallory qu'elle se souvient à présent. Pas de son apparence physique, ni de ce qu'il pouvait raconter. Mais de l'atmosphère de sa maison. De ces journées passées dans son jardin, à arroser les plantes, à creuser la terre pour y trouver des vers, à se demander s'il allait sortir de son camion. Une vague de terreur aux couleurs chaudes. Elle lave une assiette, la dépose sur l'égouttoir et jette un nouveau coup d'œil vers Dave Taylor, qui s'attaque à présent à l'herbe autour de l'eucalyptus. L'ombre de Steve plane toujours sur ce décor. Cette menace ancrée dans son enfance.

Elle attrape une autre assiette et la plonge dans l'eau. Elle était si jeune, à l'époque. Son moi adulte, conscient, filtre ses souvenirs. Les enlèvements d'enfants font partout la une des journaux, ici. La génération volée, comme on la surnomme. Des Aborigènes qui expliquent avoir été embarqués de force, loin de leurs foyers aimants, pour des institutions où on les formait à travailler pour des Blancs. Des histoires d'abus, de cruauté parfois inhumaine. Pas étonnant qu'elle ne puisse penser à Steve sans un soupçon d'effroi.

Elle laisse tremper les assiettes dans l'évier et retourne dans le couloir, vers le téléphone. Elle trouve le numéro du bureau de Scott dans le répertoire. La secrétaire lui transmet l'appel.

Sa voix retentit brusquement. « Tout va bien ?

— Ça va, t'inquiète. J'ai juste besoin que tu me rendes un petit service.

— Dis-moi.

— Tu as un ordinateur ?

— Je vois qu'on ne peut rien te cacher. » Elle l'entend qui s'assied, sa chaise qui grince. « Qu'est-ce qui se passe ?

— J'ai besoin que tu m'aides à retrouver quelqu'un. »

Un silence. Elle devine son agacement.

« Isla, la police a déjà dû enquêter à fond sur cette Mandy. Ils ont accès à son dossier dentaire, son dossier médical, son certificat de naissance. Ça ne sert à rien que je tape son nom sur AltaVista. »

Elle tire le câble du téléphone jusqu'au salon, où une brume tabagique flotte toujours dans le soleil du matin. Le goulot d'une bouteille de vodka dépasse de sous le fauteuil. Elle connaît ça par cœur. Elle va la ramasser, se demande où la planquer. Arrivée au milieu de la pièce, elle se souvient qu'elle a arrêté de boire. Elle abandonne la bouteille à même le tapis.

Isla se relève, le téléphone en main.

« Ce n'est pas Mandy que je cherche, dit-elle. C'est Steve Mallory. Son mari. »

29

Sydney, 1967

L'odeur du bébé envahit les narines de Mandy avant même qu'elle n'ait fermé la porte. Du lait en poudre. Des effluves méphitiques et légèrement sucrés de couches pleines, dont la chaleur exaltait la puanteur. Elle traversa le couloir jusqu'à la cuisine, une main cramponnée à sa bouche et à son nez. Des biberons traînaient dans l'évier. Elle se pencha par-dessus, prise d'un haut-le-cœur, ouvrit le robinet et s'aspergea le visage. Elle réussit à avaler quelques gorgées d'eau. De petits points noirs lui troublaient la vue. Elle se laissa glisser sur le lino et s'assit, écartant ses jambes pour glisser la tête entre ses genoux. Les couleurs réintégraient la pièce. Les cris du bébé s'élevèrent, pour retomber aussitôt.

Elle traversa le couloir et poussa doucement la porte du pied, projetant un faisceau de lumière dans l'obscurité du salon. Elle aperçut des coussins posés au sol, le canapé repoussé contre le mur, la table basse orientée de biais, une couche en tissu enroulée à la va-vite sur le tapis. Un biberon vide, abandonné près du canapé.

Mandy entra et referma la porte derrière elle, évacuant le soleil. Steve chuchotait sur un ton mielleux qu'elle ne lui avait jamais entendu auparavant. « Voilà. Voilà, c'est fini. » Il avait tiré les rideaux avec sa maladresse habituelle, laissant un mince espace par où la lumière s'immisçait. Peu à peu, ses yeux s'habituèrent à l'obscurité et elle reconnut sa silhouette voûtée qui se balançait. Mandy aurait mis sa main à couper qu'il savait qu'elle était là. Il avait dû l'entendre. Après l'avoir attendue des heures.

Le salon était suffocant. Sa tête la faisait souffrir, mais la pénombre aidait et les cris bientôt s'atténuèrent. Steve se tourna vers elle, les yeux toujours rivés sur le bébé, et s'assit sur le canapé. Mandy attendait qu'il lève le regard. Il réajusta la serviette dans laquelle le bébé était enveloppé, puis le posa confortablement sur ses genoux et le fixa un long moment. Elle ne pouvait distinguer les traits de l'enfant, mais écoutait sa respiration régulière, troublée par de rares frissons lors de l'inspiration. Steve leva finalement les yeux vers elle, un sourire aux lèvres. Un sourire fier qui attendait qu'elle le lui rende. Elle s'écarta, chancelante. Les yeux de Steve, creusés par le manque de sommeil, s'illuminaient d'une joie stupéfaite et irrépressible.

« Viens le voir, Mand. »

Elle enjamba les coussins et s'accroupit à ses côtés. Il lui tendit le bébé en haussant les sourcils, toujours souriant. Elle se pencha pour regarder l'enfant. Il avait l'air costaud, avec des joues rondes, un large nez et une petite bouche pulpeuse. Dans l'obscurité de la pièce, sa peau paraissait noire comme l'ébène.

Mandy se laissa tomber sur le tapis, dos au canapé. Des taches noires nageaient devant ses yeux, plus épaisses, plus opaques qu'auparavant.

« Steve, qu'est-ce que tu as fait ?

— Chut ! » Il secoua la tête. « Tu vas le réveiller. Parle moins fort.

— Qu'est-ce qui t'a pris ? murmura-t-elle.

— J'ai fait la moitié du chemin vers Nowra avec lui. Mais je ne pouvais pas le laisser là-bas. J'ai fait demi-tour. »

Un brouillard apaisant semblait s'être formé autour de lui et de l'enfant.

« Ray va faire une attaque quand il apprendra que tu as ramené le gamin chez toi.

— Tu veux bien arrêter avec ça ? Ça m'a pris toute la journée pour qu'il s'endorme. » Il rapprocha le bébé de son torse et remonta la serviette sur ses épaules. S'insinuant à travers les rideaux, le soleil donnait une épaisseur mielleuse à la pièce. « J'ai juré à sa mère de m'occuper de lui, Mandy. Je ne pouvais pas l'emmener dans un foyer. Pas après lui avoir fait cette promesse. »

Voilà qui confirmait ses craintes. Sa tête lui faisait atrocement mal.

« Steve, tu ne peux pas le garder. Tu risques de te faire virer. Dans le meilleur des cas.

— J'allais démissionner de toute façon. J'ai compris que tu ne voulais pas être enceinte, dit-il après un silence. Je sais ce que tu ressens.

— Enfin, Steve, ce n'est pas une solution. C'est…

— Comme ça, on pourra quand même élever un enfant. » Sa main se referma doucement autour de la cuisse du garçon. « L'élever comme le nôtre.

— Mais c'est de la folie. » Elle s'assit à côté de lui sur le canapé. « Qu'est-ce que tu t'imagines ? Tu ne peux pas ramener un bébé noir à la maison, le glisser dans un landau et t'attendre à ce que les gens s'imaginent qu'il est à nous.

— Parle moins fort, Mandy, pour l'amour de Dieu. » Le bébé soupira dans son sommeil, tourna la tête et reprit sa position antérieure. « Ça ne marche pas comme ça. On n'a pas besoin de faire semblant que c'est le nôtre. On pourrait l'adopter.

— L'adopter ?

— Et pourquoi pas ? »

Mandy enfouit sa tête entre ses mains. Ça ressemblait à une punition. Elle aurait dû céder plus tôt et lui faire un gosse. Dans la rue, elle entendit le cliquetis des roues du vélo d'Andrea Walker.

« Je suis sûr que Ray pourra nous arranger le coup. » Steve retrouvait son sourire confiant. « Tu n'as qu'à y réfléchir ?

— Pas besoin. » Elle se leva. L'odeur de couche sale lui donnait à nouveau la nausée. « Je ne veux pas adopter un bébé. Tu as perdu la tête ou quoi ? »

Le bébé se mit à remuer et Steve le hissa plus haut sur son buste.

« Je l'ai promis à sa mère, Mandy.

— Tu n'as qu'à le lui ramener. » Elle ouvrit la fenêtre en grand et tira le rideau sur quelques centimètres. L'enfant soupira doucement dans son sommeil. « Si elle t'a fait promettre ça, c'est qu'elle l'aime. Ça doit lui briser le cœur de ne plus être avec lui. »

Steve secoua la tête. « Ray veut qu'on le sorte de là. Tu sais comment c'est. Je ne peux pas le ramener.

— Trouve-lui une autre famille, alors. »

Steve ferma les yeux et laissa sa tête retomber sur le dossier du canapé.

« Tu sais à quel point je veux un enfant, Mandy. Tu sais que c'est ce que je veux le plus au monde. »

Elle l'observait, ce bébé dans les bras de Steve. Sa force tranquille. Derrière elle, par la fenêtre ouverte, elle entendit Andrea ralentir de l'autre côté de la rue, puis porter son vélo sous la véranda de ses parents. Le carillonnement sourd de la sonnette alors que sa roue avant heurtait les marches.

« On ne peut pas le garder ici, dit-elle en refermant la fenêtre. Point final. »

30

Sydney, 1967

À l'aube, les cris du bébé s'amplifièrent assez pour que Mandy, admettant sa défaite, s'extirpe du lit. Elle avait le sommeil lourd, d'ordinaire. Mais là, c'était autre chose. Il n'y avait pas que le bruit, c'était la présence même de ce bébé. Elle s'aspergea le visage dans la salle de bains. Sa peau lui semblait rêche et collante, une douleur derrière les yeux la malmenait depuis plusieurs jours.

Dans la chambre au bout du couloir, elle entendit Steve essayer de mettre le bébé au lit, encore et encore. Mais ça ne servait à rien, bon sang. Elle s'approcha et l'observa un moment dans l'obscurité. Il s'appuyait contre le matelas pour y déposer délicatement l'enfant, avant de se redresser en silence. Sa peur, sa confusion étaient palpables. Tout comme sa déception, lorsque le bébé leva la tête et se remit à brailler. Un long gémissement qui s'élevait crescendo.

« Steve. » Elle l'avait prévenu qu'il allait devoir se débrouiller seul. Jusqu'ici, elle s'en était tenue à sa résolution. Mais elle devait intervenir si elle tenait à sa santé mentale.

« Je ne sais plus quoi faire. » Il reprit l'enfant et se tourna vers elle. Le bébé hurlait dans ses bras. « J'ai passé la moitié de la nuit avec lui. Il ne veut pas…

— Donne-lui à manger.

— Quoi ? »

Elle éleva la voix pour couvrir les cris. « Nourris-le. Il a besoin d'un biberon. »

Il fronça les sourcils. « Tu crois ? »

Elle retourna dans le couloir. Il l'appelait encore au moment où elle entrait dans la cuisine, tâtonnant dans le noir pour trouver l'interrupteur. Le temps qu'il la rejoigne, le biberon était déjà prêt.

« J'aurais dû y penser. » Le bébé s'égosillait, se cabrant de rage, les poings serrés.

Elle lui tendit le biberon.

« Est-ce que tu pourrais… » Il lui colla l'enfant sous le nez. « Il faut vraiment que j'aille aux toilettes, Mandy. S'il te plaît ? »

Elle le dévisagea. « On avait bien convenu que je n'aurais jamais à faire ça.

— Je n'en ai que pour quelques instants, chérie. Je t'en prie. »

Elle ouvrit les bras, épuisée par le volume sonore. « Deux minutes », soupira-t-elle.

Le bébé était hors de contrôle. Il s'époumonait, se débattait, le corps chaud et raidi. Elle faillit le faire tomber en essayant de porter le biberon à sa bouche. Quand elle réessaya, il détourna le visage dans un mouvement de colère, effrayé par la nervosité qui transpirait d'elle.

« Tiens. » La tétine lui effleura les lèvres et il pivota son visage vers elle. Sa respiration s'accéléra. Elle le changea de position et fit une nouvelle tentative. « Allez, voilà. C'est bon. »

Il se mit à déglutir dès la première goutte de lait. Elle sentit son corps se détendre.

« C'est bien », dit-elle. Un répit salutaire, comme après le passage d'une tempête. « En voilà un bon petit gars. »

Steve lui souriait depuis la porte de la cuisine, le teint blafard. « Bien joué », dit-il.

Elle l'ignora. Le bébé buvait avec régularité, mâchonnant la tétine.

« On dirait que tu as fait ça toute ta vie, reprit-il.

— Aucun rapport. Je me souviens d'Isla quand elle était petite, c'est tout. Je sais juste à quoi ressemble un bébé affamé. »

Elle l'entendit prendre son souffle pour lui répondre, mais il y réfléchit à deux fois et garda le silence.

« Tu as prévenu Ray que tu comptais démissionner ? »

Steve acquiesça. « Je l'ai appelé hier. Il ne l'a pas trop bien pris. Il a essayé de me convaincre de rester.

— Est-ce qu'il est au courant ? » Elle fit un mouvement de tête vers le bébé.

« Pas encore. Non. »

L'enfant fermait les yeux. Elle reposa le biberon sur le comptoir.

« Il va bien s'en rendre compte, dit-elle. Si tu ne le conduis pas à son foyer, ils vont le prévenir, non ? »

Il hocha de nouveau la tête, l'air abattu. L'enfant soupirait dans les bras de Mandy.

Elle lui caressa le dos et le hissa sur son épaule.

« Je crois qu'on devrait essayer de l'adopter, dit-il. Je suis sûr que Ray nous arrangerait ça, si je lui demandais.

— Pour l'amour de Dieu, je ne t'ai pas déjà dit non ? Je n'ai pas été assez claire sur le sujet ?

— Je ne l'emmènerai pas dans un foyer. Hors de question.

— On en a déjà parlé ! » Elle berçait l'enfant, lui tapotant doucement le dos. « Il n'est pas à nous, Steve. Ça se voit qu'il cherche sa mère. Ça se sent. »

Il se frotta le visage. « Si je le ramène à sa mère, ils enverront juste un autre salopard le chercher. »

Elle repassa le bébé à Steve. « On ne peut pas le garder.

— On pourrait, chérie. Ce serait la meilleure solution pour lui. »

Elle se dirigea vers la porte du jardin. À l'horizon, le soleil donnait au ciel des teintes violettes. Elle pensa à Joe Green, qui s'était tenu à l'endroit même où elle se trouvait, en bras de chemise, à boire son café. Elle dut faire un effort pour ne pas se rappeler la suite, pour ne pas la revivre dans sa tête. Ça faisait un peu plus d'une semaine, le souvenir était encore frais, vif. Ça avait été gourmand et libre. Révélateur. Elle ignorait ce qui se passerait si elle le revoyait. Elle ne pourrait peut-être pas se retenir.

En même temps, il ne s'agissait pas d'amour. C'était une attraction purement physique, un appel de la chair qui s'éteindrait bien assez vite. En comparaison, sa relation avec Steve lui évoquait davantage de l'amour.

Ce à quoi l'amour finissait par ressembler au bout d'un certain temps.

Steve vint à côté d'elle, le bébé toujours dans les bras.

« Je ne pense pas pouvoir l'abandonner, Mandy.

— Et moi, je ne pense pas pouvoir être sa mère.

— Tu ne voudrais pas essayer, juste un peu ? Si ça ne marche pas, j'en parlerai à Ray. »

Le ciel virait presque au bleu derrière les arbres à thé. Elle prit une longue inspiration, lente et profonde. Elle voyait bien l'espoir qui germait en lui. Il avait trop d'amour à donner, c'était ça son problème. Et avait besoin, en retour, de recevoir davantage que ce qu'elle pouvait lui offrir.

« Je veux bien lui laisser quelques jours, dit-elle. Deux semaines, maximum. Je suis sérieuse. »

Il bascula la tête en arrière, soulagé.

« On va devoir le garder à l'intérieur, hors de la vue des gens. Et réussir à le faire taire. Mieux vaut éviter les ragots. »

Il embrassa la tête du bébé. « On va y arriver, hein, William ? »

Elle se figea. « Comment tu l'as appelé ?

— William, dit-il, comme si c'était sensé. Je l'ai baptisé William, comme mon père.

— Tu l'as baptisé…

— Pourquoi pas ? Il lui faut bien un nom.

— Il n'en a pas déjà un ?

— Je tenais à lui en donner un moi-même. J'ai toujours voulu un fils qui s'appelle William.

— Ce n'est pas ton fils !

— Je sais. Mais il pourrait bien être ce qui s'en rapprochera le plus. »

D'un signe de tête, elle voulut lui signifier sa désapprobation – mais il n'avait d'yeux que pour le bébé. « Il faut vraiment que tu te détendes. »

Le chant des cigales leur parvenait à travers la fenêtre. Elle eut de nouveau l'impression fugace d'un nœud qui se dénouait. D'un glissement rapide dans un espace au-delà de la raison. Elle détourna le regard.

« Pourquoi tu ne vas pas te recoucher, Mand ? Je peux me débrouiller maintenant. »

Elle le laissa là, à bercer le bébé en regardant le jardin, tandis que le soleil envahissait le ciel.

31

Nouvelle-Galles du Sud, 1997

« C'était de l'immobilier haut de gamme, il y a encore une vingtaine d'années. » Scott accélère sans bruit, dépasse un camion et se rabat. « Dans les années 1970, ça coûtait plus cher de vivre ici qu'à Darlinghurst. »

Isla observe le paysage derrière la vitre de la Honda surbaissée de Scott. Une voie de chemin de fer désaffectée longe la route, les rails recouverts d'herbe, jonchés de bouteilles vides. Un Aborigène se tient assis sur la plate-forme de ce qui devait autrefois être une gare, une bouteille dans un sac en kraft à la main.

« Merci pour la balade », dit-elle.

Scott tapote ses doigts sur le volant, au rythme d'une chanson à la radio.

« Je n'allais pas te laisser faire le trajet toute seule.

— Tu préfères éviter que je conduise ta voiture, tu veux dire ?

— Il y a de ça. » Il tend la main vers l'autoradio et l'éteint. « Et puis, je voulais te revoir un peu, avant que tu ne retournes du côté obscur.

— Désolée de ne pas t'avoir rappelé. C'est dur, tu sais, avec le décalage horaire et…

— Tu continues à boire ? »

Elle se tourne vers lui, surprise. « Ça fait quelques mois que je suis sobre comme un chameau. »

Il hoche la tête. « Et comment ça se passe ?

— À merveille. » Elle se tortille sur le cuir souple du siège passager. « Pourquoi tu demandes ça ?

— T'étais une vraie furie avant de partir.

— J'avais vingt-cinq ans.

— Tu jouais hors catégorie, Isla. J'étais là, parfois. Personne n'arrivait à te suivre.

— Je sais.

— Je craignais de te voir couler, à Londres. »

Elle passe une main dans ses cheveux en bataille. « C'est ce qui a fini par m'arriver. »

Il dépasse une autre voiture, jette un coup d'œil au rétroviseur en prenant soin de respecter la limite de vitesse. Son frère. Toujours sensible et prudent. Il a bossé dur, s'est marié jeune. Et il arrive à se souvenir de ses vingt ans. De ses vingt ans à elle.

« T'as raison, reprend-elle. C'est devenu un problème. L'alcool.

— Ça me rassure de te l'entendre dire.

— Je m'en tiens à distance maintenant. Enfin, autant que possible.

— Qu'est-ce que ça veut dire ?

— Ça veut dire que je suis alcoolique. »

Il pose son regard sur elle, qui détourne le sien. Elle n'avait jamais prononcé ces mots à voix haute. La lumière du jour paraît trop éblouissante, le ciel trop radieux. La voiture trop féline et silencieuse. Elle s'enfonce dans son siège et frotte ses mains sur son jean.

« J'aime autant ne pas en parler.

— Ça peut aider. On dit que…

— Tu veux bien laisser tomber ? Je sais très bien ce qu'on dit.

— C'est bon. J'essayais juste de t'aider. »

Son cœur refuse de ralentir. « J'étais sur le point de participer à des groupes de discussion, à Londres, dit-elle, comme pour s'assurer que son système phonatoire fonctionne encore. Ce n'était sans doute pas le meilleur moment pour venir ici.

— Tu t'en sors plutôt bien. T'as rien perdu de ton caractère. »

Elle rit, comme elle sait qu'il l'attend d'elle.

« Personnellement, je n'y touche presque jamais, dit Scott.

— Et tu veux que je t'applaudisse ? » Elle tourne ostensiblement sa tête vers la fenêtre, vers les herbes hautes et les voitures aux lignes épurées sur la voie d'à côté.

« Pas vraiment, dit-il. En revanche, je vais te laisser sur la bande d'arrêt d'urgence, si tu continues.

— Désolée. » Elle se retourne vers lui. « Je n'en avais jamais parlé à personne, c'est tout.

— Je tiens à toi, Isla. Tu sais ?

— Oui, je sais. Bien sûr… Je crois que je me suis mise à boire pour me rapprocher de Papa. Je ne voulais pas lui jeter la pierre. Ça m'aidait à me mettre à sa place.

— Ça paraît logique, dit Scott.

— Tu trouves ?

— Évidemment. » Il jette un œil sur la fourgonnette blanche qui les dépasse sur la voie rapide. « Tu étais la seule à pouvoir le calmer. Ça n'a pas dû être facile pour toi. » Il la regarde. « Tu t'en souviens ?

— Un peu. Le plus dur dans la sobriété, c'est de se souvenir de ce qu'on préférerait oublier.

— Tu t'en souviens, quand il a cassé tous les doigts de la main de Maman ?

— Non. » Elle y réfléchit. « Non, mais c'était involontaire. Il lui a claqué la portière de la voiture sur la main. »

Il émet un grognement de désaccord. « Ça, c'est ce qu'il a bien voulu te raconter.

— C'était un accident. Je me souviens qu'il l'a conduite à l'hôpital. » Elle perçoit sa propre voix comme un gémissement puéril.

« Il n'y a jamais rien eu d'accidentel chez nous. »

Isla s'enfonce encore plus profondément dans son siège. « Tu t'imagines toujours le pire, venant de lui.

— Bon Dieu, Isla. » Il ralentit à la sortie de Ropes Crossing. « C'est toujours moi qui l'ai conduite à l'hôpital, quand Papa ne tenait plus debout. Il lui a démis l'épaule, une fois. Une autre, il lui a cassé les côtes. »

Elle se tourne à nouveau vers la fenêtre et laisse son regard errer sur la banlieue ouest. Rue après rue, des maisons en fibrociment aux clôtures d'acier.

« Je ne savais pas cela.

— Et la liste est longue, dit-il. Mais je ne veux pas te faire tomber du haut de ton chameau. »

Le soleil les éblouit alors qu'ils se dirigent vers l'ouest. La route se rétrécit. Isla se demande si son frère a autant raison qu'il le croit. Si elle a toujours eu tort. Son cœur bat à se rompre.

« Comment tu fais pour être aussi normal ? »

Il sourit et tapote ses doigts sur le volant.

« C'est la thérapie, ça. Des années de thérapie. Je te recommande. »

Elle attend, pressentant davantage.

« Je bosse beaucoup. Trop, selon Ruby. Le temps libre, ça ne me réussit pas trop.

— À moi non plus.

— Ruby sait que je ne veux pas d'enfants. » Il tourne vers elle une triste ébauche de sourire. « Je ne veux pas prendre ce risque. Au cas où j'aurais le gène du connard patriarcal.

— C'est dommage. » Elle se redresse. Ne pas pleurer. « Je pense que tu ferais un bon père. »

Le ciel virait à un bleu profond. Des immeubles bas, de fortune, des toits en tôle ondulée, des clôtures grillagées.

« Tu as réfléchi à ce que tu allais dire à ce Steve ? dit Scott, au bout d'un certain temps. Qu'est-ce que tu vas faire, s'il ne saute pas de joie en te voyant ?

— Je ne vais pas m'emballer, si c'est ce que tu veux savoir.

— C'est un bon début.

— Je sais que tu trouves que c'est une mauvaise idée. »

Il garde les yeux sur la route. « C'est juste que, si j'étais lui, je m'en tiendrais à ma version des faits. Si j'avais affirmé à la police avoir déménagé en abandonnant ma femme derrière moi, je te raconterais exactement la même histoire.

— Je veux qu'il me le dise en face. Voir son visage quand il assure être parti sans elle. »

Scott ralentit avant un long virage. Ils s'arrêtent devant un foyer municipal flambant neuf, dont l'escalier conduit à des doubles portes vitrées. Celles-ci s'ouvrent sur un homme âgé qui quitte le bâtiment et s'écarte afin de laisser passer une femme plus jeune, portant un bébé sur sa hanche.

« Je vais t'accompagner, dit Scott.

— Tu es sûr qu'il travaille ici ? »

Scott coupe le contact. « Il apparaît parmi les responsables, oui. Il fait aussi partie de certains comités locaux inscrits à cette adresse. Des projets pour le développement du quartier, ce genre de trucs.

— Un pilier de la communauté », commente Isla. Ils restent un moment assis dans la voiture. « On aurait peut-être dû prendre rendez-vous. »

Elle ouvre la portière. Scott vérifie que les autres sont bien fermées, avant de la rejoindre dans le bâtiment. Les portes s'ouvrent sur une petite salle d'attente. Un ventilateur tourne lentement au plafond. Quelques personnes patientent sur des chaises en plastique.

Une femme aborigène se tient derrière le guichet. Elle a des cheveux blonds décolorés, très courts, et une mâchoire musculeuse.

« Je peux vous aider ? dit-elle d'un air dubitatif.

— Je viens voir Steve Mallory, annonce Isla.

— Vous avez rendez-vous ?

— Oui, assure-t-elle en souriant avant que Scott n'ait le temps de répondre. Il m'attend.

— On ne parle pas aux journalistes.

— Je ne suis pas journaliste. Je m'appelle Isla Green.

— Votre nom n'apparaît pas sur la liste. » Elle tambourine sur l'agenda ouvert devant elle. « Je ne pense pas pouvoir vous aider, mademoiselle Green.

— Il y a sûrement erreur. » Isla s'écarte de Scott, qui lui a agrippé le coude.

« Je ne crois pas. M. Mallory dirige le service des réunions, le vendredi. Il aide les gens à retrouver leur famille. Ceux dont les enfants ont été enlevés. Ou qui ont été enlevés eux-mêmes pour être élevés chez des Blancs. Des enfants volés. »

Isla hoche la tête et sourit, incapable de trouver ses mots. Elle pense à son père dans la cuisine, en train d'écouter la radio : « Ce salaud d'à côté trempait là-dedans jusqu'au cou. » À côté d'elle, Scott trépigne de nervosité.

« Je peux vous arranger un rendez-vous dans quelques semaines, dit la réceptionniste. Si c'est bien du service des réunions que vous avez besoin.

— Ce n'est pas pour ça que je suis là, dit Isla.

— Non. » La femme jette un coup d'œil vers la fenêtre, où resplendit la Honda gris métallisé de Scott. « C'est bien ce que je me disais.

— Vous pourriez lui donner mes coordonnées ? Je suis une amie de sa famille. » Isla attrape un dépliant en haut d'une pile sur le bureau et y inscrit son nom dans le coin supérieur. Puis elle note l'adresse de ses parents à Bay Street et la souligne. « Je suis venue de Londres pour le voir, dit-elle. Je dois repartir la semaine prochaine. »

La femme prend la brochure et sort par une porte à double battant qu'elle laisse claquer derrière elle. Une mouche fait le tour de la pièce. Elle passe près du visage d'Isla, qui l'assomme en plein vol. L'insecte s'effondre en silence. Dans la salle d'attente derrière eux, un bébé crie.

« Je crois que nous sommes les seuls Blancs ici, lui murmure Scott.

— Et alors ?

— C'est un service pour les autochtones. On est entrés au pas de charge, comme des colons. »

Elle s'appuie au guichet. « J'aurais aimé le prendre au dépourvu, confie-t-elle à voix basse.

— Il lui suffit de dire non.

— Je crois qu'il va se montrer quand même. Attends voir. »

Elle scrute les battants de la porte, une peur enfantine chevillée au cœur. La mouche repart, plus bruyante, revigorée.

« Il est en rendez-vous », annonce la réceptionniste, manifestement réjouie de son efficacité. Elle claque ses mains sur le bureau. « Je suis navrée. À qui le tour ? »

Scott et Isla regagnent la rue. Scott pointe son porte-clés vers la Honda, qu'il déverrouille d'un petit bip électronique. « Quelle perte de temps », lâche-t-il.

Isla s'affaisse sur le siège passager. « Je sais. Désolée. » Elle lève les yeux vers le bâtiment. Les portes vitrées s'ouvrent, laissant voir un homme en chemise bleue à carreaux, le visage caché.

« Il fait du bon boulot, ce Steve Mallory. » Scott attache sa ceinture de sécurité et met le contact. « Il n'a pas l'air du croque-mitaine que tu avais en tête.

— Il se sent coupable, dit-elle. C'est lui qui a enlevé la moitié de ces gosses.

— Qu'est-ce qui te fait penser ça ?

— C'est Papa qui me l'a dit.

— Évidemment, persifle Scott.

— Qu'est-ce que ça veut dire ?

— Je n'ai rien dit.

— Juste parce que c'est Papa qui le dit, tu crois que c'est faux.

— Je n'ai pas dit ça. »

Elle détourne le visage tandis qu'il fait demi-tour. Le type à la chemise bleue avance sur le trottoir et les observe. Il est court sur pattes, trapu, et Isla le reconnaît comme si les trente dernières années ne s'étaient jamais écoulées, comme si elle avait quatre ans et qu'il venait de franchir le seuil de sa maison sur Bay Street.

« Arrête-toi. » Elle se penche en avant. « C'est lui. C'est Steve. »

Scott freine. Steve traverse la rue en brandissant le dépliant sur lequel Isla a noté son nom. Il s'incline pour frapper à la vitre côté passager.

« Tu voulais me voir ? »

Isla baisse sa vitre. Il a le visage rouge, les yeux humides et l'air authentiquement ému de la voir.

« Isla Green, reprend-il. Je suis sorti dès que j'ai vu ton nom. »

Isla jaillit de la voiture. Elle est plus grande que lui. Il se tient les pieds de travers, les épaules en arrière et passe sa main sur son crâne chauve.

« Merci d'être sorti, dit-elle. Je sais que vous êtes très pris. » Le souvenir qu'elle a de lui paraît moins net, maintenant qu'ils se font face. Sa présence physique – plus douce qu'elle ne l'avait imaginée – fait barrage. Elle ressent comme l'ombre d'un doute.

« Dieu tout-puissant, dit-il. Isla Green. Je me souviens de toi comme d'une toute petite chose. Toujours en train de courir dans le jardin, à rechercher des insectes et des araignées.

— La police est venue voir mon père, annonce Isla, et le visage de Steve s'assombrit.

— Je pense bien.

— Ils ont l'air de croire qu'il est le dernier à avoir vu Mandy avant sa disparition. »

Il plie la brochure et la fait claquer contre sa main. « Ça me paraît exact.

— Sauf que mon père affirme que Mandy a déménagé avec vous, qu'elle vous a suivi dans le Victoria.

— Il ment. Désolé de devoir te le dire. »

Il passe sa main sur son visage, frotte les cernes sous ses yeux. Il est à deux doigts de pleurer, songe Isla. Il essaie juste de ne pas se laisser submerger par ses émotions. C'est ce qui l'effrayait tant, quand elle était gamine. Le souvenir lui en revient d'un coup. Une façade lisse comme de la soie, derrière laquelle il est anéanti.

« Mandy était gentille avec toi, tu sais ? Tu t'en souviens ?

— Pas tellement.

— Elle aurait fait une bonne mère, si on avait pu fonder une famille. »

Derrière lui, une femme quitte l'immeuble et s'avance sur le trottoir. Le bébé qu'elle porte sur sa hanche s'éveille, lève la tête et lance un long cri de protestation. Steve se retourne vers lui. La mère s'arrête un moment pour calmer l'enfant en lui massant le dos.

« Mon père va porter le chapeau, dit Isla. S'ils ne trouvent pas Mandy. »

Steve se retourne vers elle. « Ton père me l'a prise, dit-il.

— Qu'est-ce que ça signifie ?

— Je l'ai laissée à Sydney avec Joe Green.

— Il nie cela.

— Mais il y avait des témoins. Je suis parti en plein jour. Les gens ont bien vu ce qui se passait. » Des larmes lui montent aux yeux. « Ça a été la plus grosse erreur de toute ma vie. »

Elle entend Scott sortir de la voiture. Il vient à côté d'elle et pose son bras sur ses épaules.

« Je ne me suis jamais remarié, poursuit Steve. Elle me manque. Tous les jours.

— Vous croyez qu'elle est encore vivante ?

— Non, dit-il en réprimant un sanglot. Je sais qu'ils traitent ça comme une disparition. Mais ce n'était pas son genre de disparaître sans laisser de traces. Elle n'était pas du style à passer inaperçue. »

Scott tapote l'épaule d'Isla. « On va y aller.

— On aurait pu fonder une famille, reprend Steve. C'est ça, le plus dur. C'était ce que Mandy désirait le plus au monde. Elle avait un don avec les enfants. On en aurait eu, si on avait pu. Je n'aurais jamais imaginé me retrouver seul à cette période de ma vie. » Il s'essuie le visage. « Tu as des enfants, Isla ?

— Non. Pas pour le moment.

— Tu as encore le temps.

— Je suis désolée, dit-elle sans savoir pourquoi.

— Désolée de quoi ? » Il se met à crier. « Qu'est-ce que tu crois que ça peut me faire ?

— J'ai juste…

— C'est ton père qui devrait être désolé. D'ailleurs, pourquoi ce n'est pas lui qui est ici ? Où est-ce qu'il se planque, hein ?

— On devrait y aller, dit Scott. On vous a déjà pris assez de temps. »

Steve lève un bras pour masquer le soleil qui l'éblouit.

« Vous êtes le portrait craché de votre mère, lance-t-il à Scott.

— On a une longue route à faire. » Scott s'approche de la voiture. « Merci encore pour…

— Comment va Louisa, au fait ?

— Pas au mieux de sa forme, répond Scott. Ça a été difficile pour elle, ces soupçons sur notre père. Les interrogatoires de police.

— Désolé de l'apprendre. » Il a l'air désemparé. « Elle a toujours été un cran au-dessus, Louisa.

— Je ne vous le fais pas dire, renchérit Scott.

— Vous lui passerez mes salutations ? dit Steve en reculant vers le trottoir. J'espère qu'elle trouvera un moyen de se tirer d'affaire. »

Il s'arrête devant les portes vitrées et les regarde remonter dans la voiture. Isla sent ses yeux qui la suivent jusqu'à ce qu'ils tournent au coin de la rue. Elle attend que Scott rompe ce silence angoissé.

« Je ne crois pas qu'il mente, Isla. »

Le regard d'Isla se perd sur l'herbe haute, les poteaux téléphoniques.

« Il a laissé Mandy à Sydney, avec Papa. » Scott accélère et s'engage sur la voie rapide. « Tu l'as entendu toi-même. »

Les poteaux défilent.

« C'est un type instable, dit-elle. Il a toujours été comme ça. J'avais peur de lui quand j'étais petite.

— Tu m'as dit qu'ils avaient déménagé avant ma naissance.

— C'est exact. » Elle le regarde. « Je me souviens d'eux. Mandy et Steve. J'ai passé beaucoup de temps avec elle.

— Tu ne penses quand même pas…

— Si ! » Elle détourne le regard de son visage nerveux et perplexe. « Je me souviens qu'il me faisait peur.

— Moi aussi, dit-il à voix basse, je me souviens d'avoir passé mon enfance à avoir peur. »

Elle ne rebondit pas. Ses certitudes s'évaporent et aucune source de réconfort ne lui vient à l'esprit – hormis l'alcool. Un paysage morne défile. Des kilomètres et des kilomètres de broussailles sèches, où des eucalyptus fantômes, blancs et désolés, se dressent dans le bleu du ciel.

« Tu ne veux pas venir chez nous ? On a de la place. Je peux t'accompagner à Bay Street pour récupérer tes affaires. »

Elle secoue la tête. « Non, merci.

— Pour l'amour de Dieu, Isla. J'ai peur pour toi, toute seule avec lui dans cette maison.

— Il n'y a rien à craindre. Il ne me fera jamais de mal. »

Il jette un coup d'œil dans le rétroviseur avant de se ranger sur la voie centrale. « On a tous un angle mort, dit-il. Le tien, c'est lui. »

32

Sydney, 1967

Mandy trouva Joe sur le pas de sa porte, qui lui souriait nerveusement.

« J'ai remarqué que le camion de Steve n'était plus là », dit-il.

Ses mots mirent quelques secondes à prendre leur sens. Elle avait eu envie de lui dès qu'elle l'avait vu.

« Il est parti. » Elle jeta un œil à sa montre, à ses aiguilles immobiles. « Je ne sais pas très bien quand il va revenir. Désolée.

— Qu'est-ce que tu dirais d'une petite bière bien fraîche ? Il fait une chaleur à crever ici.

— Tu ferais mieux d'entrer, alors. » Elle s'autorisa à sourire en se retournant. Il lui avait trotté dans la tête toute la journée. « Comment ça va ?

— Pas bien fort. Ça fait un jour ou deux que je rebrousse chemin avant même d'arriver au travail.

— À quoi tu passes tes journées, alors ? »

Il haussa les épaules. « À essayer d'éviter de boire avant midi. Et à me prendre la tête. C'est à peu près tout. »

Dans la cuisine, elle décapsula une bouteille de bière, qu'elle lui tendit. « Tu gamberges beaucoup ?

— J'en deviens cinglé. » Il but au goulot. « J'ai tout le temps l'impression d'entendre un bébé chialer. »

Son estomac se noua. Le petit faisait souvent une bonne sieste à cette heure-ci, mais elle n'aurait pas dû le laisser rentrer. « Ce doit être le petit d'Abigail Walker. » Elle s'attabla, le regard fuyant. Elle aurait pu mettre sa main à couper qu'Abigail n'était pas encore revenue chez elle avec son nouveau-né. Mais Joe ne réagit pas. Il prit une chaise et s'assit en croisant les jambes, un pied posé sur le genou opposé.

« Abigail a eu un fils », reprit-elle, ce qui était vrai – Roger Walker lui avait annoncé la nouvelle, pas plus tard qu'hier. Elle lui avait parlé dans la rue, la conversation avait été courte, mais il s'était montré curieux, comme s'il se doutait de quelque chose. Cacher un bébé se révélait plus difficile qu'elle ne l'avait imaginé.

Joe bascula la tête en arrière et engloutit la moitié de la bouteille. Il fallait vraiment qu'elle le renvoie chez lui. Même si ça lui faisait du bien de le voir. Il avait en tête la même idée qu'elle, et il était difficile de penser à autre chose.

« Tu as l'air radieuse, dit-il. Quoi de neuf de ton côté ?

— Pas grand-chose. » Elle alluma une cigarette qu'elle lui passa. « Il fait trop chaud pour faire quoi que ce soit. »

Le regard de Joe remonta le long de ses jambes, jusqu'à l'ourlet de sa jupe en jean, à quelques centimètres de ses genoux. Elle le laissait prendre son temps. La cigarette se consumait entre ses doigts.

« Pas faux », dit-il.

Elle se leva pour ouvrir la fenêtre, puis se retourna vers lui et s'adossa au comptoir. Elle déboutonna son chemisier sans croiser son regard. Il voulut se lever, mais elle le maintint par les épaules, rivé à sa chaise. Il se mit à lui embrasser le ventre, à pleine bouche, tandis qu'elle sirotait sa bière en regardant un cacatoès atterrir sur le tendeur du fil à linge.

« Ça fait des semaines qu'il fait trop chaud », dit-elle alors qu'il soulevait sa jupe. Elle ferma les yeux et lui attrapa la nuque.

Un martin-chasseur géant gloussa depuis le fond de la cour, puis se tut.

« Fous le camp de chez moi, espèce de sale merde. »

Steve se tenait dans l'embrasure de la porte de la cuisine, un sac à provisions au bout de chaque bras. La sueur couvrait son corps, épaississant les poils de ses bras. Il tenait les cabas comme s'ils pesaient cinq tonnes chacun.

« Bordel. » Joe se leva. « Bon Dieu, Steve, je ne t'ai pas entendu entrer. Je savais pas que t'étais là. Je ne voulais pas… »

Steve lâcha ses sacs. Une tétine pour bébé tomba de l'un d'eux et roula sur le lino. Mandy s'empressa de reboutonner son chemisier, de rabaisser sa jupe. Plus que choquée ou honteuse, elle était en colère. Elle en voulait à Steve d'avoir fait irruption à ce moment-là. Elle planta son regard dans le sien, le laissant entrevoir les vestiges de son désir. Sa défiance envers lui.

« Ne reste pas là », lança-t-elle à Joe. Il la dévisageait, bouche bée. « Pour l'amour de Dieu, rentre chez toi ! »

Steve se rua sur Joe, qui avait presque reculé jusqu'à la porte, et plaqua sa main contre son torse. « Ou si tu préfères, je pourrais peut-être te faire passer directement à travers le mur. T'en penses quoi ? Hein ?

— Steve, écoute, je suis désolé. » Joe fit un pas de plus vers la sortie. « J'ai traversé une mauvaise passe, ces derniers jours. Ce n'est pas une excuse, je sais.

— T'as traversé une mauvaise passe ? » Steve projeta Joe contre la porte, qui se referma. « Excuse-moi de ne pas te plaindre, mec. Et de ne pas être surpris que tu n'arrives pas à tenir ta femme. »

Mandy contourna la table de la cuisine pour rattraper Steve. Elle se sentait souillée, maintenant que le désir l'avait quittée, et horrifiée à l'idée de ce qu'il avait vu.

« Steve. Pourquoi on ne…

— Ferme-la, Mandy ! Ferme ta sale gueule de pute et t'approche pas de moi avant que je t'y autorise. »

Mandy se figea. Elle ne savait pas Steve capable de lui parler ainsi. Elle ne le reconnaissait pas. Il semblait métamorphosé. Elle avait donc vraiment tout foutu en l'air.

« Et tu pensais te remonter le moral en venant traîner par ici ? » Il frappa à nouveau le torse de Joe. La porte vitrée trembla derrière lui. « C'est ça que tu t'es dit ? Que t'allais lui faire pitié, en attendant qu'elle te laisse soulever sa jupe ? Combien de temps ça t'a pris ? Une heure ? Dix minutes ? Cinq ?

— Je te l'ai dit, je n'ai pas d'excuse. » Joe s'éloigna de Steve en prenant garde à sa main bandée. « Je sais que c'est indéfendable.

— Et si je t'arrangeais ta petite gueule, histoire de te rendre moins attirant. » Il saisit Joe par la chemise et le projeta en arrière, plus violemment qu'auparavant. « Qu'est-ce que t'en dis ?

— Fais ce que tu veux. » Joe baissa les yeux sur Steve, qui haletait, fulminant. Son visage lui arrivait à peine à l'épaule. « Je le mérite. Vas-y.

— Arrête ! » Mandy saisit le bras de Steve. « Ce n'est pas sa faute. C'est la mienne. C'est moi qui l'ai cherché. »

Steve la considéra avec mépris. « Tu le défends maintenant ? T'essaies de lui sauver la peau ?

— C'est la vérité. Tu sais que ça ne se passe pas bien entre nous. On n'a qu'à régler ça sans lui. Laisse-le partir. »

Steve se tourna vers elle, agrippant toujours la chemise de Joe. « Ne parle pas de régler quoi que ce soit. N'y songe même pas. »

Un gémissement ténu et discordant les atteignit depuis le couloir. Joe se tendit. Il fouillait la pièce du regard, essayant de repérer l'origine du bruit.

« Bordel ! » Steve serra les dents. « Manquait plus que ça.

— Je vais le chercher. » Mandy se rua hors de la pièce. Elle entendit des bruits de coups, tandis qu'elle se précipitait dans le couloir vers la chambre du bébé. Un cri de douleur retentit derrière elle. Elle tira le garçon du lit et s'immobilisa un instant, paniquée par le vacarme provenant de la cuisine. Qu'avait-elle fait ? Comment avait-elle pu en arriver là ? Elle berça le bébé, lui donna sa tétine. À sa grande surprise, il se calmait dans ses bras. Sa chaleur à lui l'apaisait aussi.

« J'ai déconné. » Elle restait avec lui dans l'obscurité, essayant de réfléchir à ce qu'elle devait faire. « J'ai salement merdé, ce coup-ci. »

Le bébé se tenait tranquille contre sa poitrine tandis qu'elle marchait en lui caressant les cheveux. Elle entendit un nouveau cri, un bruit sourd, une chaise qui tombait au sol. Puis le silence. Elle se rapprocha de la porte en tendant l'oreille, fit quelques pas vers la cuisine. On ne percevait plus qu'un léger halètement.

Elle poussa la porte. Steve leva les yeux vers elle. Il était assis sur la poitrine de Joe et l'étranglait d'une main. Joe suffoquait, les yeux exorbités, les jambes prises de convulsions.

« Steve ! Tu vas le tuer ! Laisse-le partir ! Pour l'amour de Dieu, Steve ! »

Steve observa Joe un moment, avant de relâcher son emprise. « Casse-toi d'ici. » Steve se releva. Joe s'éloigna en roulant sur lui-même, pris d'un haut-le-cœur. « Dégage ! Hors de ma vue ! »

Mandy plongea ses yeux dans ceux de son mari. Il avait la lèvre fendue et son nez dégoulinait de sang. « Tu allais finir par le tuer, dit-elle.

— Sors William d'ici, tu veux ? » Il s'essuya le nez sur sa manche. « Pourquoi tu l'as ramené ? »

Elle serra le bébé contre elle, à peine consciente qu'il hurlait dans ses bras. Joe parvint à se relever devant la porte du jardin. Il la fixait du regard, avec ce bébé dans les bras ; elle essayait de lui montrer, par son expression, à quel point elle était navrée.

« Qu'est-ce que tu fous encore là ? cria Steve. Barre-toi de chez moi ! Et t'avise pas de t'approcher de ma femme ! »

Joe ne bougeait pas, son regard oscillant entre Mandy et le bébé. Steve se précipita vers lui et le repoussa dehors, dans le jardin. Puis il rentra à reculons, toussant et crachotant, et referma la porte d'un grand coup de pied, laissant une longue fissure diagonale sur sa vitre.

Mandy s'assit à la table de la cuisine, le bébé sur ses genoux, l'apaisant du mieux qu'elle le pouvait, heureuse de la diversion que lui offraient ses cris. Steve resta un moment face à la porte, à lui tourner le dos. Elle n'avait aucune idée de ce qu'il allait dire ou faire, à présent. Jusqu'ici, elle avait cru que Steve ne blesserait jamais physiquement quelqu'un, du moins pas volontairement.

Elle parla avant qu'il puisse dire quoi que ce soit.

« Ça fait un moment que je suis malheureuse. Ça n'a rien à voir avec toi. »

Il traversa la pièce et se pencha sur elle, une main sur la table de la cuisine. Du sang suintait de sa lèvre inférieure.

« Un moment ? Comment ça, un moment ?

— Depuis qu'on a commencé à essayer d'avoir un bébé. Je n'en ai jamais vraiment eu envie. » William suçotait nerveusement sa tétine. Mandy laissait son doigt dans sa petite main chaude et humide, tout en le calant plus confortablement sur ses genoux. Elle sentait bien qu'il avait peur.

« Je suis désolée », dit-elle.

Steve essuya le sang sur sa bouche.

« Depuis quand ça dure ? Toi et ton gigolo d'à côté ?

— Pas longtemps.

— Depuis quand ?

— Depuis que Louisa est partie. Ça fait quelques semaines. »

Il se redressa en envoyant valser une chaise sur le côté, faisant sursauter le bébé.

« J'aurais dû m'en douter. » Il lança un coup de pied à la chaise, qui traversa la pièce et heurta bruyamment la cuisinière. « J'aurais dû me douter que tu voyais un autre type. » Il faisait les cent pas. « Est-ce que tu l'aimes ? »

William se mit à chouiner. Elle remit sa tétine en place avec le doigt.

« Non, dit-elle. Ce n'est pas ça.

— C'est quoi, alors ? » Il se pencha sur elle. « Vas-y. Dis-le. »

Elle fit pivoter sa chaise afin de s'écarter de lui. Ça l'aurait bien arrangée de mentir, mais elle ne pouvait plus. Elle était trop exposée, après ce qu'il avait vu. Pourtant, elle ne pouvait pas non plus lui dire la vérité. Elle n'avait jamais vu une telle colère de toute sa vie.

« Ce n'est rien de sérieux, dit-elle.

— Rien de sérieux ! Qu'est-ce que c'est censé vouloir dire ? »

Le bébé se mit à pleurer et sa tétine tomba au sol. Elle le serra contre elle en lui caressant le dos. « Ne m'oblige pas à parler de ça, dit-elle.

— C'est une histoire de cul, c'est ça ? C'est ça que tu veux dire ? Du cul dans notre cuisine quand j'ai le dos tourné ? »

Elle opina, une seule fois, tout en gardant les yeux baissés sur le petit.

Il se posta à la fenêtre pour observer la maison de Joe. Il respirait bruyamment.

« Que Dieu me vienne en aide, si jamais je recroise ce fils de pute. Je ne sais pas de quoi je serais capable. »

Il remarqua qu'une porte du placard sous l'évier s'était entrouverte. Il la ferma d'un coup de pied si violent qu'elle se rouvrit immédiatement. Il recula et recommença plus fort, encore et encore, jusqu'à ce qu'elle se détache de ses gonds. Dans les bras de Mandy, le bébé poussait des hurlements.

« Je sais que tu ne veux pas coucher avec moi. » Il attrapa une bière dans le frigo et la décapsula avec les dents. « Tu n'as plus envie de moi, plus maintenant.

— Je ressentais la pression de tomber enceinte, expliqua-t-elle. Ça a changé les choses entre nous. »

Steve descendit d'un trait la bouteille et la fit claquer sur le comptoir. « Et c'est pour ça que t'es allée te faire baiser par le type d'à côté ? »

Elle le dévisagea et comprit la douleur qui filtrait sous sa colère. Elle-même ressentait cette déchirure, ce lancinement intolérable. Ça faisait trop pour lui.

« C'est ça ? C'est pour ça que t'es allée baiser avec lui ?

— Arrête, Steve.

— Arrête quoi ?

— Je ne t'ai jamais entendu parler comme ça.

— Non ? » Il tapa des mains sur la table de la cuisine. « Ça doit être la journée des premières fois, alors ?

— Je suis désolée.

— Non, tu n'es pas désolée. Je le sais, parce que je t'ai vue. » Il pointa son doigt vers le lino. « Tu étais là, les yeux fermés, et tu tenais cet enfoiré par le cou. Et quand tu m'as vu, t'as pris ton temps pour le lâcher. Tu sais ça ? »

Elle détourna le regard, honteuse. Il la prit par le menton et tourna son visage vers lui.

« T'es juste désolée que je vous aie interrompus, dit-il.

— Ce n'est pas vrai.

— Oh que si. » Il s'écarta d'elle. « Je crois que tu veux te débarrasser de moi et que tu n'as pas l'honnêteté de me le dire. »

Elle se leva et posa le bébé sur sa hanche, essayant de trouver les mots justes. Il la regardait comme un homme en train de se noyer. Elle ne savait pas si elle pouvait encore rattraper le coup. Ou si elle le devait.

« J'ai commencé à ressentir ça il y a déjà un moment, dit-elle. Je me suis demandé si j'avais cessé de t'aimer. »

Il fouillait son regard. « Je le savais. Je l'ai bien senti.

— Je me suis mise à penser que j'étais peut-être incapable d'aimer quelqu'un. » Elle fit un pas vers lui. Il ne s'écarta pas. « J'ai toujours eu cette peur d'être comme ma mère. »

Il secoua la tête. « Ça veut dire quoi ?

— Ça veut dire un être égoïste, insensible. » Les larmes lui montaient aux yeux. « Et si on avait un bébé et que je ne l'aimais pas assez ? Si je n'éprouvais rien pour lui ?

— J'ai dû te dire au moins cent fois que tu ferais une bonne mère…

— Justement, tu m'as mise sur un piédestal. Tu me vénères alors que je ne le mérite pas. »

Il la regarda en grattant le sang séché sur sa lèvre. « C'est le moins qu'on puisse dire.

— Tu m'as toujours trop aimée. » Elle berçait le bébé qui se calmait sur son épaule. « Je t'aime, vraiment. Tu ne me crois peut-être pas, mais je t'aime, à ma façon. »

Il considéra les sacs de courses renversés sur le lino, là où il les avait laissés tomber tout à l'heure.

« Je devrais foutre le camp d'ici, Mandy. Donne-moi juste une bonne raison de ne pas me tirer.

— Je n'en ai pas, dit-elle. Mais j'aimerais que tu restes.

— Vraiment ? »

Elle hocha la tête. Il se mit à sangloter de soulagement. Elle lui tendit la main, mais il se détourna. Il avait les yeux secs en les reposant sur elle.

« Je veux que tu me respectes. » Il ramassa bruyamment la chaise. « Tu peux faire ça ? Ou c'est trop te demander ? »

Elle fit non de la tête. Le bébé gigotait. Elle le hissa plus haut, somnolant, et lui embrassa les yeux, les joues.

« Je vais t'aider à l'élever, dit-elle. Si tu veux toujours. »

Steve la regardait avec circonspection. « Tu penses vraiment ce que tu dis ? »

Elle hocha la tête. « On pourrait l'adopter, comme tu le proposais. Arrêter de le cacher.

— Je croyais que tu ne voulais pas de bébé. Tu disais que c'était de la folie. Qu'il ne pouvait pas être à nous.

— Je veux te donner ce dont tu as envie. » Elle s'approcha de lui. Il lui prit le garçon des bras et le berça jusqu'à ce qu'il pose la tête sur son torse. « Je sais à quel point tu veux une famille.

— Il a déjà une mère, dit Steve. Une famille bien à lui et qui l'aime.

— Il aura une meilleure vie avec nous, non ? Ce n'est pas ce que tu as promis à sa mère ?

— J'ai promis ça à beaucoup de gens au fil des ans.

— Mais cette fois, ce sera pour de vrai. On ne sait pas où il finira si on l'abandonne, hein ? Il risque de se retrouver dans un de ces foyers. »

Steve restait coi et Mandy se tenait à côté de lui, regardant le bébé s'endormir. Elle avait encore une infime chance de sauver son couple. Au cours des dernières minutes, elle avait dit des choses qu'elle n'aurait jamais exprimées sans la stupéfaction et les remords, sans cette honnêteté qui allait de pair avec la douleur. Peut-être avait-elle eu besoin de se sentir au bord du gouffre pour arriver à les dire.

« Je vais faire de mon mieux, Steve. Si tu penses pouvoir me pardonner. »

Il gardait les yeux rivés sur le bébé. « Tu es tout pour moi, Amanda. Je ne peux rien y faire.

— Laisse-moi me rattraper, alors. Donne-moi une chance. »

Il acquiesça lentement. Elle lui reprit William. Son petit visage chaud contre le sien.

« Je lui ferai la peau, à ce fils de chienne, s'il s'approche encore de toi. Je le renverrai en Angleterre à grands coups de pied au cul. Il va regretter d'avoir débarqué dans ce pays. Je déconne pas. »

Elle berçait le bébé dans ses bras. Le jardin sombrait dans l'obscurité. Les arbres à thé semblaient tordus, obliques, à travers la vitre brisée de la porte.

« Il ne risque plus de revenir, maintenant. Ce n'est pas moi qu'il veut. C'est retrouver sa femme et sa fille.

— Et toi ? Tu te tiendras à carreau ? »

Elle acquiesça, puis s'avança vers lui et lui prit la main. Cette fois-ci, il ne se détourna pas.

33

Sydney, 1967

Joe s'assit sur la terrasse et entendit un oiseau siffler sa mélopée depuis les arbres au fond du jardin. Un martin triste, pensa-t-il en apercevant la tête noire et le corps brun de l'oiseau. Il n'était pas sûr de savoir d'où il connaissait ce nom. Louisa aimait les oiseaux, elle avait l'habitude d'indiquer leur espèce en les montrant du doigt. C'était peut-être ça. Ou Isla aurait pu le lui avoir dit, aussi. Elle avait une mémoire d'éléphant, cette gamine, elle se souvenait de tout. Il desserra sa cravate. Chacune de ses pensées le ramenait à sa femme et à sa fille. Sans même parler du bébé qui pleurait à côté. Il y avait de quoi devenir taré.

Il écrasa sa cigarette dans la soucoupe qui lui tenait lieu de cendrier. Mandy s'était servie de lui, ça paraissait limpide à présent. Elle voulait mettre fin à son mariage. Donner à son mari une bonne raison de divorcer. Elle avait sûrement tout prémédité pour que Steve les surprenne ainsi, en rentrant chez lui. Juste au moment où il commençait à s'attacher à elle. Et voilà que, l'instant d'après, il se faisait démolir. Et qu'elle se retrouvait avec un bébé dans les bras, le bébé noir de quelqu'un d'autre, le sommant de rentrer chez lui. Il avait cru mourir. Il défit le bouton de son col et se gratta le cou. Dommage que son bras droit ait été hors d'usage. Il aurait pu lui filer une leçon, à ce connard.

Ils avaient l'air nerveux au sujet du bébé. C'était un de ces gosses que Steve allait chercher pour son boulot. À coup sûr. Il avait dû lui plaire et Steve avait décidé de le garder pour lui. Ça n'avait sans doute rien d'officiel. C'était révoltant, à bien y penser. Il savait qu'il s'en tirerait à bon compte, vu qu'il était flic et connaissait les gens qu'il fallait. Et la famille du gosse avait tout le système dressé contre elle.

Joe se leva, referma la porte derrière lui et sortit sa bouteille de whisky. Il s'en versa un bon verre, rapidement, sa main tremblant un peu. Il n'était pas trop tôt. Presque dix-sept heures trente. Il avait bossé toute la journée – pour la première fois depuis plus d'une semaine – et avait bien mérité un petit remontant, une bonne dizaine de fois. Les autres devaient déjà être au bistrot, à descendre leurs pintes avant de rentrer chez eux et de retrouver femme et enfants. Il remplit moins son deuxième verre, sans se précipiter. Il ajouta même quelques glaçons. Sa main allait mieux. Pas la peine de se mettre minable.

Le salon ressemblait à un dépotoir. Des assiettes sales sur la table basse. Cette tache sur le tapis, là où il avait fait tomber une bouteille. Les cendriers pleins. Il se dégoûtait lui-même. Le whisky n'était pas une solution, mais c'était tout ce sur quoi il pouvait compter, maintenant que Mandy l'avait abandonné. Les soirées s'étiraient dans l'ennui : même avec la télé allumée, il ne parvenait pas à tromper sa solitude. La maison lui en renvoyait l'écho, amplifiant chacun de ses pas.

Il s'assit sur le canapé, s'y enfonça et scruta l'écran de télévision éteint. Stan l'avait soulagé d'une partie de son travail. Il s'était montré bienveillant à son égard, ce qui avait rendu la situation encore plus humiliante. C'était un travail éprouvant, avait-il commenté. Les architectes semblaient avoir à nouveau changé d'avis et il allait sans doute falloir démonter l'avant-scène de la grande salle, pour faire du principal auditorium de cet opéra une salle de concert, inadaptée à l'art vocal. Les collègues se plaignaient, quittaient le site en claquant la porte – il y a quelques mois, il aurait pu les rejoindre. Quel imbécile d'avoir cru pouvoir gravir des échelons dans une telle situation !

La sonnerie du téléphone lui fit renverser du whisky sur sa chemise. Dix-huit heures. Ce n'était pas Stan, ce coup-ci. Il posa son verre et regarda le téléphone, la bouche sèche de crainte et d'espoir.

« Allô ?

— C'est moi, Joe. C'est Louisa. »

Le son de sa voix lui fit l'effet d'une douche froide. Il était à deux doigts de fondre en larmes.

« On peut parler ? Ça fait des jours que j'appelle, mais tu ne réponds jamais. »

Il s'agrippait au combiné. « Je veux parler à Isla.

— Elle dort.

— Réveille-la.

— Elle est souffrante. Je ne veux pas la réveiller.

— Souffrante ?

— Ça va aller mieux. Elle a été examinée par un médecin. C'est la grippe, c'est tout. Elle a passé le pire. »

Il voulait parler, mais les mots restaient coincés dans sa gorge.

« Je veux qu'elle revienne, parvint-il à dire. C'est ici qu'elle devrait être. C'est chez elle.

— On peut parler, Joe ? S'il te plaît. »

La ligne grésillait et Joe se tenait debout sur le tapis, un bras écarté pour tendre le câble du téléphone.

« Tu ne m'as même pas dit où vous étiez parties. T'imagines à quel point j'ai eu peur ? »

Elle se taisait. Les oreilles de Joe sifflaient.

« Tu m'entends ?

— Elle nous a vus, Joe. »

Il laissa son bras retomber. « Quoi ?

— Isla nous a vus. Cette nuit-là.

— Elle a vu quoi ? » Il avait l'impression de le savoir. Son estomac se noua. « Lou ? Qu'est-ce qu'elle a vu ? Quelle nuit ?

— La nuit où je suis allée chez Mandy. On s'est disputés et ça a mal tourné. » Sa voix paraissait faible, hésitante. « Je ne sais pas si tu t'en souviens.

— Non. Je suis tombé dans les vapes.

— C'est bien ce que je pensais.

— C'était violent ?

— Plutôt, oui. » Elle pleurait. « Quel genre de parents on est, Joe ?

— Tu aurais dû me le dire. » Il prit son verre. « Est-ce qu'elle va bien ? Elle a dit quelque chose ?

— Elle n'en a pas parlé. Elle se montre distante avec moi. Je crois que ça lui a fait peur.

— Évidemment que ça lui a fait peur. » Il vida son verre d'un trait et laissa la chaleur lui remplir la tête.

« Ça ne colle plus vraiment entre nous, hein ? »

Il s'assit sur le tapis et ravala ses larmes. « Ne dis pas ça, Lou.

— Tu l'as dit toi-même.

— J'étais en colère contre toi. » Il se pencha en avant, tenant le verre vide entre ses pieds. « Je suis désolé de t'avoir dit ça. Je suis désolé de ce qui s'est passé cette nuit-là. Je déteste l'idée qu'Isla ait été témoin de ça. »

Elle resta longtemps silencieuse. Il pensait à Isla sur la plage, gambadant au bord de l'océan à ses côtés.

« Est-ce que vous allez rentrer ? »

Il y avait de la friture sur la ligne et il se demanda si elle l'avait entendu.

« Je ne peux pas revenir en bateau, dit-elle, une fois la ligne rétablie. Le bébé va naître en avril. Je ne veux pas accoucher en mer, Joe. »

Il inspira à travers ses dents. « Mon Dieu, Louisa. On sera sur la paille si vous reprenez l'avion.

— Ne te fâche pas contre moi.

— T'étais obligée de prendre toutes nos économies ?

— Je pensais que j'aurais besoin d'argent pour vivre. En attendant de trouver du travail. »

Il fit rouler le verre entre ses pieds. « Tu avais bien prévu ton coup, hein ? »

Elle pleurait de nouveau. « Je ne veux pas rentrer. Pas si tu es en colère contre moi.

— Je ne suis pas en colère. » La tête entre les genoux, il essayait de faire comme s'il y croyait. « Je ne suis pas en colère, Lou. Je sais que les choses se sont envenimées entre nous.

— Tu vas arrêter de boire ? »

Bon sang, elle voulait vraiment qu'il la supplie, qu'il se mette à genoux. Il tendit les doigts de sa main cassée, les resserra aussi fort qu'il le pouvait et les tendit à nouveau.

« Je vais arrêter, dit-il. Je vais tenter le coup.

— Tu nous manques à toutes les deux. On ne se sent pas chez nous en Angleterre. Il fait un froid glacial ici et Isla déteste ça.

— Je suis heureux de te l'entendre dire.

— On doit arrêter de se battre.

— Je sais.

— Mais j'ai peur que ce ne soit pas possible. »

Il posa la tête sur son genou et essaya de ne pas penser à la façon dont elle avait tout planifié, à ce mot qu'elle lui avait laissé pendant qu'il était au travail. Et à son propre retour à la maison, découvrant qu'elles étaient parties.

« On va recoller les morceaux, dit-il. On a un bébé qui arrive, Lou. On forme une famille. »

Elle pleurait toujours. Il se sentait désolé et coupable en même temps. Vidé. Parfois, se dit-il, l'amour et la culpabilité sont indiscernables.

34

Sydney, 1997

La chaise en bois imbibe le jean d'Isla au moment où elle s'assied dessus avec son café. Le ciel est grisâtre, la terrasse encore humide de pluie. Elle a mal dormi. Chaque nuit depuis son excursion à Ropes Crossing, elle se réveille au petit matin, tiraillée par la peur. Elle se dit, les yeux grands ouverts dans son lit, qu'elle a peur *pour* son père, pas *de* lui. Elle lutte contre le doute qui s'insinue en elle. Quand elle n'arrive pas à se reposer, elle déambule à travers la maison, à la recherche de cet homme suspecté de meurtre. Quand elle le retrouve inconscient, étendu sur le canapé, elle se dit que ce n'est pas possible que ce soit lui le meurtrier. Sûrement pas.

La radio de la cuisine lui apprend la nouvelle du jour : la Tasmanie a dépénalisé l'homosexualité. On évoque aussi un référendum pour déterminer si l'Australie va devenir une république. Elle souffle sur son café. Dans la cuisine, la radio s'éteint. Le bruit d'un briquet. Une bouteille en verre posée sur une surface dure.

« J'avais bien cru t'entendre », lui lance son père en s'avançant sur la terrasse.

Il attrape une chaise et pose sa tasse sur la table. Il n'est pas encore sept heures et demie, mais son regard paraît brumeux, confus. Ivre.

« Mon patron veut que j'y retourne », dit-elle. Elle garde les yeux sur l'étendoir à linge, où son maillot de bain pend depuis sa baignade d'hier. « Il a laissé un message sur le répondeur pour savoir quand je rentrerais. »

Joe tend la main vers le cendrier et pose sa cigarette au bord. Il s'assied.

« C'était un plaisir de t'avoir ici. Dommage que ta mère ait filé à l'anglaise, dit-il, railleur. Il n'y a plus que toi et moi, au bout du compte. »

Elle n'arrive pas à le regarder. Depuis la plage, des mouettes s'envolent vers l'intérieur des terres.

« J'ai besoin de te demander quelque chose, Papa.

— Vas-y, dit-il d'une voix trop forte. À quoi tu penses ?

— Tu es sûr que Mandy est partie avec Steve ? Qu'ils ont bien déménagé ensemble ? »

Il termine sa cigarette avant de répondre. « D'où tu sors ça ? On n'en a pas déjà parlé ?

— Je ne pense pas. Pas vraiment.

— Je croyais qu'on en avait déjà causé. Je t'ai dit qu'ils avaient déménagé, j'ai pas été assez clair là-dessus ? »

Isla se tourne face à lui. Il plante son regard alcoolisé et belliqueux dans le sien.

« Tu ne me crois pas, dit-il.

— Je crois que tu t'en tiens à ta version.

— Que je mens, tu veux dire ? C'est ça que tu penses ?

— Possible. » Un vent frais venu du sud fait tourner l'étendoir à linge sur son axe, soulevant son maillot de bain. « Peut-être que tu m'as simplement dit la même chose qu'à Maman, à notre retour d'Angleterre. Que Mandy et Steve avaient déménagé.

— C'est le cas.

— Je t'en prie, dis-moi la vérité, Papa. »

Il vide d'un trait le contenu de sa tasse, basculant la tête en arrière. Ce n'était pas du café. Isla connaît bien cette sensation de brûlure dans la poitrine, ce bouillonnement dans la tête.

« Je te dis la vérité.

— Steve Mallory affirme le contraire. »

Il se fige. « Comment ça ?

— Il dit qu'il est parti sans Mandy. Qu'il l'a laissée avec toi. Il a dit à la police que tu mentais.

— Et tu le crois, lui ? »

Elle sent sa gorge se nouer. « Je préférerais te croire.

— Mais ce n'est pas le cas.

— Je me dis que tu me caches peut-être quelque chose. »

Il fouille ses poches à la recherche de ses cigarettes, en allume une de sa main tremblante, lui sourit sans conviction.

Mais non, pense-t-elle. Sûrement pas.

« Je vais te dire un truc, Isla. Quelque chose que je ne t'ai jamais dit avant.

— Vas-y.

— Steve Mallory a pris un bébé. Un gamin aborigène. Un petit garçon. »

Elle détourne le regard. « Tu m'as déjà parlé de ça. Je sais qu'il enlevait des enfants.

— Mais celui-là, il l'a gardé.
— De quoi tu parles ?
— Un petit gaillard, noir comme l'ébène. Il braillait toute la nuit, dit-il en se penchant en équilibre au bord de sa chaise, un bras tendu vers le jardin d'à côté. Il pleurait toute la nuit. Et une bonne partie de la journée, aussi. » Il pivote à nouveau sur sa chaise pour lui faire face.
« Je ne vois pas le rapport avec Mandy.
— Tu ne veux pas l'entendre. Personne ne veut jamais l'entendre.
— Je voudrais que tu me parles de Mandy. »
Il semble poignarder la table de la pointe de son index.
« C'est à cause de lui. Steve Mallory, ce type dont tu gobes l'histoire. Il a gardé le bébé pour lui. Il voulait un enfant à lui, alors il en a volé un. »
Elle prend une gorgée de café et le laisse parler, l'écoutant d'une oreille.
« Il a réussi à avoir une famille à lui, dit Joe. Peu importe celle qu'il a brisée. » Il soulève sa tasse et se rend compte qu'elle est vide.
« Steve n'a pas de famille. Il vit seul.
— Qui t'a dit ça ? »
Elle a envie de lui dire : je suis allée voir Steve et il a craché sur ton compte. Il a essayé de me retourner contre toi. À une époque, elle aurait lâché le morceau. Elle aurait su de quel côté elle penchait.
« Je me suis renseignée, dit-elle. Pour essayer d'y voir clair.
— Vraiment ? » Il se tait un instant. Elle entend les râles dans sa poitrine. « Tu crois que j'affabule ?

— Je me dis que ça t'arrange bien de croire que Steve était un monstre.

— Et toi, qu'est-ce que tu en penses ? »

Le vent se lève, soufflant la pluie vers la maison.

« Je crois qu'il a laissé Mandy à Sydney, avec toi. »

Il se lève et tape du poing sur la table. Sa tasse tombe et roule sur la terrasse. « Et pourquoi tu ne retournes pas à Londres, Isla ? Pourquoi tu traînes encore ici ? Pourquoi tu ne vas pas plutôt faire ta valise ?

— Est-ce que je me trompe ? » Elle se lève. À ses pieds, un pot de fleurs retourné s'est vidé de sa terre.

« Ces salauds peuvent tous aller au diable. J'en ai ma claque. » Il désigne sauvagement du doigt les maisons voisines, les jardins, les haies et les parterres de fleurs. « Ta mère peut aller en enfer, et ton frère avec. Je n'ai besoin de personne.

— Est-ce que je me trompe, Papa ?

— Je n'imaginais pas que tu te retournerais contre moi, Isla. Toi plus que n'importe qui ! »

Il attrape le fanion, crasseux et déchiré, qui s'affaisse près de la fenêtre de la cuisine. Il tire dessus, le traîne sur la terrasse. Il essaie d'y donner un coup de pied et la banderole s'enroule autour de son mollet.

« Attention. » Elle s'avance pour amortir sa chute. Il s'effondre dans ses bras, la faisant presque basculer sur le côté. Elle sent combien il est faible – sa fragilité, alors qu'elle le maintient debout et écoute le sifflement dans sa poitrine.

Il se redresse en lui tenant les bras pour retrouver son équilibre.

« Ne me parle plus jamais de ça », dit-il.

35

Sydney, 1967

Mandy regretta sa visite aussitôt qu'elle fut entrée dans la cuisine de Joe. Elle referma la porte derrière elle, laissant sa main s'attarder sur la poignée.

« Je ne vais pas m'éterniser, dit-elle. Steve s'est endormi. Je voulais juste vérifier que tu allais bien. »

Il se penchait maladroitement au-dessus de l'évier, frottant de sa main valide des taches de thé au fond d'une tasse. Une demi-douzaine d'assiettes se tenaient fièrement sur le séchoir et plusieurs verres à whisky, lavés et rincés, séchaient retournés en rangs ordonnés. Voilà un homme dont la femme est sur le chemin du retour, pensa-t-elle.

« Tu as l'air occupé, dit-elle face à son profil soucieux.

— Je me suis dit qu'il était grand temps de faire le ménage. Ce n'est pas si difficile que ça, une fois qu'on a commencé. »

Elle remarqua les bleus violacés sur son cou. « Écoute. Mon mari a failli te tuer. Je suis désolée de ce qui est arrivé.

— Ça va, Mandy. » Il lui jeta un coup d'œil distrait. « On dirait que ça m'a remis les idées en place. » Sous l'eau savonneuse, l'alliance dorée à son annulaire renvoyait la lumière du jour.

« Je suis heureuse de te l'entendre dire. » Elle regarda autour d'elle le sol lessivé, les surfaces fraîchement épongées. « Tu as tourné la page, c'est ça ?

— Louisa rentre bientôt. Avec Isla. Je ne veux pas qu'elles débarquent dans une maison crade.

— C'est une bonne nouvelle. » Elle s'efforçait de garder un ton enjoué. « Quand est-ce qu'elles arrivent ?

— Louisa prend les billets aujourd'hui.

— Elles reprennent l'avion ?

— Ce serait trop lent en bateau, avec Lou enceinte.

— Bien sûr. » Elle saisit la poignée de la porte derrière elle. « Isla m'a manqué. Ça va me faire du bien de la revoir. »

Il essuya la mousse sur sa chemise. « Tout est bien qui finit bien, non ?

— Tu trouves ?

— Il me semble, oui. Ma femme rentre à la maison avec ma fille. Votre divorce pourra bientôt être prononcé. Je dirais que c'est un succès sur toute la ligne. »

Elle le dévisagea. « Pardon ?

— Ne t'imagine pas que j'ai pas compris ton petit manège.

— Je ne vois pas ce que tu veux dire.

— La semaine dernière, tu m'as laissé croire que Steve était au travail.

— Tu penses que je l'ai fait exprès ? » Elle enfouit son visage dans ses mains. « Mon Dieu, je n'avais pas du tout cette intention. J'avais perdu de vue depuis combien de temps il était parti.

— Te fous pas de moi, Mandy. Tu devais bien savoir qu'il allait revenir d'un moment à l'autre.

— Je me suis laissée aller. » Elle eut une bouffée de chaleur, rien qu'à y repenser. « La dernière chose que je voulais, c'était bien qu'il rentre à la maison.

— Est-ce qu'il t'accorde le divorce ?

— Quoi ? Non ! Non, on va surmonter ça. »

Il haussa les sourcils. « Il reste avec toi ?

— On va essayer. Je ne veux pas divorcer. Je le jure devant Dieu, Joe. Tu fais fausse route. »

Il scrutait son visage. « J'aurais mis ma main à couper que tu m'avais piégé. Pour obtenir un motif de divorce.

— Ne sois pas idiot. » Elle inclina la tête, essayant de l'adoucir. « Il n'a jamais été question de ça. On s'est réconfortés l'un l'autre, toi et moi, non ? C'était comme un havre de paix. Ça n'avait rien de sérieux. »

Il revint à son évier. « Tu avais autre chose à me dire ? J'ai pas franchement envie de voir Steve débouler ici.

— Il y a bien quelque chose, oui…

— Mieux vaut que tu ne reviennes pas me voir. Laisser les choses se tasser.

— D'accord. » Elle n'arrivait pas à capter son regard. « Joe, je…

— Mais je l'attendrai de pied ferme, s'il a le culot de se pointer chez moi. » Il regarda par la fenêtre et tendit l'index vers le jardin de Mandy. « Il ferait mieux de garder ses distances.

— Il dort, ne t'inquiète pas. Il s'est occupé de William toute la nuit. »

Il finissait de rincer un bol. « William ?

— Le bébé. » Elle s'éclaircit la gorge. « C'est de lui que je voulais te parler. »

Il s'immobilisa. « Le bébé avec lequel je t'ai vue ? Le petit Noir ?

— Oui.

— Qu'est-ce que c'est que cette histoire ? »

Son regard se perdait sur le lino tandis qu'elle essayait de mettre de l'ordre dans ses pensées. Il la rendait nerveuse.

« J'espérais que tu voudrais bien garder le secret pour toi, dit-elle. Au sujet du bébé. Juste pour un temps.

— Et pourquoi ça ? » Il se retourna et s'appuya contre l'égouttoir, regardant droit devant lui.

« C'est plus facile comme ça, dit-elle. On voudrait l'adopter, mais jusque-là...

— Tu voudrais que je me taise ?

Elle acquiesça. « S'il te plaît. »

Il passa la main sur sa barbe de trois jours. « Tu veux m'impliquer dans vos combines ? »

Elle déglutit. « Non. Je voudrais juste... »

Il se tourna vers elle. « Tu te rends compte de l'enfer que c'est quand son enfant est enlevé ? »

Elle ouvrit la bouche pour répondre, mais son esprit était vide. Il se raidit et recula d'un pas.

« Au moins, moi, je sais où se trouve ma fille. Je sais qu'elle est en sécurité, avec des gens qui l'aiment.

— William est en sécurité avec nous !

— Au moins, Isla n'a pas été enlevée par un inconnu. » Il élevait la voix, lui coupant la parole. « Au moins, elle n'a pas été enlevée, Dieu sait où, par un type qui pensait être un meilleur père que moi. Je peux m'estimer heureux, c'est ça ? »

Elle se sentit tout à coup minuscule.

« Hors de question que je ferme ma gueule. » Il fit claquer sa main sur le comptoir, arrachant à Mandy un cri d'effroi. « Il n'est pas à vous. Vous devez le rendre à ses parents.

— Ce n'est pas si facile, Joe. Il risquerait de finir dans un de ces foyers, si on ne le garde pas.

— Est-ce que Steve a le choix parmi ces gosses ? C'est comme ça que ça marche ?

— Ça ne s'est pas passé comme ça. Il était… »

Le téléphone sonna dans le couloir, accaparant leur regard à tous les deux.

« Attends. Il faut que je réponde. »

Mandy se tenait dans la cuisine, agrippée à la poignée de la porte. Elle se sentait anesthésiée par le choc. Quelle conne d'être venue ici, en s'attendant – à quoi ? Pour être honnête, elle s'était dit qu'il aurait peut-être encore envie d'elle. De lui dire au revoir en douceur.

« Tu as réservé les billets ? » Il parlait fort, distinctement. « Vous revenez quand ? »

Elle ne bougeait pas, tendant l'oreille. Le silence de Joe n'augurait rien de bon. Un long silence est toujours synonyme de mauvaise nouvelle.

« Hein ? » Elle l'entendit jurer dans sa barbe. Puis entendit la flamme de son briquet. « Je croyais que tu avais dit que tu allais les prendre. »

Il emporta le téléphone dans le salon. Mandy s'avança sur le lino jusqu'à la porte de la cuisine.

« Louisa, écoute. Si c'est à propos de cette nuit-là, de ce qui s'est passé, je te jure que ça ne se reproduira plus. J'avais beaucoup trop bu. Je veux que tu saches que je suis en train d'arrêter de boire. Je vais changer. »

Mandy restait parfaitement immobile. Elle pensait à Louisa, à ce jour où elle s'était assise à la table de sa cuisine et avait parlé d'un acompte. Et à ce vendredi soir, où elle était venue noyer ses sanglots dans un verre de cognac. Peut-être n'avait-elle pas seulement le mal du pays. Peut-être qu'elle cachait autre chose.

« Ça n'arrivera plus, Louisa. »

Mandy recula dans la cuisine.

« Louisa, ne dis pas ça. Arrête. Ne raccroche pas. »

Elle referma la porte derrière elle. Elle l'entendit crier, un hurlement furieux et inarticulé. Puis la clameur métallique du téléphone projeté contre le mur. Louisa n'allait pas revenir de sitôt, semblait-il. Elle se tenait sur la terrasse de Joe, regardait à travers son jardin, par-dessus la ligne lumineuse d'arbustes qui séparait les deux maisons, jusqu'à l'endroit où se tenait son mari, les bras croisés, projetant son ombre sur les pavés.

Mandy se dirigea vers son jardin, consciente du regard que Steve portait sur elle. Elle voyait bien à quoi cela devait ressembler à ses yeux. Elle se sentait coupable et honteuse, quoiqu'elle n'ait rien fait de mal.

« On n'en mène pas large, hein ? » Il se tenait sur une marche, bloquant l'entrée de la cuisine.

« Laisse-moi rentrer, tu veux ? » Elle s'approcha de la porte. Il ne cilla pas.

« Je pensais que tu aurais au moins la décence de ne pas rendre visite à Joe Green.

— Je suis allée lui parler, pour lui demander de se taire à propos de William. »

Il cogna sa main contre le cadre de la porte.

« Tu as dit que tu te tiendrais à distance ! On s'était mis d'accord !

— Je suis désolée. J'ai eu peur qu'il ne vende la mèche. » William se réveillait de sa sieste ; elle l'entendit couiner, bavardant avec lui-même. « Laisse-moi m'occuper de lui, dit-elle en se rapprochant de la porte. Laisse-moi aller le chercher, avant qu'il ne s'énerve. »

Il fit un pas de côté. En le frôlant, elle le sentit bouillonner de colère. Sa poitrine palpitait comme un moteur enragé.

« Je ne suis pas débile, Mandy ! cria-t-il. Je t'ai à l'œil ! »

À sa vue, William sourit et releva la tête. Elle s'allongea à côté de lui sur le lit et ébouriffa les boucles de ses cheveux. Elle cala sa respiration sur la sienne en écoutant ses babillages, la main au creux de son dos.

« Je devrais m'en tenir aux petits gars de ton âge, dit-elle, posant sa tête tout à côté de la sienne sur le matelas. Avec les grands, on n'a que des problèmes, tu sais ? » Elle le souleva par les aisselles et le laissa lui grimper dessus.

« On s'était mis d'accord pour que tu restes loin de ce fils de pute d'à côté. » Steve se trouvait dans le couloir, à peine visible par l'embrasure de la porte. « Pourquoi tu ne peux pas t'en tenir à ce qu'on a convenu ? »

Elle s'assit et essaya de voir son visage.

« Je suis désolée d'être allée là-bas.

— Pas autant que moi. »

Elle chatouillait la plante des pieds de William. Steve se posta à l'autre bout de la chambre.

« Ça fait une semaine, Mandy, dit-il. Tu as tenu une semaine avant de t'empresser d'y aller. Peut-être que t'y aurais couru encore plus tôt, si j'avais eu le dos tourné.

— Il a vu le bébé, Steve. Je voulais lui expliquer…

— Je veux que tu l'évites comme la peste. Tu m'entends ? »

Elle hocha la tête, gardant les yeux rivés sur le bébé. Elle avait encore tout fichu en l'air en allant voir Joe. Steve avait un peu retrouvé ses marques, ces deux derniers jours. Et elle avait cessé de se tenir sur ses gardes. Mais c'était encore trop tôt. Elle allait devoir laisser passer un peu plus de temps. Se montrer patiente.

« Si tu le croises dans la rue, je veux que tu traverses, reprit-il. Que tu regardes ailleurs si tu le vois dans le jardin.

— Il habite juste à côté, Steve. Je le vois tous les jours. »

Il trépignait, respirait bruyamment. Il avait changé depuis qu'il avait quitté la police. Il sentait la domesticité et les produits d'entretien – l'eau de Javel, le savon au phénol. Elle se demandait depuis quand il ne s'était pas aventuré au-delà du jardin.

« J'ai réfléchi. On devrait peut-être bouger d'ici, dit-il. Loin de lui, là. Quelque part où personne ne nous connaît. »

Elle voulut protester mais se ravisa. « J'aime comment c'est, ici, dit-elle, aussi calmement que possible.

— On pourrait dire que William a été adopté, si on déménageait. Les gens l'accepteraient. »

Elle sentit une tension dans sa voix. « Tu as parlé de William avec Ray ?

— Pas encore.

— Je crois que tu devrais l'appeler. Plus tu laisses traîner, plus il risque de recevoir un coup de fil du foyer.

— Je n'arrive pas à le joindre, dit-il, las. Il doit être en colère contre moi, d'avoir quitté le boulot. Je lui ai laissé cinq ou six messages, mais il ne m'a pas rappelé.

— Il finira bien par te passer un coup de fil, non ? Après tout ce que tu as fait pour lui.

— Mais si ce n'est pas le cas ? S'il veut qu'on rende William ?

— Tu avais dit qu'on pourrait l'adopter ! » Son calme s'évanouit. « Tu avais dit que tout pourrait s'arranger, qu'il suffirait de lui demander.

— C'était avant, ça, Mandy. Quand on était en bons termes, Ray et moi. »

Elle prit le bébé sur ses genoux, ferma les yeux et le laissa agripper ses cheveux, son visage.

« On ferait bien d'essayer de prendre un nouveau départ, dit-il avec fermeté. Peut-être vers le sud, dans le Victoria.

— On vit ici depuis qu'on est mariés, Steve. Je me sens chez moi, ici.

— Je sais. »

Elle ferma les yeux. « J'ai besoin d'y réfléchir.

— Tu veux rester près de Joe Green, c'est ça ? » Le ton de sa voix montait. « Tu veux pouvoir retourner là-bas dès que j'ai le dos tourné ?

— Ce n'est pas ça, Steve.

— Quoi, alors ?

— Mon père ne saura pas où je suis, si on part. » Elle leva les yeux vers lui. Elle arrivait à peine à le reconnaître. Il avait une expression étrange, impassible, comme s'il la méprisait.

« Tu pourrais l'appeler, Mandy. On a le téléphone, tu sais.

— J'ai déjà essayé. Mais sa ligne était coupée. Je lui ai écrit des lettres, aussi, mais il ne m'a jamais répondu. » Elle sentait son agacement. « Tu sais comment il est.

— Je sais surtout qu'il ne m'a jamais apprécié. Même si ça ne m'empêchera pas de dormir.

— Il t'aime bien.

— Sauf que je ne suis pas assez bien pour sa fille…

— Ce n'est pas vrai.

— Il l'a laissé entendre, plus d'une fois. »

C'était vrai, même si ça n'avait rien de personnel ; c'était juste la façon d'être de son père. Il avait pris Steve en grippe avant même qu'elle ne l'amène à la maison. Ça l'avait blessé de la voir dériver dans l'orbite de Steve, de voir sa confiance qui basculait. L'été avait été sec, comme cette année, et elle n'avait jamais ressenti une telle joie, ni une telle tristesse. Steve avait revêtu son uniforme, le jour où il l'avait demandée en mariage, nerveux et mal à l'aise, mais assez courageux pour se tenir sur le perron, sous les yeux de tous ses frères, et demander sa main à son père. Il avait sorti une bague de sa poche, et elle avait alors ressenti pour lui un amour sans limite. Elle se souvenait de ce sentiment. Plus personne d'autre n'existait.

« Il ne peut pas s'empêcher d'être comme ça, dit-elle.

— Tu pourras lui écrire depuis notre nouvelle adresse, une fois qu'on sera installés. »

Plus jamais elle ne reverrait son père. Elle sentait bien qu'elle l'avait perdu. En pensant à lui, elle revoyait ses mains, cette façon qu'il avait de casser pour elle des carapaces d'écrevisse avec les pouces, d'en faire jaillir la chair blanche.

« Je n'aime pas l'imaginer tout seul, dit-elle.

— C'est son choix, Mandy. Laisse-le donc mijoter, ce vieil emmerdeur. »

Elle jouait avec les jambes de William, qui la regardait, inquiet, en gémissant doucement. Elle le souleva. Ne t'inquiète pas, lui dit-elle comme par télépathie. Ce n'est que Steve, il n'est pas aussi méchant qu'il en a l'air. Le garçon s'agrippa à elle et lui piétina les genoux.

« Il faudra quand même que tu me fasses à nouveau confiance, un de ces jours, dit-elle.

— N'abuse pas, Amanda. T'as plutôt intérêt à faire profil bas. »

Il passa devant elle et gagna le couloir. Elle le croyait parti, mais elle entendit sa voix, plus douce qu'auparavant. « Je t'ai toujours dit que tu ferais une bonne mère. »

Elle ne releva pas. Elle entendit la télé s'allumer dans le salon, puis Abigail Walker sortir de chez elle et crier à ses enfants de venir boire leur thé. Mandy se mit debout, glissa le bébé sur sa hanche et marcha avec lui jusqu'à la cuisine. Il commençait à faire sombre, le jardin s'obscurcissait. Elle ne savait que faire de sa soirée et d'elle-même. Elle prépara un biberon et alla s'asseoir avec William sur le fauteuil de jardin rayé, sous la vigne de fruit de la passion. Une lumière s'alluma dans la cuisine de Joe et ses mots de tout à l'heure lui revinrent à l'esprit : « Il n'est pas à vous. Vous devez le rendre à ses parents. » Il avait raison. En même temps, c'était impensable. Ça l'horrifiait, à présent, de se dire qu'elle aurait pu abandonner ce petit.

Pour la première fois depuis des jours, elle avait envie d'une cigarette. Elle s'assit sur la chaise et regarda William ingurgiter son lait, ses membres potelés, la vie qui débordait de son petit corps. Quand était-elle tombée amoureuse de cet enfant ? Cela avait dû s'insinuer lentement en elle. En cet instant, elle avait l'impression que ça lui était tombé dessus d'un coup, la projetant dans l'inconnu et l'inquiétude.

Elle se leva, serra William contre elle et le ramena à l'intérieur.

36

Sydney, 1967

Mandy se promenait sur Bridge Street, son sac sur l'épaule. Il était encore tôt. Elle avait acheté des œufs et du lait, ayant encore assez de provisions pour tenir un jour ou deux. Si elle ne faisait pas attention, elle n'aurait plus d'excuse pour sortir le lendemain. L'ambiance à la maison l'angoissait en ce moment. Elle avait pris l'habitude d'aller faire ses courses à pied pour éviter de se retrouver entre quatre yeux avec Steve, pendant que William dormait. Chaque jour, elle rallongeait sa balade d'une dizaine de minutes.

Elle fit la queue un moment devant la boulangerie. Mais une fois à l'intérieur, la chaleur était telle qu'elle se ravisa – une tarte risquait de lui peser sur l'estomac. Finalement, elle rejoignit la petite file d'attente devant le bar à lait du coin, où elle commanda un milk-shake malté, quoiqu'elle ne soit pas sûre d'en vouloir non plus. Elle s'assit dans un box et observa un groupe de garçons qui jouaient au flipper, réjouie de leur effervescence tapageuse. De leurs rires. C'était si bon d'entendre rire.

Quelqu'un avait dû renverser son verre sur la table, qui collait par endroits. Elle se glissa du côté qui lui semblait le plus propre et balaya d'un geste les mouches qui lui tournaient autour. Elle touilla sa boisson avec sa paille et en but une gorgée. Quelqu'un cria une commande depuis le bar, ce qui la fit sursauter. Elle en suffoqua presque et se frappa la poitrine pour reprendre son souffle. Son cœur battait la chamade.

Ça n'avançait pas comme elle l'avait espéré. Steve n'en démordait pas. Il aurait peut-être réussi à prendre du recul s'il ne l'avait pas surprise avec Joe, s'il avait compris par un autre moyen. Au lieu de ça, il se laissait dévorer par la jalousie. Il se traînait dans la maison comme un ours en cage. Il arrivait à peine à la regarder.

Le bébé était leur seul espoir. Il façonnait leur quotidien, les forçait à sortir du lit, leur fournissait un sujet de conversation. Elle devait avoir été la dernière personne au monde à comprendre qu'un bébé formait le ciment d'un couple. Un être que chacun pouvait aimer, comme ils l'aimaient tous les deux, d'un amour sans rémission, à mi-chemin entre la joie et la crainte. Elle avait eu tort de s'être crue incapable d'aimer un enfant. Elle en était tombée des nues ensuite, d'autant plus qu'elle ne l'avait pas vu venir.

Elle réussit à avaler la moitié de son milk-shake et décida de laisser le reste. Il faisait lourd malgré les ventilateurs au plafond. Et elle ne parvenait pas à se détendre. Les mouches insistaient, se rassemblant du côté de la table où la petite flaque sucrée avait durci. Elle en chassa une, la frappant en plein vol. Sa main conserva la sensation de son petit corps rigide, du pinceau de ses ailes.

Sa résolution était définitive lorsqu'elle atteignit l'arrêt de bus. Elle dirait à Steve qu'elle était d'accord pour déménager dans le sud, comme il l'avait suggéré. Elle enverrait sa nouvelle adresse à son père, une fois qu'ils auraient trouvé un endroit. Ça n'allait pas faciliter les choses qu'il ait coupé les ponts pour aller vivre seul dans cette vieille baraque, à la lisière de Toowoomba, avec ses poules pour seule compagnie. Mais elle devait se ressaisir et se concentrer sur son couple. Elle prit le bus jusqu'au bout de Bay Street plutôt que de faire le dernier tronçon à pied comme à son habitude. Elle arriverait ainsi à temps pour voir William se réveiller de sa sieste. C'était elle qu'il voulait ces jours-ci, quand il ouvrait les yeux en tendant les bras. Elle colla son avant-bras à son buste, imaginant le poids de l'enfant contre elle.

David Walker travaillait encore son violon, égrenant des notes plaintives à travers Bay Street, le long des haies et des pelouses desséchées, par-dessus les toiles d'ombrage du jardin de Doug. Les maisons aux clôtures de bois du côté de l'océan paraissaient sales sous le soleil du matin. Ce devait être dû aux restrictions d'eau. Personne n'avait envie de remplir un seau pour frotter ses planches avec cette chaleur. Même les fenêtres de Doug semblaient mouchetées de poussière. Ses roses se portaient bien, cela dit. Elle le salua d'un signe de tête ; il se tenait devant chez lui avec ses cisailles, comme toujours. De l'autre côté de la rue, la nouvelle maison était presque terminée, à trois portes de celle des Walker. Et deux fois plus grande.

Deux étages et un espace adjacent pour un garage. Stationner dans la rue ne correspondait apparemment pas au standing de certains.

Elle baissa les yeux en passant devant la maison de Joe, au cas où il se trouverait chez lui. Elle avait promis de l'éviter comme la peste et faisait de son mieux pour s'y tenir, gardant les yeux rivés au sol jusqu'au portail, juste au cas où. Elle glissa sa clé dans la serrure sans faire attention aux fenêtres. Elle les avait ouvertes en grand avant de sortir. C'était le premier jour depuis des semaines où l'on pouvait sentir ce vent frais qui venait du sud. Il les avait toutes refermées.

« Steve ? » Elle entendit de l'agitation dans la cuisine, mais pas la moindre réponse. « Steve ? Pourquoi tu as fermé les fenêtres ? »

Le bruit dans la cuisine s'interrompit. Elle glissa sa tête dans la chambre de William, dont elle trouva les rideaux tirés, le lit vide. Une petite empreinte se voyait sur les draps froissés, là où l'enfant avait dormi.

« Steve ? »

Elle abandonna son sac sur le tapis de leur chambre. S'il avait décidé de faire la tête, la journée risquait d'être longue. Elle débordait d'espoir il n'y avait pas dix minutes, la tête pleine de projets. Tout cela flétri d'un coup par l'atmosphère de la maison. Elle traversa la pièce, voulant aller fermer les portes de l'armoire, restées entrouvertes. C'était trop calme. Quelque chose clochait. Arrivée devant l'armoire, au contraire, elle en ouvrit les portes en grand. Plusieurs cintres étaient nus. Les chemises de Steve, celles qu'il portait le plus souvent, avaient disparu. La veste qu'elle lui avait offerte pour Noël aussi.

Mandy regarda tout autour d'elle, essayant de réfléchir malgré l'inquiétude. Le dessus de la commode, habituellement en désordre, était presque vide. Elle ouvrit les tiroirs et regarda à l'intérieur. Il ne restait que ses vêtements à elle. Les chemises, les chaussettes, les sous-vêtements et les shorts de Steve n'y étaient plus. Toutes ses affaires.

« Steve ? » Sa voix se brisa. « Steve ! Qu'est-ce qui se passe, bon sang ? »

La porte de la cuisine s'ouvrit et les pas de Steve se rapprochèrent, lents et lourds. Elle entendit la respiration agitée de William, les bruits de succion sur sa tétine.

« Je voulais te laisser une lettre. » Steve se tenait devant l'entrée de la chambre, un carton sous le bras, William en équilibre sur sa hanche. « Pardonne-moi, Mandy, mais je n'ai pas eu le courage de te dire adieu. »

Elle n'arrivait plus à parler. Elle secoua la tête et resta plantée là, près de la commode aux tiroirs ouverts. Steve la regardait comme s'il se trouvait déjà loin.

« Je veux venir avec toi, souffla-t-elle. On peut déménager dans le Victoria, comme tu le proposais. »

Il hissa William plus haut sur son flanc.

« Je te quitte, Mandy.

— Ce n'est pas la peine de t'en aller. » Elle saisit alors le sens des mots de Steve. Il ne pouvait pas avoir dit ça. Elle éleva la voix. « La décision m'est venue pendant que j'étais dehors. On peut partir ensemble. Je suis rentrée à la maison pour te dire que j'étais d'accord.

— Je te quitte. » Il la fixait du regard. « J'en ai assez bavé. Plus qu'un homme ne peut l'accepter. Je suis déjà trop con d'être resté aussi longtemps.

— Mais je m'en tiens à ce qu'on avait dit ! Je fais de mon mieux, comme je t'avais promis.

— Ça ne marche pas. Tu dois bien voir que ça ne marche pas. »

Elle referma tous les tiroirs en faisant trembler la commode. La photo encadrée de son père tomba au sol, entraînant quelques flacons dans sa chute.

« Tu allais partir pendant que j'étais sortie ! Après tout ce qu'on a vécu ensemble. Toutes ces années !

— Je t'écrirai quand on sera installés. » Il tourna les talons et quitta la pièce.

« Où tu vas ? » Elle le suivit dans le couloir. Tout cela allait trop vite. « Tu ne peux pas faire ça. Je ne vais pas te laisser faire.

— Ma décision est prise. »

Il se détournait d'elle, essayant d'ouvrir le loquet de la porte d'entrée. Le carton sous son bras semblait trop volumineux pour lui laisser la main libre.

« S'il te plaît, dit-elle. Je t'en prie, ne fais pas ça. Laisse-moi juste un tout petit peu de temps.

— C'est trop tard, dit-il en tâtonnant pour trouver le loquet.

— Laisse-moi le prendre. » Mandy tendit les bras vers William. Le bébé la regardait. Attentif, le regard vif, beau comme un dieu. Elle était à deux doigts de lui arracher l'enfant des bras et de s'enfuir avec en courant. « Laisse-moi le tenir contre moi. »

Steve fit volte-face. « Tu pleures, maintenant ? »

Elle fit oui de la tête et s'essuya le visage du revers de la main.

« Voilà. » Il s'accroupit et déposa le carton au sol. « Tiens-le. »

William l'enserra de ses bras et de ses jambes. Elle l'enlaça et pleura contre ses cheveux, essayant d'ancrer dans sa mémoire la chaleur et la forme de son petit corps contre le sien. Elle ne savait pas comment elle pourrait vivre sans lui. Elle n'était qu'à moitié vivante avant.

« Je suis désolée de ce qui s'est passé avec Joe. J'ai essayé de me rattraper. Je te jure que si tu me donnes une chance, j'y arriverai. Je ne te laisserai plus jamais tomber. »

Steve regardait le carton à ses pieds, rempli de lait et de couches. Il se frotta les yeux. « Je sais que tu prends la pilule. J'ai trouvé la plaquette dans la salle de bains. »

Tout espoir s'éteignit en elle. « Je te jure qu'il ne s'est rien passé avec Joe depuis…

— Arrête. » Il fixait toujours le carton du regard. « Arrête ça. S'il te plaît.

— Je ne la prendrai plus. » Le désespoir faisait dérailler sa voix. « Je ne la prendrai plus, si tu restes. On pourra déménager et former une famille. On pourra élever William ensemble.

— Tu m'as fait croire que tu essayais de tomber enceinte. Tous ces mois. Alors que tu prenais toujours la pilule. »

Elle étreignit William plus fort encore. « Je n'étais pas prête. »

Il ouvrit la porte et souleva le carton. « Il faut que j'y aille. La route va être longue.

— Je suis désolée. » Elle le suivit à l'extérieur. Le camion débordait de bagages et de sacs. Il avait dû faire ses valises dès qu'elle était sortie, ce matin.

Le nez de Mandy coulait et elle l'essuya sur sa manche. « Je suis tellement désolée, Steve. »

Il jeta le carton sur le siège arrière et claqua la portière. « Je vais t'accorder le divorce. Ce sera le mieux pour nous deux. Inutile de laisser traîner. »

Elle contourna le camion pour le rejoindre. « Tu veux qu'on divorce ?

— C'est ce qu'il y a de mieux à faire. » Il tapa du poing sur le toit du camion. Ses veines saillissaient au niveau des tempes. « J'ai besoin de refaire ma vie, Mandy. Il faut que je sorte de tout ça. »

Steve s'avança pour lui reprendre William et elle recula d'un pas. Elle avait la gorge nouée, chaque mot lui était douloureux. « Dis-moi au moins où vous allez… J'ai besoin de savoir où vous serez tous les deux. Je t'en supplie. »

Il la considéra un moment. « Marlo », lâcha-t-il finalement. Il tendit les mains vers William. « Je pensais aller à Marlo.

— Dans le cabanon ?

— Oui. Je ne sais pas combien de temps on va y rester, remarque. Ça dépend du temps que prendra la vente.

— La vente ?

— De la maison.

— Quoi ? » Steve tendit à nouveau les bras vers le bébé et elle se détourna. Son chemisier était trempé de sa propre sueur et de celle du petit. « Tu vas vendre la maison ?

— C'est ça. Je te donnerai la moitié de ce que j'arrive à en tirer. J'ai laissé un peu d'argent sur la table de la cuisine pour que tu puisses tenir jusque-là.

— Steve, je ne veux pas de ça. Je t'en prie, ne pars pas. »

Steve glissa ses mains sous les bras de William et l'arracha doucement à Mandy. Elle poussa un gémissement, un son qu'elle ne se connaissait pas. Ses mains ressentaient encore la chaleur du bébé et elle y enfouit son visage. Sa plainte se fit plus profonde et plus forte, jusqu'à ce que les sanglots envahissent sa gorge et qu'elle ne puisse plus parler. Il n'y avait rien à ajouter de toute façon, les mots ne lui seraient plus d'aucun secours. Elle tendit la main vers Steve et lui saisit le bras, mais il se dégagea d'un coup brusque. Sa froideur paraissait impénétrable. Elle était en larmes au beau milieu de la rue et il semblait à peine le remarquer.

Il posa le bébé sur un carton de couvertures au pied du siège passager et lui tendit un anneau de dentition. Elle s'agenouilla à côté du camion, le bitume brûlant ses genoux, et embrassa la tête de l'enfant. Elle le laissait agripper ses cheveux, ses vêtements. Elle pleurait dans le tendre creux de son cou.

« Tu veux bien te calmer, Amanda ? »

Elle se releva et dut faire un effort pour reprendre son souffle. « Tu essaies de me punir ? »

Il claqua la portière et se dirigea vers le côté conducteur. « Les factures ont toutes été payées d'avance, reprit-il comme si de rien n'était. Je te ferai signe quand j'aurai mis la maison en vente. »

Elle sentit tout espoir s'anéantir en elle tandis qu'il montait dans le camion. Il était désormais un étranger pour elle. Cet homme qui enlevait des enfants, et qu'elle découvrait à présent. Impassible et tout-puissant. Impitoyable. Était-ce là le bourreau que la mère de William avait rencontré ? Avait-elle ressenti cela, elle aussi ?

« Ne fais pas ça ! » Elle hurlait, à bout de souffle. « Je t'en supplie, ne t'en va pas ! »

Bay Street rayonnait, tranquille, indifférente. À quelques mètres de là, Douglas Blunt taillait sa haie en rythme.

Steve claqua la portière du camion. La vitre grinça lorsqu'il l'abaissa, et elle l'entendit appeler son nom. Il tendit son bras vers elle, la paume tournée vers le ciel. Elle lui prit la main.

« J'ai essayé de t'écrire, mais ça n'est pas sorti. » Il la fuyait du regard. « Je t'aime, Amanda. Tu es la femme parfaite pour moi, celle que j'ai toujours voulu avoir. »

Elle se recroquevilla contre le camion et pressa la main de Steve contre son visage. « Mais reste, alors.

— Je ne peux pas te pardonner. » Il refusait toujours de la regarder.

« Emmène-moi avec toi. On peut tout recommencer.

— J'ai l'impression de crever chaque fois que je te vois. » Il retira sa main et mit le contact. À travers la vitre ouverte, elle entendit les gazouillis de William, ses pieds qui martelaient le carton.

« Emmène-moi avec toi ! »

Il regardait droit devant lui. Elle sentit ses jambes céder au moment où le camion atteignait l'angle de Bay Street. Elle ne voulait pas le regarder s'éloigner. Elle resta prostrée au milieu de la rue, les bras enroulés autour de ses genoux, engloutie par la chaleur du bitume, sous ce soleil qui lui brûlait la nuque.

37

Sydney, 1997

« Quel bordel dans cette maison », grogne Joe.

Isla lui tourne le dos, s'affairant devant le lavabo jusqu'à ce qu'elle l'entende quitter la pièce. Elle balaie les miettes sur le comptoir dans sa paume. Ça lui rappelle sa grand-mère. Cette manière qu'elle avait de couper une miche de pain et d'en déposer les tranches sur le gril, les unes à côté des autres. Elle se souvient de ses tartines beurrées et du lait qui avait gelé dans la bouteille. Dans la chambre, son père fouille les tiroirs et les armoires, avant de les refermer en jurant. Elle gratte les assiettes au-dessus de la poubelle et songe à cette froide maison anglaise où elles l'avaient fui, blotties de l'autre côté de la planète dans un lieu où il ne pouvait les atteindre.

« Comment je suis censé trouver quoi que ce soit, ici ? » râle-t-il depuis la chambre.

Elle pose son regard sur le jardin, sur les herbes hautes et les feuilles mortes. Dans la chambre au bout du couloir, son père se met à expectorer, jurant de plus en plus fort, à mesure que sa quinte de toux passe. Elle s'enroule dans ses propres bras et attend.

Joe réapparaît, à moitié habillé, à la porte de la cuisine.

« J'arrive plus à mettre la main sur un truc, dit-il.

— Quoi ?

— Un truc important. »

Elle sent son regard posé sur elle tandis qu'elle verse de l'eau dans le percolateur. « Qu'est-ce que tu as perdu ? » Elle lève les yeux vers lui. Vers ce vieillard maigre comme un haricot dans son pantalon de travail et son maillot de corps.

« Une montre. Je la gardais dans un tiroir.

— Je ne savais pas que tu en avais une de rechange.

— Tu l'as vue ?

— Non. » Elle le fixe à son tour. À côté d'elle, le café s'écoule lentement.

« Alors, qui est-ce qui ment, désormais ? » siffle-t-il.

Dans le couloir, le téléphone sonne. Il le laisse retentir deux fois avant d'aller répondre.

« Joe Green à l'appareil, dit-il. C'est pour quoi ? »

Un long silence s'ensuit. Isla essuie la table, remet les chaises à leur place.

« Vous êtes sûr que c'est Mandy ? Je veux dire... que c'est bien son corps ? »

Isla fait tomber le torchon dans l'évier. Son regard se perd sur le tissu, sur les miettes qui s'y sont accrochées, sur la crasse autour de la bonde. Doit-elle le rincer ? Elle se sent faible, tout à coup.

« Où est-ce qu'on l'a trouvée ? » dit Joe.

Elle se retourne et s'appuie contre l'évier. Elle n'arrive pas à avoir les idées claires. Elle ne tient plus debout.

« Bien sûr, dit-il. Non. Je vais venir au poste. »

Elle l'entend reposer le combiné. Elle traverse la pièce, prise de vertiges. Le café est prêt. Il ne manque que le sucre et les petites cuillères.

« C'était la police ? » Elle a l'air terrifiée. Elle s'éclaircit la gorge, jette un œil dans le tiroir à couverts.

« C'était cet inspecteur Perry, là. » Joe cherche des yeux ses cigarettes, les voit sur le rebord de la fenêtre et en allume une avec une hâte désespérée. Son allumette se casse et tombe au sol. Il glisse une main tremblante dans sa poche. « Ils pensent avoir trouvé la dépouille de Mandy dans un dossier. Quoi que ça puisse vouloir dire. »

Il fait les cent pas dans la pièce, tandis qu'elle verse du café dans deux tasses. Il s'assied, se relève aussitôt.

« Ils veulent me voir au commissariat », dit-il.

Elle pose les cafés sur la table et s'écroule sur sa chaise. Il faut qu'elle respire.

« Ils sont certains que c'est elle ? »

Il hoche la tête. « Ils en ont bien l'air.

— Tu y crois ?

— Il semblait très sûr de lui.

— Quand est-ce que tu comptes y aller ?

— Bientôt. Tout à l'heure. » Il va ouvrir le placard sous l'évier et sort la vodka planquée derrière les bouteilles de détergent. « Il veut que je m'y rende aujourd'hui. »

Elle plonge son regard dans sa tasse pour ne pas le regarder boire. Elle ne veut pas le voir soulever cette bouteille jusqu'à sa bouche, avec une impatience fébrile. Il enfreint une règle. D'aussi loin qu'elle s'en souvienne, son père buvait toujours en catimini, derrière des portes closes, dissimulant ses bouteilles aux étiquettes rouge et doré, puis les enterrant dans la poubelle, une fois vidées. Lors des fêtes de famille, il ne buvait qu'une seule bouteille de bière de toute la soirée ; à table, il sirotait du cola. Sa discrétion le protégeait de la honte. Et elle avait suivi son exemple, le moment venu, en trouvant ses propres cachettes.

Il s'essuie la bouche du revers du poignet et elle se dit, voilà, ça y est ? C'est là qu'on arrête de faire semblant ?

« Elle est morte il y a trente ans », dit-il.

Isla le regarde fixement. « Vraiment ? »

Il fait un signe de tête vers le téléphone dans le couloir, les yeux vitreux.

« Ils l'ont retrouvée en 1967, mais ils n'ont pas réussi à l'identifier à l'époque.

— Papa, je crois que…

— Le flic dit que son corps a été repéré sur la plage, ici à Sydney. Près de Maroubra.

— Elle s'est peut-être noyée, dit Isla. Elle a peut-être été…

— Étranglée, coupe-t-il. Elle n'était pas dans l'eau quand elle est morte. »

Elle avale une gorgée de café qui lui brûle le palais. « Je pense que tu devrais prendre un avocat. »

Il se couvre les yeux. « Il y a des choses que je ne peux pas te dire, Isla.

— Pourquoi ?

— Je ne veux pas te perdre.

— Qu'est-ce que tu racontes ?

— Tu es tout ce que j'ai au monde. »

Elle glisse ses doigts sur les éclats de la table en formica, sur le motif jaune tacheté qui en recouvre la surface. Il boit à nouveau à la bouteille. Il transpire le malaise.

« Tu vas prendre un avocat ? »

Il acquiesce.

« Ne leur dis rien, Papa. » Elle a envie de vomir. Elle voudrait être anesthésiée. Pouvoir continuer à faire semblant. « Ne les laisse pas te pousser à dire quoi que ce soit. Ils veulent que tu croies qu'ils te tiennent. »

Il prend une chaise et s'assied face à elle. Il maintient la bouteille entre ses jambes.

« Papa, tu m'écoutes ? »

Il la porte à nouveau jusqu'à sa bouche. Sa cigarette s'est consumée dans le cendrier et le filtre bascule vers l'avant, encore incandescent.

Il fait glisser la bouteille vers elle. Elle l'intercepte et la ramasse, soupèse son poids familier.

« Je ne lâcherai rien », dit-il.

38

Sydney, 1967

Mandy remarqua d'abord la poussière rouge sur les ailes de la voiture, avant de reconnaître Ray au volant. Elle délibérait en elle-même : saurait-il qu'elle l'avait vu, si elle retournait chez elle ? En avait-elle quelque chose à faire, désormais ? Elle tardait à se décider. Il intercepta son regard et lui fit un signe, puis baissa sa vitre tout en garant sa voiture devant chez elle.

« Steve est ici ?

— Non. » Elle retira ses gants de jardinage et s'approcha du portail. « Il est parti.

— Tu sais s'il rentre bientôt ? J'aurais juste besoin de lui dire un mot.

— Steve ne reviendra pas. » Ça la déstabilisa de le dire, d'entendre ce tremblement dans sa propre voix. « Il a fichu le camp il y a quelques jours. Il est parti, quoi. »

Il ouvrit sa portière et avança jusqu'au portail. Mandy avait oublié à quel point Ray était grand. Elle n'avait jamais vu un type de cette taille. Même s'il se tenait mal. Ça finirait par lui jouer des tours, en vieillissant.

« Je suis désolé d'apprendre ça, Mandy.

— Ça a été un choc, oui. Je te laisse imaginer. Ça m'étonne qu'il ne t'en ait pas parlé. »

Il ôta son chapeau et baissa le regard. « Il m'a laissé plusieurs messages. Je me disais que j'allais le rappeler.

— C'est un peu tard, maintenant.

— Ça m'est sorti de la tête. Je l'aurais rappelé sur-le-champ, si j'avais su.

— Il se disait que tu lui en voulais d'avoir démissionné. »

Il s'éventa avec son chapeau. « Ça m'a bien mis dans la panade, pour être franc.

— Il a bossé comme un chien pour toi, Ray. Neuf ans.

— C'était un chic type, ouais. Un bosseur.

— Sauf que ce boulot l'a miné. Ça le rongeait.

— C'est sûr, ce n'est pas à la portée de tout le monde.

— Ce n'est pas juste. » Elle s'approcha du portail. « Ce travail que tu lui as fait faire. Aller là-bas et enlever ces enfants. Ce n'est pas juste, Ray. Steve savait qu'il n'était pas du bon côté et ça l'a bousillé. »

Andrea Walker passa à vélo en faisant résonner sa sonnette. Ray leva son chapeau pour la saluer.

« Je ne savais pas que tu voyais les choses ainsi, dit-il.

— Il m'a fallu du temps pour comprendre. J'aurais aimé m'en rendre compte plus tôt. »

Il pencha la tête et chassa une mouche posée sur ses cheveux clairsemés. « C'est un travail qui doit être fait, Mandy. Je n'y peux rien.

— Il te considérait comme un type bien, dit-elle. Il voulait pas te laisser tomber.

— Je sais. Je me mords les doigts de ne pas l'avoir rappelé. »

Elle avait tout à fait le droit de ne pas apprécier cet homme, trancha-t-elle. Ce type qui se dressait dans le soleil de midi, avec son regard fuyant et sournois. Ses petits yeux durs. Elle se réjouissait de le voir se tortiller sous le coup de la culpabilité.

« Tu ne sais pas où il aurait pu aller ? » demanda-t-il.

Elle hésitait. « Pourquoi tu demandes ça ?

— J'ai juste un point à éclaircir sur une affaire. J'aurais besoin de lui en parler. Tu aurais une adresse ? »

Elle sentait la sueur glisser le long de sa colonne vertébrale. « De quoi s'agit-il ? Je pourrais lui demander, s'il me passe un coup de fil.

— Il devait déposer un gamin au foyer de Nowra. Ils m'ont dit qu'il ne s'y était pas présenté. On me prend la tête avec ça, c'est tout. Ça pose des problèmes administratifs. »

Andrea Walker repassa dans l'autre sens, frôlant le rétroviseur de Ray. Elle devenait trop grande pour ce vélo, songea Mandy. Ses jambes nues se repliaient presque complètement dessus.

« Tu as toujours pu compter sur lui, Ray. Il ne s'est jamais défilé. Tu dois bien le savoir.

— Je sais. » Il baissa la voix. « Il n'a pas d'ennuis ? Rien dont il aurait dû me parler ? »

Mandy secoua la tête. « J'imagine qu'il te fera signe s'il a besoin de toi. Essaie juste de prendre son appel si c'est le cas.

— Ça marche, dit-il en tapotant le portail. Dis-lui de m'appeler, si t'as des nouvelles de lui.

— Au fait, il est parti avec le camion. Pas sûr que tu le revoies de sitôt.

— Mouais. » Il remonta dans sa voiture en se penchant en avant pour y faire rentrer ses jambes. « Ce camion a connu des jours meilleurs. »

Elle le salua de la main et il fit de même à travers sa vitre, tout en arrêtant la voiture pour laisser passer la petite Andrea. Elle commençait à devenir un danger public avec son vélo. En se retournant vers chez elle, Mandy aperçut Joe Green qui rabattait son rideau sur sa fenêtre. Elle s'accroupit et se remit à retourner la terre avec son sarcloir, gardant les yeux baissés jusqu'à ne plus sentir son regard pointé sur elle.

39

Leeds, 1967

Le téléphone sonnait. Isla décrocha le combiné et le porta à son oreille. Elle entendit un grésillement, comme celui de la radio quand sa grand-mère en tournait les boutons. Elle s'assit sur la première marche en bas de l'escalier et s'appuya contre la rampe, le récepteur contre son épaule, la tête de côté, comme le faisait sa mère. Elle passa ses doigts à travers les vrilles du cordon. Derrière le crépitement, il lui semblait parfois entendre une petite voix, qui disparaissait aussitôt.

Elle monta sur la deuxième marche pour s'éloigner des bruits au bout du couloir. Sa mère et sa grand-mère discutaient en faisant la cuisine, posaient des assiettes sur la table. Elle prit le récepteur entre ses deux mains et approcha sa bouche des petits trous ronds.

« Allô », dit-elle. Ça faisait un sifflement quand elle parlait. « Allô, allô. »

« Allô ? » La petite voix sembla se rapprocher un peu. « Qui est à l'appareil ? »

Isla se glissa de l'autre côté pour s'adosser au mur, les genoux repliés contre son torse. Il y eut un nouveau grésillement, puis plus rien. Le silence l'écoutait. Elle se figea.

« Allô ? »

Elle connaissait cette voix. Elle se redressa.

« Papa ?

— Isla ? C'est toi ? »

Elle sourit et hocha la tête. Elle l'entendait respirer. « J'ai répondu au téléphone, dit-elle.

— J'en suis ravi, ma chérie. J'ai failli raccrocher. Je croyais qu'il n'y avait personne.

— C'était moi.

— Ça me fait plaisir que ce soit toi. Très plaisir. »

Isla enroula le cordon autour de son bras et essaya de trouver quelque chose à dire. « Je suis chez Mamie.

— Je sais. » Le téléphone se remit à siffler et sa voix s'évanouit un instant. « Tu me manques, Isla. »

Elle attendait que le bruit s'arrête. Dans la cuisine, sa mère parlait à sa grand-mère. « Il s'est tondu les cheveux. Il les a coupés à ras, comme un militaire. » Isla repensait à la peau douce de son père et à ses os durs.

« Tu es toujours là ? »

Elle hocha la tête et tira sur le cordon, qui laissa sur son bras des marques blanches et sinueuses. « Tu es toujours mon papa ?

— Bien sûr. » Il marqua une pause. « Bien sûr que je suis toujours ton papa, mon amour.

— Tu vas venir me chercher ?

— Oh, Isla. » Il resta silencieux un long moment, bien que le sifflement ait cessé. « Je ne pense pas pouvoir. »

Isla déroula lentement le cordon de son bras. Sa main était devenue toute rose, son bras entouré d'empreintes en torsades.

« Je n'aime pas l'Angleterre, dit-elle.

— Moi non plus.

— Pourquoi il y a des gens qui veulent vivre en Angleterre ?

— C'est une excellente question. Je n'en ai aucune idée. »

Elle passa son doigt sur les marques les plus profondes, près de son poignet. De jolies stries qui lui faisaient un peu mal. Une odeur de saucisses lui parvint depuis le couloir.

« Ça va ? »

Isla fit oui de la tête.

« Tu ne pleures pas, hein ?

— Non, fit Isla, même si elle se disait que ça n'allait peut-être pas tarder.

— C'est bien, ma fille. »

Sa grand-mère l'appelait dans la cuisine. Son thé était prêt. Il fallait qu'elle vienne manger. Isla n'était pas sûre d'avoir faim. Elle attendait les saucisses avec impatience avant de décrocher. Mais elle n'arrivait plus à savoir ce qu'elle voulait, maintenant.

« Je viendrais te chercher si je le pouvais, dit son père. Tu sais ça ? »

Isla hocha à nouveau la tête.

La porte de la cuisine s'ouvrit et sa grand-mère cria dans le couloir. Isla se releva et se pencha sur la rampe, cachant le combiné derrière son dos. « J'arrive », dit-elle.

Sa grand-mère ne bougeait pas. Elle tenait à ce qu'Isla vienne tout de suite. Son plat l'attendait à table. Isla se retourna et posa tout doucement le récepteur sur son socle, sans faire de bruit.

40

Sydney, 1967

« Pas la peine de te faire belle pour moi, tu sais. »

Joe Green se tenait sur le perron de Mandy avec une dégaine de lit défait. Il avait boutonné sa chemise de travers et ses cheveux repoussaient en désordre, formant des boucles près de ses oreilles.

« Il est sorti ? » Il lança un regard vers la flaque d'huile laissée par le camion de Steve, là où il se garait.

Elle acquiesça.

« Je peux entrer ? »

Certainement pas, songea-t-elle. Entre sa barbe naissante et ses yeux éteints, quelque chose semblait ne pas tourner rond chez lui.

« J'ai parlé à Isla au téléphone. J'ai appelé hier et c'est elle qui a répondu. »

Elle ouvrit la porte et recula pour le laisser entrer.

« Viens par là », dit-elle en le guidant vers le salon. Trop de souvenirs hantaient cette cuisine. « Je viens de faire du café, tu en veux ?

— T'aurais pas un truc plus costaud ? »

Elle haussa un sourcil. « Il est dix heures et demie.

— Je suis décalé, Mandy. J'ai du mal à dormir. »

Elle retourna dans la cuisine et dénicha une bière tout au fond du frigo, une de celles que Steve buvait d'habitude. Elle la décapsula en restant un moment devant la porte ouverte du frigidaire, à profiter de sa fraîcheur. Ses nerfs la tiraillaient, comme si elle avait commis une faute qui allait lui retomber dessus. Joe s'éclaircit la gorge dans le salon et elle se tendit, manquant lâcher la bière.

Elle le retrouva assis sur le bras du canapé, les jambes croisées. Il attrapa la bouteille sans dire un mot, ferma les yeux et la but presque en enticr.

« T'as l'air d'être passé sous un camion. »

Il se frotta l'arrière du crâne. « Ça m'a filé un coup, Mandy. De parler à Isla.

— Comment elle va ? Qu'est-ce qu'elle t'a dit ?

— Elle m'a demandé de venir la chercher. Voilà ce qu'elle m'a dit. Elle veut que je la ramène à la maison. Elle ne veut pas rester en Angleterre.

— Et qu'est-ce que tu lui as répondu ?

— J'ai dit que je ne pensais pas pouvoir.

— Est-ce qu'elle va bien ? Elle a compris ce qui se passait ?

— Je ne crois pas. Elle m'a raccroché au nez.

— Vraiment ? » Mandy sourit presque pour la première fois depuis des jours. « Peut-être que la ligne a été coupée, ajouta-t-elle devant le visage déconfit de Joe.

— Elle doit se dire que je l'ai laissée tomber. »

Il vida le reste de sa bière, gardant la bouteille aux lèvres un moment après que la dernière goutte eut disparu.

« Elle est trop jeune pour comprendre », dit Mandy.

Il tripotait nerveusement la bouteille, s'acharnait sur son étiquette.

« Louisa a changé d'avis concernant son retour ici. Tu as dû deviner.

— Elle t'a dit pourquoi ?

— Elle a des doutes, finalement. Peut-être qu'elle veut juste me rendre cinglé. »

Mandy songea à ce coup de fil dont elle avait été témoin – « Ça n'arrivera plus ».

« Elle va revenir. Elle a peut-être besoin d'un peu de temps, c'est tout.

— Elle me tient par les couilles, Mandy. Je vais devoir vendre la maison et retourner en Angleterre si je veux voir mes enfants. »

Il bredouillait. Un décalage entre son cerveau et sa bouche.

« Joe, est-ce que tu es…

— Tiens, tu ne la portes plus, coupa-t-il.

— De quoi tu parles ? »

Il lui attrapa le bras et caressa la bande de peau plus pâle sur son poignet. Sa main était douce. Elle sentit le désir monter en lui et en fut troublée. C'était elle qui avait commencé, mais elle n'en avait plus envie, à présent. Il existait des mots pour désigner les femmes comme elle.

« Ta montre, dit-il.

— Elle ne marche plus depuis qu'elle a pris l'eau.

— C'est dommage.

— J'aurais dû y faire plus attention. »

Il lui embrassa l'intérieur du poignet. « Tu étais si belle dans les vagues, ce jour-là. Il n'y a pas à dire…

Tu sais t'y prendre, toi, pour remonter le moral d'un homme. »

Elle laissa pendre son bras, qu'il lâcha. « Tu es sûr que tu ne veux pas de café ?

— Pas maintenant. » Il l'attira plus près de lui. « Comment je pourrais avoir envie de rentrer en Angleterre alors que tu es ici ? »

Il l'embrassa. Sa bouche avait un goût métallique de bière et de tabac. Elle se tenait immobile devant lui tandis qu'il soulevait son chemisier.

« Je crois que je pourrais te rendre heureuse, dit-il. On pourrait se faire du bien l'un à l'autre.

— Allons-y doucement », dit-elle. Mais il ne semblait pas l'entendre. Il posa une main entre ses cuisses, glissa ses doigts le long de la couture de son jean. Elle essayait d'avoir envie de lui, de faire contre mauvaise fortune bon cœur, mais l'odeur qui se dégageait de lui la repoussait. L'alcool et la sueur rance. Elle l'avait aimé les cheveux rasés, en costume.

« On n'a qu'à se mettre au lit, dit-il en lui embrassant le cou.

— Joe, je… » Elle détourna le visage sans même y penser. « Steve pourrait revenir.

— Quoi ? » Il avait encore la main dans son soutien-gorge.

« Il est juste parti faire un tour à Bridge Street. Il va bientôt rentrer. »

Il recula. « Pourquoi tu ne m'as rien dit ?

— Je croyais que tu voulais discuter. Me parler d'Isla. »

Elle rabaissa son chemisier et il retira sa main, après un moment d'hésitation.

« Tu aurais dû me le dire plus tôt.

— Désolée. »

Il se releva et faillit perdre l'équilibre. Il était donc bien soûl. Peut-être à mi-chemin entre l'ivresse et la gueule de bois. Le frère aîné de Mandy avait suivi cette voie-là : boire le matin pour arrêter les tremblements. Il n'y avait eu aucun moyen de l'aider.

« Pourquoi il n'est pas au travail ?

— Il a démissionné. » Elle recula d'un pas. « Il en a fait le tour. Il n'en pouvait plus depuis longtemps.

— Ça semble être une bonne décision.

— Tu devrais y aller. » Elle avança vers la porte.

Il la dévorait des yeux. Le ventilateur bourdonnait au plafond.

« Je ne veux pas qu'il te trouve ici, Joe.

— J'ai réfléchi. Maintenant que ma main va mieux, je pourrais avoir une petite discussion avec ton mari. D'égal à égal, ce coup-ci. »

Elle eut un petit rire forcé. « Ne sois pas stupide. »

Il la regarda. « Tu me trouves stupide ?

— Je ne voulais pas dire ça.

— Ma femme pense que je le suis. Et toi aussi, maintenant.

— Joe, tout ce que je voulais dire, c'est que…

— Tu veux te débarrasser de moi. Je ne suis pas aveugle, hein. Pourtant, je me souviens que tu avais bien envie que je reste, il n'y a pas si longtemps que ça. »

Il contourna la table basse jusqu'à elle. Par la fenêtre ouverte, elle entendit la sonnette du vélo d'Andrea.

« Tu t'en souviens, Mandy ?

— Bien sûr que oui.

— Je suis tombé amoureux de toi. Tu sais ça ? » Il sourit, d'un sourire étrangement absent. « Vraiment, hein. Ça fait de moi un sacré con, tu crois pas ?

— Non. Pas du tout. Je…

— Mais tu ne ressens pas la même chose, toi. Évidemment que non. Qu'est-ce que tu disais, déjà ? »

Elle secoua la tête.

« Un havre de paix. » Son sourire s'effaça. « Un havre de paix. Rien de sérieux. C'est ça que tu m'as dit. »

Elle le dévisagea à son tour. Elle n'osait plus bouger. Il la regardait d'un air absent, comme si son esprit avait cédé.

« Écoute, Joe. Je pense que tu es perturbé à cause d'Isla. Et que tu as un peu trop bu. Ça arrive à tout le monde. » Elle continuait de parler, effrayée par son silence. « Tu devrais peut-être aller dormir. Reviens quand tu auras dessoûlé, je te ferai un café. On pourra discuter.

— En voilà une idée. » Il regarda tout autour de la pièce, lentement, en réfléchissant. « Faisons donc ça. On va boire un café et discuter. Dans ton putain de havre de paix. »

Il ne bougea pas. Elle essayait de sourire et vit son regard se durcir. Elle sentit la peur l'envahir.

« Où est-ce qu'il est, alors ? relança-t-il.

— Il est parti chercher du lait. Je crois qu'il vaudrait mieux que tu rentres chez toi.

— Je vais peut-être plutôt l'attendre.

— Écoute, Joe…

— Ouais, je vais l'attendre ici avec toi. » Il la rejoignit devant la porte, se tenant tout près d'elle, la touchant presque. Il lui releva le menton avec son index. « Rien de sérieux, hein ?

— Steve va péter une durite, s'il te trouve ici.

— Je l'attends de pied ferme.

— Je ne suis pas sûre que ce soit une bonne idée.

— J'en fais mon affaire.

— Joe, je t'en prie.

— Je vais m'occuper de lui ! » cria-t-il. Effrayée, elle se plaqua contre la porte. « Tu m'entends, Mandy ? Je vais lui régler son compte. Je suis prêt ce coup-ci, il va… »

Il détourna la tête en entendant quelque chose, un bruit dans la véranda. Quelqu'un frappait à la porte d'entrée.

« Laisse-moi y aller. » Elle s'éloigna pour ouvrir, soulagée. Elle espérait que ce serait Doug, qui aurait besoin qu'elle lui prête un râteau.

« Tu veux venir prendre un goûter chez nous ? » Andrea Walker se tenait sous la véranda, toute souriante, la moitié de ses dents en moins. « C'est mon anniversaire, la semaine prochaine.

— Un goûter ?

— Je vais avoir dix ans, dit Andrea. On fête ça samedi. »

Mandy sentait Joe qui s'avançait derrière elle, dans le couloir. La porte du salon se referma. « Tu vas avoir dix ans ? C'est super. Je serai ravie de venir fêter ça.

— Et Steve ?

— Steve ? » Elle écarquilla les yeux. « Qu'est-ce qu'il a ?

— Il pourra venir à la fête ?

— Bien sûr. Je lui en parlerai.

— Maman dit qu'il a fichu le camp », dit Andrea. Elle passa sa langue dans l'espace vide laissé par sa canine gauche. « Qu'il a pris toutes ses affaires et qu'il est parti. »

Mandy resta sans voix. Son esprit s'emballait ; une vague de panique s'emparait d'elle. Andrea avait couché son vélo sur le trottoir. La rue, silencieuse, resplendissait de roses, d'azalées et de callistemons.

« Je ne sais pas où ta mère est allée pêcher cette idée.

— Elle l'a vu mettre ses valises dans son camion. Et puis, il a pris ce petit bébé noir et tout », dit Andrea.

Mandy entendit les pas de Joe derrière elle. Elle sortit sur le perron, dans une chaleur étouffante. « Il faudrait peut-être que j'aille parler à ta mère. Elle est à la maison ?

— Elle est partie chez le docteur. Le bébé a des coliques. » Andrea leva les yeux vers Mandy. « Tu as de la limonade ? »

Mandy secoua la tête. Elle avait envie de pleurer, clignant des yeux pour retenir ses larmes. « Pas aujourd'hui, ma belle.

— Je dirai à Maman que tu viendras samedi. » Andrea descendit les marches en courant et reprit son vélo. « Je vais avoir un chaton ! cria-t-elle en montant sur sa bicyclette. Tu pourras le voir au goûter. »

Mandy regarda Andrea partir. Elle tournait toujours le dos à Joe, observant Bay Street. Sa platitude habituelle. Elle sentait les dalles brûlantes sous ses chaussons. Elle salua Doug, qui traversait sa pelouse avec un arrosoir. Il lui fit un signe de la main et se détourna.

« Je croyais qu'il était parti chercher du lait », dit Joe depuis l'intérieur de la maison.

Elle ne le regarda pas. « Il m'a quittée. Je n'avais pas envie d'en parler.

— Pourquoi ?

— Je ne sais pas.

— Tu ne sais pas ? Il est parti quand ?

— Ça doit faire une semaine. »

Il ouvrit plus grand la porte. « Rentre. Tu as l'air de crever de chaud. »

Elle secoua la tête.

« Je crois que tu devrais m'expliquer ce qui s'est passé.

— Il a fait ses bagages et il est parti. Qu'est-ce que tu veux savoir de plus ?

— Tu ne vas pas rester plantée là toute la journée », dit-il.

Elle se retourna vers lui, les yeux rougis. « Pourquoi tu ne rentres pas chez toi, Joe ?

— Je veux savoir où Steve est parti.

— Pourquoi ?

— Ça m'intéresse. » Il recula de quelques pas, à l'abri des rayons du soleil. « Je suis déçu de ne pas pouvoir le voir aujourd'hui. Tu m'as donné de faux espoirs.

— C'est un endroit qui s'appelle Marlo, dans le Victoria. Sa famille a un cabanon de plage là-bas. » Des larmes lui vinrent sans crier gare tandis qu'elle essuyait la sueur sur son visage. Elle se mit à pleurer, le visage enfoui entre les mains.

« Et le bébé ?

— Quoi ?

— Il l'a emmené à – où tu disais ?

— Marlo.

— Je vois. Comme ça, personne ne sait d'où vient le gosse. Ça évite les questions. C'est ça, l'idée ?

— J'imagine que oui. » La rue était parfaitement calme, le soleil presque au zénith. Elle ne pouvait pas rester ici plus longtemps. « Tu veux bien partir, maintenant ?

— Ce n'est pas très gentil.

— Tu abuses de mon hospitalité, Joe. Tu ne comprends pas ? »

Du coin de l'œil, elle vit Doug se tourner vers elle, avec son arrosoir rouge et son bob bleu. Elle lui fit un geste de la main, souriant et pleurant à la fois. Elle détestait l'idée que Doug la voie ainsi. Dans ce bourbier où elle s'était empêtrée. Mais elle ne savait plus quoi faire. Elle était à bout.

« Je vais crier, dit-elle en continuant d'agiter la main. Je vais crier si tu ne pars pas de chez moi. »

Il restait immobile. Elle inspira longuement.

« C'est bon. Bordel. » Il la rejoignit sous le soleil et s'inclina vers son oreille. Elle l'entendit déglutir, les muscles de sa gorge qui se tendaient. « J'aime pas qu'on se foute de moi, lui murmura-t-il.

— Va-t'en, Joe. »

Ses lèvres lui effleuraient l'oreille. « On va pas tarder à se revoir. »

Il se redressa, chancelant, et descendit les marches jusqu'au portail.

Elle s'effondra une fois chez elle, après avoir refermé la porte et abaissé le loquet d'une main lente et maladroite. Elle se tenait dos à la porte, essayant de ralentir sa respiration. Elle avait encore dans les narines son odeur mêlée de peau aigre et de tabac froid. Bon Dieu, il habitait juste à côté. À quelques mètres.

Elle prit la clé sur le crochet de la cuisine et verrouilla la porte ; puis elle se laissa tomber sur une chaise. Pourrait-il forcer la serrure ? Oserait-il ? La vitre était déjà fissurée de toute façon, elle céderait au premier coup. Mandy pleurait. Dehors, aucun nuage ne venait troubler l'azur. Elle observait les arbres luxuriants, la vigne, lourde de fruits pour la première fois depuis des années. Un lézard courait le long du rebord de la fenêtre. Si elle tournait la tête, son regard tomberait sur le jardin de Joe, sa terrasse, ses arbustes.

Elle se releva et alla jusqu'à l'évier, ouvrit le robinet à fond et plongea sa tête et ses épaules sous l'eau froide. Elle remplit un verre, qu'elle but d'un trait. L'idée d'appeler la police lui traversa l'esprit. Elle pourrait passer un coup de fil à Ray et lui dire – quoi ? Que le type d'à côté était bourré, qu'il avait refusé de partir de chez elle et lui avait fait peur. Elle savait qu'elle n'en ferait rien. Pas parce que Ray ne voudrait pas l'écouter, non. Mais parce que la faute lui incombait à elle.

L'enveloppe que Steve avait laissée traînait toujours sur la table. Lourde et remplie de billets. Elle les compta deux fois, en les triant par tas de dix et de vingt. La maison était silencieuse. Rien que le bruit du ventilateur et d'un robinet qui gouttait dans la salle de bains. Trois mouches faisaient le tour de la pièce, piégées, stupides, se jetant contre les fenêtres.

41

Sydney, 1997

Isla tambourine à la porte de Douglas Blunt. Elle se raidit, passe ses doigts dans ses cheveux pour les lisser. Elle joint ses mains devant sa bouche pour évaluer son haleine. Sa sobriété ne tient plus qu'à un fil. Une partie d'elle-même s'est déjà posée dans un bar, devant un verre de whisky, à attendre.

« Isla ? »

Doug émerge de son jardin sous un chapeau de soleil à large bord, malgré le froid. Son short lui tombe au niveau des hanches.

« Je me disais bien que j'avais entendu du bruit », dit-il.

Elle redescend les marches pour le rejoindre. « J'ai besoin de savoir ce que vous avez dit à la police.

— Si c'est encore pour me faire une scène…

— Non. Pas du tout. » Elle lève les mains en l'air. « J'ai juste besoin de savoir ce qui s'est passé.

— Je crois que tu ferais mieux de demander ça à ton père.

— Ce n'est pas si simple que ça en a l'air. »

Il remonte l'arrière de son short. « Ça risque de ne pas te faire plaisir. »

Elle hoche la tête. « Dites-moi quand même.

— Je me souviens bien de cet été-là. Mieux que tu ne l'imagines. Ma première année de veuvage, après la mort d'Emily. J'étais entre deux boulots. Je ne savais pas comment tuer le temps.

— Désolée de vous replonger là-dedans, dit-elle.

— Il faisait diablement chaud. Pas une goutte de pluie pendant des mois. J'étais souvent dehors, à m'occuper des plantes et du potager. Je pouvais voir toutes les allées et venues. » Il fit un signe de tête vers son carré de légumes, son sarcloir et ses gants de jardinage posés sur l'herbe. « Ta mère est restée en Angleterre avec toi pendant un long moment. Ton père était tout seul ici. Un homme a besoin de se distraire. Ça peut se comprendre. » Il s'interrompt. « Ce n'est jamais facile d'entendre ce genre de choses.

— Je sais que mon père n'est pas un ange, Doug. »

Il sourit, mal à l'aise. « Joe filait chez Mandy dès que Steve avait le dos tourné. Steve devait parfois s'absenter plusieurs jours, pour son travail. Ça lui a pris du temps pour comprendre ce qui se tramait.

— Il l'a quittée ? »

Il tire sur une brindille qui se détache de sa haie.

« La dernière fois que j'ai vu Steve Mallory, il était en train de mettre ses affaires dans son camion pour partir. Mandy l'avait rejoint et essayait de l'en dissuader. Elle lui a fait une petite scène. » Il hoche la tête vers le haut de la rue. « Mais il est parti sans elle. Il l'a plaquée.

— Vous êtes sûr ? Il n'est pas revenu la chercher ?

— Je n'ai jamais revu Steve. Tu es vraiment certaine de vouloir entendre la suite ? »

Elle acquiesce et tourne les yeux vers les arbustes dénudés au bord de sa pelouse, où il a taillé ses roses et ses hortensias. Ailleurs, dans un bar quelconque, elle commande un deuxième whisky. Les glaçons s'entrechoquent dans son verre.

« Mandy est restée seule un moment, après le départ de Steve. J'ai vu ton père faire des allers-retours chez elle. Ils ne prenaient même plus la peine de se cacher. Ils s'embrassaient sous la véranda, ce genre de choses. » Son visage rougit. Il baisse son regard sur l'herbe. « On arrivait à la fin de l'été. Il faisait encore une chaleur de dingue. Mandy aimait étendre son linge au soleil. Parfois, elle sortait pour arroser un peu ses plantes, aussi. Elle me faisait toujours un signe quand elle me voyait. Mais un jour, elle n'est plus sortie. Le lendemain non plus. En revanche, j'ai vu ton père qui se faufilait par la porte de derrière. »

Il se tait. Le temps se fige. Isla sent qu'elle est à deux doigts de vomir, là, à même la pelouse de Doug, parmi ses branches coupées et ses outils de jardinage.

« J'étais dans le jardin, reprend-il, je regardais la maison des Mallory, et je l'ai vu sortir de chez Mandy. Il a verrouillé la porte du jardin derrière lui avant de rentrer chez vous. Il ne m'a pas vu. Ensuite, j'y suis allé, j'ai frappé à la porte, mais personne n'a répondu.

— Vous avez revu Mandy, par la suite ? » Elle sait combien sa voix trahit son désespoir.

« Non. Un ou deux jours plus tard, vous êtes revenues, ta mère et toi. »

Elle se couvre la bouche, avalant un reflux de bile. « Personne ne s'est jamais demandé où elle était partie ?

— Moi, si. Ça m'a toujours turlupiné qu'elle ne m'ait pas dit au revoir. » Doug lui sourit vaguement. « Personne ne voulait contrarier ta mère, Isla. Elle a accouché peu après votre retour. Personne n'avait envie de lui dire que son mari était allé voir ailleurs. On n'a plus jamais parlé des Mallory et on a continué notre vie. Tu sais comment c'est…

— J'imagine, oui. »

Il se gratte la tête à travers son chapeau. « Je suis navré. »

Elle sort par le portail, le laissant à genoux dans l'herbe, à entasser des feuilles et des brindilles dans son seau. Elle s'arrête au coin de Bay Street et de Dawson Place et vomit sur les racines d'un citronnier. De l'autre côté de la rue, quelqu'un déroule le store de son salon. Comme ces maisons ont l'air prétentieuses, se dit-elle, avec leurs petits extérieurs proprets, leurs vitres teintées qui renvoient des reflets d'arbres et de haies. Cette communauté dans laquelle elle a grandi, où les gens savent tout, mais ne disent rien. Où un homme peut assassiner une femme à sa guise, puisque ses voisins détourneront le regard. Elle vomit à nouveau, s'essuie la bouche et sanglote bruyamment en pensant à son père, qu'elle ne croit plus mais qu'elle aime toujours autant. Elle se tourne vers la ville, où elle trouvera un bar et pourra rompre son flot de pensées et de souvenirs. Tout s'arrêtera, enfin. Elle hâte le pas.

42

Sydney, 1967

Il restait un fond de café instantané. Joe remplit la bouilloire, alluma une cigarette et s'assit à la table de la cuisine en attendant que l'eau bouille. Le café ne lui faisait pas envie, mais il avait vidé tout ce qui lui restait d'alcool dans l'évier de la cuisine, une demi-heure plus tôt. Il avait la tremblote et les membres endoloris. Les dents qui claquaient. Il allait falloir qu'il prenne une douche avant de sortir. Et trouver une chemise propre.

Il se dirigea vers la porte du jardin pour essayer d'apercevoir Mandy. Elle n'était pas sortie depuis un moment, pour étendre sa lessive ou s'asseoir sous la vigne. Il n'aimait pas l'idée de rester planté là, à espérer qu'elle se montre. Ça devenait une habitude.

Il l'avait dans la peau. Aucun doute là-dessus. Il ne pensait qu'à se faire pardonner pour l'autre jour, celui où il s'était incrusté chez elle, abusant de son hospitalité. Une honte noire l'envahissait, rien qu'à y penser. Il se souvenait de son visage, de la façon dont elle l'avait regardé. Il espérait pouvoir rattraper le coup.

Difficile de savoir comment, avec sa mémoire en lambeaux et ce dégoût de soi qui planait sans cesse au-dessus de lui, cinglant à travers les distorsions moites de l'alcool. Il sentait bien qu'il lui avait fait peur. Qu'il avait eu l'air d'un putain de cinglé. Il serra son poing, pas encore tout à fait guéri, mais la douleur ne lui apporta qu'une brève distraction. Il allait arranger tout ça. Il devait faire table rase de cette journée, repartir du bon pied avec elle.

L'eau frémissait dans la bouilloire. Il lança un nouveau coup d'œil vers le jardin. Toujours pas la moindre trace de Mandy. Il commençait à faire sombre. Il ouvrit le tiroir à côté de la cuisinière, le deuxième en bas, avec tout son fatras de torchons et d'ouvre-boîtes, de rouleaux de fil et de trombones. Il cherchait des clés – celles avec un élastique et une étiquette en carton où l'on pouvait lire *Steve et Mandy*. Il savait qu'elles étaient là, il avait vérifié, pas plus tard que ce matin. Il y revenait sans cesse, les prenant et les agitant au creux de sa main.

Il versa les granulés de café dans une tasse et attrapa la bouilloire. Mais, perdu dans ses pensées, il renversa de l'eau à côté, éclaboussa le comptoir et ébouillanta son pied nu. La douleur fut immédiate, palpitante. Abasourdi, en rage, il frappa le comptoir de sa main invalide et ensanglantée. Bordel de merde. Il sauta à cloche-pied à travers la pièce, de long en large, pour trouver un chiffon humide qu'il jeta sur son pied. Il en oubliait presque son mal de crâne. Il s'assit et ferma les yeux un moment, laissant la pièce tourner lentement sur elle-même, et attendit que le pire soit passé. Sa cigarette s'était consumée dans le cendrier. Il en alluma une autre et prit sa tasse, but une gorgée de café et la reposa avant de risquer de se brûler à nouveau. Son pied échaudé commençait à se couvrir de cloques. Un ourlet rouge vif sur sa peau.

À jeun, le café lui tordait l'estomac, mais il le but quand même. Il avait deux coups de fil à passer et il devait rester sobre. Il en était venu à détester le téléphone, ces derniers mois.

Il emporta sa tasse au salon. La télé était restée allumée – Harold Holt parlait toujours du Viêtnam. Il l'éteignit. Il faisait sombre, mais il préférait ne pas ouvrir les rideaux afin d'éviter de mesurer l'étendue du désastre. Il devait y avoir un morceau de papier quelque part, une note prise après qu'il avait quitté la maison de Mandy, afin de se souvenir de ce qu'elle avait dit. Il fouilla le canapé, tomba sur une brûlure de cigarette et une chaussette. Il s'étendit, enfonça son visage dans l'espace crasseux derrière les coussins et eut l'obscure et intime conviction qu'il irait s'acheter quelques bouteilles après avoir passé ses coups de fil. Histoire de remplacer celles qu'il avait vidées dans l'évier. Il n'était pas en mesure d'arrêter de boire. Le mieux à faire était de gérer cette incapacité.

Il s'assit et observa le téléphone sur la table basse à côté de lui. Le papier était là, à l'endroit où il l'avait laissé. Il le ramassa, épousseta la cendre de cigarette tombée dessus. Mais il composa d'abord, de tête, un numéro en Grande-Bretagne.

« C'est moi, dit-il lorsque sa femme décrocha.

— Joe ? Il fait encore nuit, ici. Tout le monde dort.

— Je ne peux pas vivre sans toi. »

Un silence. Il pensait à Mandy, à la façon dont elle s'était allongée devant lui sur le sol de sa cuisine, son jean baissé jusqu'aux genoux. À comment elle avait déboutonné son chemisier, ce jour-là. Le glissement de sa main sur son cou. L'odeur de son corps.

« Je t'aime, dit-il, ivre de ses souvenirs de Mandy. Je t'aime tellement.

— Tu le penses vraiment ? »

Il s'offensa du ton qu'elle prenait. Il écarta le combiné de son oreille.

« Reviens à la maison, Louisa. Je ferai tout pour te rendre heureuse. J'arrêterai de boire. Je ne toucherai plus jamais à l'alcool.

— Tu pourras me pardonner ? dit-elle.

— Bien sûr que je te pardonnerai. »

Il posa le combiné sur le tapis lorsqu'elle se mit à pleurer. Il attendit, but quelques gorgées de café. Il divorcerait une fois qu'elle serait rentrée avec sa fille. Il prendrait un avocat. Il lui en ferait baver.

« On va revenir, dit finalement Louisa.

— Tu le penses vraiment, cette fois ?

— Oui. Je t'aime, Joe. »

Il y eut un peu de friture sur la ligne, puis il l'entendit lui dire au revoir. Il coupa la communication en raccrochant avec son doigt.

Le second coup de fil serait plus facile à passer. Il prit le morceau de papier et composa le numéro qu'il y avait écrit, à côté des mots dont il devait se souvenir : *Marlo. Cabanon de plage.*

« Je voudrais signaler un crime. »

43

Victoria, 1967

Le froid réveilla Steve aux aurores. William s'agitait à côté de lui. Il remonta la couverture sur le torse et les épaules de l'enfant, puis étendit sa veste chaude par-dessus – celle qu'il avait reçue pour Noël, avec sa doublure matelassée. William eut un murmure guttural, soupira et retomba dans le sommeil. Il faisait chaque matin un peu plus frais que la veille. Le vent soufflait fort depuis l'océan, faisant vibrer la fenêtre et la porte. Ils ne pourraient pas rester ici très longtemps.

Il s'allongea près de William et observa la lumière qui s'infiltrait par les interstices du bois. Le moment du réveil était toujours le plus difficile, où ses pensées se perdaient dans des méandres atroces. Il se souvenait de ces gosses. De leurs noms, de leurs voix. De ces choses qu'ils avaient dites, lorsqu'ils avaient compris qu'ils ne partaient pas en vacances. Parfois, ils lui revenaient tous en même temps, comme une symphonie. Mais la plupart du temps, c'était à tour de rôle. Dans une clarté déchirante. Aujourd'hui, c'était ce garçon aux yeux vert pâle – Dale, il s'appelait – qui avait donné des coups de pied en criant les premières heures, puis avait essayé de sauter du camion en apprenant la vérité, tandis qu'ils bifurquaient vers Kempsey. Steve s'allongea sur le lit avec la sensation du pied nu de Dale pilonnant sa colonne vertébrale. Ses coups de talon contre le dossier du siège pendant qu'il conduisait. Ses cris, ses hurlements quand il essayait d'ouvrir les portières.

William n'allait pas compenser tout ça, il le savait bien. Mais c'était un début. À cette idée, il se redressa sur le lit. Il allait faire le bonheur de cet enfant. Il ferait tout pour lui.

Le garçon gigota à nouveau et tourna la tête, appuyant sa bouche contre le matelas avec une moue relâchée. Steve remarqua qu'il avait la joue rouge. Il posa la main sur son front et le trouva chaud, pas trop, mais il souleva quand même les couvertures. La veste était de trop, voilà tout. Il versa son lait dans une casserole et alluma une flamme en dessous.

Il tira le rideau de la petite fenêtre. Le soleil s'était levé. Un grand ciel bleu et vierge. La plage vide. Tout juste quelques mouettes sur le rivage. Peu de monde passait par là. Quelques surfeurs, de rares touristes qui descendaient les dunes depuis la route. Les gens du coin savaient qu'il valait mieux éviter cet endroit, où la Snowy River se jetait dans la mer et y rencontrait des vagues de trois mètres de haut. On ne savait jamais quand le courant allait changer, quand le vent du sud risquait de se lever. Un lieu plus dangereux que beau, pour la plupart des gens.

Mandy l'avait adoré. Il l'avait amenée ici, pour s'assurer qu'elle était bien celle qu'il devait épouser, pour voir ce qu'elle pensait de cet horizon idéal à ses yeux. Elle n'avait pas voulu en partir.

« Allez, viens. » Il prit William sur ses genoux. Sa couche était trempée mais le petit avait faim, alors il le laissa d'abord boire son lait. « Attends là », dit Steve, une fois qu'il eut fini. Il fit asseoir le garçon par terre avec son biberon vide. « Je vais te chercher une couche propre. Tu seras mieux au sec, tu vas voir. »

William s'assit, les jambes tendues, et cogna le biberon contre le plancher en riant. Steve restait debout à le regarder. Il marcherait bientôt à quatre pattes. Toute cette force, toute cette vie dans ce si petit corps.

« Tu grandis bien, mon gars. »

Le garçon leva un bras en l'air et poussa un cri en guise de réponse. « Tu sais donner de la voix aussi. »

William rit. Il ne pouvait s'arrêter de rigoler une fois qu'il avait commencé. Steve se pencha en avant et prit son petit nez entre ses doigts. Il se bidonna encore plus.

« T'es un sacré rigolard, hein ? »

Le garçon se tut et son visage se figea. Une odeur nauséabonde envahit la pièce.

« Oh non, mon pote. T'as pas remis ça. »

Eh bien, si. La puanteur avait quelque chose d'indécent. Steve ouvrit la porte et laissa entrer le vent frais de l'océan. Les couches propres séchaient, étendues devant la fenêtre. Il en attrapa une et eut alors une vue dégagée de la plage. Quelqu'un avançait sur le sable. Un homme s'approchait avec détermination, à grandes enjambées lentes, les yeux rivés sur le cabanon. C'était comme si Steve se voyait lui-même. Des bottes et un uniforme bleu. Un insigne de police.

Steve laissa tomber la couche au sol. Son sang se glaça.

William leva les yeux vers lui et se remit à rire, penchant la tête dans l'attente d'une réaction. Terrorisé, Steve se demandait comment cacher l'enfant. Ou s'il pourrait garder le flic à l'extérieur en venant à sa rencontre sur la plage. William lança un cri puissant et suraigu.

Le flic le repéra par la fenêtre et pressa le pas. Steve courut vers la porte. Le verrou était rouillé ; il le tira vers le bas, conscient qu'il ne tiendrait pas assez longtemps pour lui laisser le temps de chercher la clé. Il entendait les pas du flic sur le sable, qui se rapprochaient. Son grognement lorsqu'il essaya de pousser la porte. Le loquet se rompit sous son poids. Steve repoussait la porte depuis l'intérieur. Il sentait une force équivalente à la sienne. Sa puissance. La porte s'entrouvrit et le flic coinça sa botte dans l'embrasure.

« Désolé, mon vieux, dit-il. Mais va falloir me laisser entrer. »

Le policier se tenait sur le sable et reprenait son souffle. La confusion se lisait sur son visage. Sa consternation. Un Blanc, reclus sur une plage avec un petit Noir.

« Qu'est-ce qu'il y a ? » Steve laissa la porte s'ouvrir et fit de son mieux pour bloquer l'entrée. « C'est une propriété privée, ici.

— On a reçu un appel », dit le flic, encore haletant. Il essuya la sueur de son front avec sa manche. « De Sydney. Il y a un petit garçon avec vous ? » Le flic jeta un coup d'œil vers l'intérieur du cabanon.

Steve entendait William qui gazouillait. L'océan s'écrasait avec fracas sur la plage. Le policier regarda l'enfant, hocha la tête et se tourna vers Steve. Il était grand, mais pas au meilleur de sa forme. Sa promenade sur la plage semblait l'avoir exagérément fatigué.

« C'est un pupille de l'assistance sociale de Nouvelle-Galles du Sud, dit le flic. Ça a fait des histoires. Il y a eu plusieurs coups de fil. On a repris le dossier. »

Steve songea à lui rentrer dedans, à le faire basculer et à courir avec le petit jusqu'à une nouvelle planque. Mais il avait les jambes lourdes, il arrivait à peine à se tenir debout. « Ça ne va pas durer, dit-il. Cette cabane. C'est temporaire. »

Le flic posa sur lui un regard vide. Un filet de sueur qui coulait sur son visage tomba de sa mâchoire.

« J'attends la vente de ma maison. On partira d'ici dès que l'argent sera versé. Ce n'est qu'une question de semaines. »

L'agent de police secoua la tête avec une respiration sifflante. « Mon patron ne veut plus entendre parler de ce gosse. » Il se frappa la poitrine et s'éclaircit la gorge. « Comme je l'ai déjà dit, c'est un pupille de l'assistance…

— Je m'occupe très bien de lui. » Steve sentit ses tripes se retourner. Le flic l'écoutait à peine. Il devait avoir vu des gens s'arracher les cheveux, s'humilier, se jeter par terre en l'implorant. « C'est comme si c'était mon enfant. » Une vague s'abattit sur la plage et noya ses paroles. « Je l'aime comme mon propre fils. »

Derrière lui, William se mit à gémir. Le flic considéra la taille de l'enfant, son poids, sa physionomie. Ses narines se dilatèrent lorsqu'il perçut les effluves de sa couche.

« Bon Dieu. » Il recula vers l'extérieur en se couvrant le nez. Il tournait le dos à Steve, mais celui-ci l'entendit marmonner. « Saleté de fils de chienne. »

Steve s'avança sur la plage. Il prenait l'insulte personnellement. Ça le revigorait, calmait sa peur, lui rappelait qu'il se trouvait désormais du bon côté. Il inspira à pleins poumons la brise fraîche qui lui parvenait de l'océan. Il devait se montrer plus malin que ça. Pour le bien de William. Il avait fait fausse route sur toute la ligne.

« Écoutez, dit-il. Je sais comment ça marche. Mon père était dans la police, mon grand-père aussi. C'est eux qui m'ont donné envie de faire ce boulot.

— Comment ça ? T'es flic, toi aussi ? »

Steve acquiesça. « Depuis près de dix ans, à Sydney.

— Pourquoi tu l'as pas dit plus tôt ?

— Tu m'as pris au dépourvu. » Il désigna William de son pouce. « Je sais que ça a l'air bizarre. C'est un gamin que j'ai enlevé moi-même, il y a quelques mois. Mais je me suis attaché à lui. J'ai bon espoir de l'adopter, une fois que je me serai posé. »

Le flic dévisagea Steve un long moment. « Pour être honnête, elle paraît quand même étrange, ton histoire.

— Tu m'étonnes. » Steve se força à rire.

« On ne m'avait pas précisé que tu étais flic en m'envoyant ici.

— Quelqu'un a dû se planter. » Steve essayait de déglutir, mais sa bouche restait sèche. « Tu peux appeler mon chef, à Sydney. Le sergent Perry. Il est basé à Parramatta. Il se portera garant pour moi si tu lui parles directement. »

Le type hocha lentement la tête. « Il a signé pour ça ?

— Affirmatif. J'ai obtenu son accord avant de venir ici. » Il détourna le regard, devinant le mensonge qui se lisait sur son visage.

« Je ne sais pas trop, mon vieux. » Le flic regarda ses bottes, semblant peser le pour et le contre. « T'imagine que je peux pas partir d'ici les mains vides.

— Parles-en à Ray. Ça t'évitera de faire la route jusqu'à Sydney avec ce bébé. Ça m'a pris des jours pour venir ici avec lui, avec tous les arrêts nécessaires. »

Les gémissements de William se muèrent en hurlements. Le flic se retourna et scruta la plage en pente. Des mouettes s'installaient sur les dunes. Personne à des kilomètres à la ronde.

« Je ne vais peut-être pas le prendre aujourd'hui. Je te laisse le bénéfice du doute. »

Steve lui adressa un signe de tête, avec un sourire forcé. Il s'agrippait au cadre de la porte, de peur de défaillir. Le flic jeta à William un regard de dégoût.

« Par contre, planque-le bien, tu veux ? Évite d'attirer l'attention sur vous.

— Pas de soucis, dit Steve.

— Le sergent Perry, c'est ça ? De Parramatta ?

— C'est bien lui. »

Le flic se retourna et repartit, levant les jambes bien haut pour éviter que le sable n'entre dans ses bottes.

Un appel de Sydney… Steve laissa l'expression envahir ses pensées alors qu'il changeait la couche du petit. Mandy avait dû leur dire où ils se trouvaient. Il fallait rester calme, évacuer cette pensée. Au moins pour le moment. Il essuyait le garçon et remarqua une éruption cutanée sur son ventre et le long de ses jambes. Il avait l'air d'avoir mal. Il prit William dans ses bras et sentit la chaleur qui se dégageait de sa peau. Peut-être un début de fièvre. Il allait le laisser dormir un peu. Il faudrait de toute façon attendre la tombée de la nuit pour charger le camion et se préparer à partir.

Un appel de Sydney… Il s'assit sur le lit et pleura. Longtemps. Quel sombre con. William s'endormit sur son épaule. Son souffle chaud contre son cou.

44

Sydney, 1997

Les lumières sont encore allumées dans toutes les pièces au moment où Isla rentre, à minuit. La maison est sens dessus dessous. Dans le couloir, elle enjambe une lampe tombée au sol, dont l'abat-jour s'est séparé de son socle. La table où se trouvait le téléphone a été retournée. Elle gît sur le tapis, entourée de photos de famille aux cadres brisés. À côté, une cruche en céramique, fendue, exhibe son ventre blanc. Isla avance parmi les débris en se demandant si c'est elle qui a fait tout ça. Pas impossible. Elle a rechuté il y a trois jours. Depuis, le temps s'est dilaté en un long flux indistinct. Elle ne se souvient plus d'où elle a été, ni de ce qu'elle a bien pu faire.

Chaque pièce de la maison paraît dévastée. De la vaisselle cassée dans la cuisine, les chaises retournées. Des bibelots et des souvenirs foulés aux pieds. Dans le salon, la télévision s'est effondrée, face contre terre sur le tapis. Une bouteille de Smirnoff traîne, vide, sur le canapé. Aucun signe de son père. Elle ignore quand elle l'a vu pour la dernière fois. Il se foutrait en rage, s'il voyait ça. Elle a parfois peur de se retrouver seule avec lui. Tout a changé entre eux depuis que sa confiance s'est effondrée. Elle ne se souvient plus pourquoi.

Elle attrape le téléphone et remet le récepteur en place. Le répondeur est retourné, son voyant rouge clignote. Elle reste à côté pour écouter le message. Un accent britannique la somme de rappeler au plus vite concernant l'appartement de Sinclair Road. « C'est urgent », assure la voix pompeuse. Elle appuie sur *supprimer*.

Elle a un coup de fil à passer. Quelque chose qu'elle a à dire et qui l'obsède. Elle décroche le combiné et compose le numéro de Londres. Le téléphone sonne dans le petit appartement de Hackney et elle plaque le téléphone contre son oreille, prête à entendre la voix de Dom. « Salut. Vous êtes bien chez Dom et Isla. Laissez-nous un message et on vous rappellera. »

Elle attend le bip. « Désolée », dit-elle en sanglotant. Elle repense à ces matins où elle retrouvait l'oreiller maculé de sang. La première fois, elle lui avait cassé une dent. Puis il y avait eu les blessures, les contusions. Son nez brisé. Jamais il ne s'était défendu. Un bon Samaritain, qui avait essayé de l'aider. Et qui était parti, un beau matin. Elle écoute le message encore deux fois et répète chaque fois qu'elle est désolée, qu'elle l'aime, qu'elle déteste ce qu'elle a fait. Ce qu'elle est.

La douleur la réveille aux aurores. Elle ouvre un œil et voit la cruche cassée, l'abat-jour. Elle a la tête dans un étau. Dans la salle de bains, elle avale quelques antalgiques, surprenant son visage dans le miroir au-dessus du lavabo. Elle a le teint cireux et les yeux pâles de son père. Elle détourne le regard, gardant à l'esprit une image de cheveux en bataille et trop longs, aux racines sombres, aux mèches blondes rêches et cassantes.

Isla se penche au-dessus de la baignoire. Elle tourne le robinet de la douche. La douleur lui remplit le crâne tandis qu'elle vomit dans le trou d'évacuation. Elle se déshabille, se met sous l'eau chaude et pleure des larmes d'apitoiement, toussant jusqu'à l'étouffement, la tête appuyée contre le carrelage. La dernière chose dont elle se souvient clairement, c'est sa visite chez Doug. La réticence qu'il a eue à lui raconter ce qu'il avait vu. Elle reste là, à rejouer la conversation jusqu'à ce que l'eau devienne froide.

Elle remplit trois sacs-poubelle de vaisselle cassée et de céramique en miettes, retire les photos de leurs cadres fissurés. Elle remet la lampe en place. À midi, la maison est propre, malgré le saccage dont elle a été victime. Elle fouille les cachettes de son père et n'y trouve que des bouteilles vides.

Il franchit le seuil à l'heure du déjeuner. Elle attend dans la cuisine, où elle prépare à manger en buvant du café, laissant les minutes défiler une à une. Il l'appelle ; elle ne dit rien. Il reste dans l'entrée. Elle l'entend retourner des pièces de monnaie dans sa poche. Sa toux. Pour seule réponse, elle fait claquer son couteau sur la planche à découper.

« Isla ? » Il s'approche d'elle. « Isla ? »

Elle se demande s'il lui ferait du mal, maintenant qu'il sait qu'elle n'a plus confiance en lui. Si elle se défendrait. Elle imagine la scène. Le café brûlant qu'elle lui jetterait au visage. Puis elle le ferait chuter. Le pied sur sa poitrine. La main sur sa gorge. Elle se crispe à cette idée.

Il pousse la porte. Il a l'air famélique. Presque sobre. « Tu as tout nettoyé. Je ne m'attendais pas à ce que tu t'en occupes. »

Elle s'interrompt, agrippée au couteau, immobile. « C'est toi qui as démoli la maison ? »

Il baisse le regard. « Je suis désolé de te l'avoir laissée comme ça.

— J'ai cru que c'était moi. »

Il paraît surpris, décontenancé. Il prend une chaise et s'assied. « Les derniers jours ont été un peu difficiles, dit-il en regardant les surfaces nettoyées autour de lui. Ça ne se reproduira plus. »

Elle lui tourne le dos pour émincer un oignon. Elle se retrouve dans tout ce qu'il dit, dans tout ce qu'il fait. Et ça la terrifie.

« J'ai pris un avocat », annonce-t-il. Sa chaise frotte contre le lino alors qu'il étend ses jambes. « Ils ne peuvent rien prouver. »

45

Victoria, 1967

Il fallait prendre la route au plus vite. Dès le lever du soleil, il entasserait leurs affaires dans le camion et foutrait le camp. La route s'annonçait longue, et il aurait voulu attendre que la fièvre de William retombe. Mais elle ne passait pas. Steve s'agenouilla près du lit et remonta sa veste sur les épaules de l'enfant. Il aurait peut-être meilleure mine à son réveil. Ils ne pouvaient pas risquer de rester un jour de plus ici. Ce flic pouvait revenir à tout moment. Il devait avoir parlé à Ray, et Ray avait sans doute déjà tout fichu en l'air. À l'évidence, il lui avait dit que Steve avait quitté la police. Son estomac se noua à cette idée.

Il sortit un carton de sous le lit. Il s'impatientait, maintenant que sa décision était prise. Ils pourraient dormir dans le camion jusqu'à ce que l'argent lui parvienne. Ils l'avaient déja fait pour venir ici, en s'arrêtant quelques heures. Ça pouvait aller. William dormait beaucoup, ces derniers jours. Il se réveillait à peine, buvait très peu de lait. Il l'emmènerait sans doute voir un médecin, là où on ne les recherchait pas. Les enfants ont toujours un peu de fièvre, de toute façon, c'est normal. Pas de quoi s'inquiéter. Te fais pas de bile, lui aurait dit Mandy.

Il lui fallut moins de dix minutes pour remplir le carton. Il attrapa des vêtements, des couches et la tasse de café qu'il avait apportée de la maison. Il prit le torchon et la serviette sur les crochets vissés à la poutrelle à l'arrière du cabanon, et enroula le torchon autour de sa tasse pour éviter qu'elle ne se casse. Il rangea les biberons de William et son lait en poudre sur le dessus, pour pouvoir les atteindre plus facilement. Avec le dernier paquet de biscuits et le café instantané juste à côté. Il regarda William, immobile et silencieux sur le lit. Il espérait que tout irait bien pour lui.

Mandy aurait su quoi faire. Comment faire baisser sa fièvre, comment le soigner. Elle aurait su s'il fallait prendre le risque de consulter un médecin. Il se l'imaginait, lui lançant un de ses regards cinglants et prenant le garçon dans ses bras, l'apaisant avec assurance. Elle lui manquait – et il méprisait cette part de lui-même qui aurait voulu lui pardonner, aujourd'hui encore, après cette trahison, en plus de toutes les autres.

Il commençait à faire jour. Il souleva la veste posée sur William, la jeta sur le carton et resta à observer l'enfant. Une pensée germa dans son esprit, une pensée monstrueuse qui fit rétrécir l'espace autour de lui. Le garçon ne bougeait plus. Depuis trop longtemps. Il s'agenouilla, écarta les draps de ses mains lentes et malhabiles, et le prit dans ses bras.

La tête de William retomba en arrière. Ses bras pendaient des deux côtés. Steve lui tapota le visage, souleva une de ses paupières, découvrant un œil vide, aveugle. Tenant le garçon contre lui, il hurla, terrifié, des cris indistincts devant l'éruption cutanée qui tachetait sa peau, ses membres flasques et insensibles, la beauté de son visage inanimé. Il était chaud, encore chaud, mais son corps inerte n'avait plus aucune force, aucun nerf, aucune vie.

Steve entendit un cri inouï qui devait venir de lui-même, de son propre corps. Il coucha le bébé sur le dos, essaya de le ramener à la vie, lui soufflant dans la bouche, essayant de lui faire un massage cardiaque, ne s'arrêtant que pour reprendre lui-même sa respiration, une fois tout espoir vaincu. Il le berça, appuyant la tête de l'enfant sur son épaule. Mais jamais plus les bras de William ne se lèveraient vers lui. Son corps se faisait lourd, à présent – réduit à un poids mort.

Plus tard, Steve entendit un bruit à la porte : des coups qui s'arrêtaient, puis reprenaient de plus belle. Il ne savait pas ce que ça pouvait être. Plus rien n'avait de sens au-delà des quatre murs du cabanon. Il n'y avait plus d'avenir. Plus rien, ni personne. Il faisait les cent pas en serrant William contre lui, chuchotant à son oreille des mots apaisants. Il savait que le garçon n'ouvrirait plus les yeux, mais c'était trop intolérable.

Le soleil perçait à travers les trous des planches de bois. Les coups à la porte s'intensifièrent. Doucement, avec précaution, il déposa le corps de l'enfant sur le lit et se dirigea vers elle.

46

Sydney, 1967

Joe entra chez Mandy par la porte de son jardin. Il referma à clé derrière lui, glissa le trousseau dans sa poche et se tint un moment immobile, se recueillant dans cette pièce d'où émanait encore sa présence. Ses affaires toujours disposées au bon endroit. Ses sabots de jardinage près de la porte, qui avaient gardé la trace de sa posture, un pied devant l'autre. Son tablier sur le crochet, ses casseroles et ses poêles sur le séchoir à vaisselle. Un mégot de cigarette dans le cendrier, fumé jusqu'au filtre. On pouvait presque se convaincre qu'elle venait à peine de sortir faire quelques courses.

Il traversa la maison, visita les chambres, caressa ses serviettes dans la salle de bains, s'assit un moment sur une chaise où il trouva un journal aux mots croisés à moitié faits. Il examina les cases qu'elle avait remplies, la façon dont ses lettres s'espaçaient. Il n'avait jamais vu son écriture auparavant. Il y avait tant de choses qu'ils ignoraient encore l'un de l'autre.

Sa gueule de bois était terrible. Il avait besoin d'une sacrée dose de whisky, ces jours-ci, pour arrêter les tremblements, atténuer sa douleur et ses regrets. Il se languissait de l'ébriété. De la perte de conscience. Il avait bu de la vodka une ou deux fois, le matin, avant de se rendre le travail. Il n'y avait pris aucun plaisir, mais ce n'était pas le but. Il retrouvait son père en lui, buvant ainsi à la bouteille avant de la cacher derrière la plomberie, dans le placard sous l'évier. Il n'y avait plus personne à la maison pour tomber dessus, mais il avait ça dans le sang, ce réflexe hypocrite, prudent et habile. Ces stratagèmes d'alcoolo. Il s'était battu contre ça toute sa vie. En pure perte.

Dans la chambre, l'absence de Mandy lui parut soudain criante. Il retira ses chaussures, s'allongea sur le lit et fit glisser son oreiller sur son visage. Il avait conservé un peu de son odeur, celle du savon à la vanille qu'elle utilisait. Ses mains se refermèrent sur l'oreiller et il y enfonça son visage, laissant échapper un glapissement douloureux, étranglé. Comme un pleur avorté. Tout ce qu'il aurait voulu, c'était réparer ses erreurs et la reconquérir.

Il se glissa sous les draps. Au réveil, la lumière avait bougé, tapissant la pièce d'ombres. Il se leva et refit le lit, rembourra les oreillers. Il sortit un chemisier de l'armoire de Mandy, mais n'y trouva qu'une odeur de fer à repasser. Il joua avec la brosse à cheveux sur sa commode, retira le capuchon d'un bâton de rouge à lèvres brunâtre, qu'il fit glisser sur son poignet. Dans un tiroir, il reconnut le foulard rose qu'elle nouait parfois sur ses cheveux. Il l'enroula autour de sa main.

Il se délectait de sa tristesse, se remémorant la caresse de ses cheveux, son regard tourné vers lui.

Puis il rangea le foulard dans son tiroir. Ne pas garder de souvenir. Louisa allait rentrer d'un jour à l'autre. Il fallait qu'il remette les pieds sur terre. Il ne pouvait pas divorcer, pas maintenant. Il devait essayer d'être un mari convenable. Certains jours, il pensait pouvoir y arriver. Il se disait que l'amour de Louisa le réconforterait. Et qu'en s'efforçant de l'aimer en retour il parviendrait peut-être à expier tout ça. Parfois, il se disait aussi que passer le restant de sa vie avec la mauvaise personne risquait de le tuer.

De retour dans la cuisine, il s'immobilisa à nouveau près de la porte du jardin pour jeter un dernier regard sur la pièce. Il avait déjà glissé la clé dans la serrure quand il remarqua la montre de Mandy posée sur le comptoir, entourant la salière et le poivrier. Il la ramassa, se souvenant du jour où elle l'avait portée dans l'eau, quand il l'avait suivie à la plage. Cela resterait le moment le plus tendre, le plus doux entre eux. Si seulement il l'avait su.

Il glissa la montre dans sa poche et verrouilla la porte derrière lui en sortant.

47

Sydney, 1997

Un ciel de pluie sombre, étouffant, recouvre Agnes Bay et sa plage déserte, crachant sur l'océan. Isla avance dans l'eau, se réjouit de sa violence froide, de l'insistance de la houle. Elle nage à travers les vagues qui montent et l'entraînent, retournent son corps, la poussent en arrière et la tirent à nouveau. Elle n'a pas peur. Elle halète, bataille contre la mer, la défie. Par deux fois, les remous la projettent sur le rivage ; et par deux fois elle y retourne en s'enlisant. Au bout d'un moment, elle cesse de penser. Elle ignore combien de temps ça lui a pris, mais elle ne connaît finalement plus rien d'autre que la douleur de ses membres, sa lutte contre le ressac.

La puissance du courant la surprend. Une peur froide, acérée. Brutale. Elle s'est éloignée de la plage, plus qu'elle ne l'imaginait, et s'approche de la pointe rocheuse qui sépare la baie du large. Ses jambes cèdent, impotentes face à la traction de profondeurs implacables. Ça la tuera si elle se débat. Elle y perdra ce qui lui reste de force et se noiera. Elle le sait depuis l'enfance. Ne jamais nager à contre-courant. Ne pas paniquer. Essayer de flotter. Et comme tous les autres enfants de sa classe, elle savait que, si ça lui arrivait, elle paniquerait – qu'elle se débattrait et en mourrait. Elle voit le ciel et songe que, non, ce n'est pas cela qu'elle désire. Pas comme ça.

Sa tête s'enfonce sous l'eau. Elle s'attend à ce que son corps se déchire sur les rochers. À ce que son crâne se brise. Elle refait surface, parvient à avaler de l'air, s'enfonce à nouveau et se dit qu'elle doit être morte à présent. Elle a la froideur d'un cadavre. Les couleurs de la mort sont atroces – du vert et du rose, du jaune et du marron. Elles glissent devant ses yeux en des formes visqueuses et vrillées, lourdes, dégoulinantes. Des pétales gras et épais comme des langues.

Isla ne sait pas à quel moment le courant l'abandonne. Vague après vague, la lame de fond l'enveloppe, la fait tournoyer, la retourne, l'écrase. Elle renonce. Son esprit ne tient plus. Dans la profondeur de l'océan, au-delà du point de rupture de sa conscience, elle aperçoit une pièce dans l'obscurité. Sa mère se tient sur le lit, son père est debout. Ils se battent. Elle voit sa mère replier ses jambes, placer ses pieds contre la poitrine de son père. Elle sent la puissance de la détente des pieds. Cette vague d'énergie latente qui dormait en elle, emprisonnée depuis trente ans au fin fond de sa mémoire.

Ses pieds cognent contre le courant. De toutes ses dernières forces. Elle refait surface, roule sur le dos, se propulse à nouveau. Son esprit est à bout, mais un instinct de survie électrise son corps, encore jeune et puissant. Elle agite les jambes dans un mouvement de rage, encore et encore, jusqu'à ce que son pied effleure le sable. Puis son genou, son coude. Elle s'allonge sur le rivage et le ciel s'éclaircit au-dessus d'elle, la pluie cesse. Ses poumons se contractent. Elle tousse, a la nausée, ouvre les yeux.

La plage s'étend, immense, devant elle. Elle vomit de l'eau salée, se traîne sur le sable sec et ressent de nouveaux haut-le-cœur. Au bord de l'eau, à quelques mètres de là, elle voit ses chaussures en toile, sa serviette entièrement trempée mais intacte. Une mouette atterrit à ses pieds et ramasse un crabe mort. Elle essaie de se redresser, mais ses jambes se dérobent. Sa tête retombe lourdement sur le sable. Le soleil lui brûle les yeux. Elle reste allongée, à tousser en frissonnant. La mouette se pavane, semblant la narguer.

Elle s'y reprend à trois fois pour attraper sa serviette. Ses mains n'ont aucune prise. Elle réussit finalement à la jeter sur son épaule. Elle ramasse ses chaussures, pour les laisser retomber aussitôt. Elles lui semblent trop lourdes, ses doigts échouent à se refermer dessus. Elle finit par les abandonner sur le sable. Au pied du sentier côtier, elle s'assied et rassemble ses forces. Elle scrute l'océan un long moment.

Le soleil se lève. La journée s'annonce clémente lorsqu'elle atteint le haut du sentier, où les arbres à thé rejoignent les arrière-cours du côté de Bay Street donnant sur l'océan. À l'arrière de sa maison, Carol Taylor verse de l'eau sur ses meubles de jardin. Elle se fige à la vue d'Isla et plaque ses mains sur son visage.

« Isla, mon Dieu ! Tu n'es pas allée te baigner là-dedans, quand même ? »

Isla capte ses paroles, mais ne répond rien. Elle ne supporte plus la vue de Carol, avec sa chemise et son pantalon beiges. La personnalité vive et magnétique de Mandy lui manque. Le genre de femme à ne pas passer inaperçue.

« Ça va bien, ma chérie ? » s'inquiète Carol.

Isla acquiesce et regarde derrière Carol, vers sa cuisine, celle où Mandy s'asseyait pour manger des crevettes trempées dans du vinaigre, le nez pelé par les coups de soleil. Isla sait désormais que Mandy a disparu de sa vie, un beau jour, sans crier gare, et que personne n'a plus jamais parlé d'elle. Sa famille s'est construite sur ce besoin d'oublier. Ses parents y ont travaillé dur, s'efforçant de tirer un trait sur elle. Pour finir égoïstes, frustrés, désespérés. Et dire que derrière tout cela, il y avait Mandy.

Elle pousse la porte du jardin de ses parents et se fige sur le paillasson. Des voix s'élèvent dans le salon. Elle se rend dans la salle de bains et retire les algues de ses cheveux, brosse le sable qui lui colle à la peau. Elle sort une serviette propre dé l'armoire à linge.

« Tu l'avais donnée à la police ? tonne la voix de son père. Tu voulais que j'aille en taule ou quoi ? »

Isla retourne dans le couloir, pousse la porte du salon et trouve ses parents, face à face – son père debout, sa mère sur le canapé. La pièce, embuée par la fumée, semble déborder de tasses à café sales et de cendriers. Sur la table basse, à côté d'une pile d'assiettes sales, se trouve la montre de Mandy.

Isla se tient dans l'embrasure de la porte. Elle enroule la serviette autour d'elle.

« Qu'est-ce qui se passe ? »

Louisa tourne les yeux vers elle. « Tout va bien, Isla ?

— Ça va. »

Elle se lève. « Tu es sûre ? Tu as une mine affreuse. Tes lèvres sont toutes bleues.

— Je vais bien, Maman. » Elle fait signe à sa mère de s'asseoir et la rejoint sur le canapé. Son père a l'air frêle et lessivé dans son bleu de travail, les manches déboutonnées au niveau des poignets. Il paraît nerveux, à cran, à mi-chemin entre l'ivresse et la gueule de bois. « Qu'est-ce qui se passe ? » se demande-t-elle.

Joe pointe son doigt vers la montre. « Ta mère voulait me faire mettre en prison. Elle a donné ça aux flics...

— Je sais, coupe Isla. Maman voulait que la police l'ait, au cas où ce serait important. »

Joe se gratte le menton. Il hoche la tête, lentement. « Vous étiez toutes les deux dans le coup, alors ? »

Isla s'apprête à parler, mais des frissons la reprennent, sa mâchoire tremble bruyamment. Elle fait un petit signe de tête.

« La police a rendu la montre, dit Louisa d'une voix posée, les mains jointes entre ses genoux. Ils ont fait tous leurs tests ADN et ils ne peuvent pas prouver qu'elle appartenait à Mandy.

— Dommage, hein ? persifle Joe en regardant alternativement Isla et Louisa. Ça a sabordé tout votre plan. »

Isla se frotte les bras. Ses doigts retrouvent une sensibilité douloureuse.

« Pourquoi tu es revenue, Louisa ?

— Je me suis dit que tu voudrais récupérer la montre. Qu'elle devait te manquer.

— Tu n'avais pas besoin d'attendre que je rentre.

— Je voulais te voir.

— Pourquoi ? Pour me ridiculiser ? » Il lui postillonne dessus. « Tu voulais me provoquer ? C'est ça ? »

Louisa se lève et contourne la table basse.

« J'ai quelque chose à te dire.

— Eh bien, quoi ? »

Elle se tient droit devant lui, le menton levé, les épaules en arrière.

« Je t'ai aimé. Très longtemps. »

Il tressaille, comme si elle venait de le gifler.

« Pendant des décennies, poursuit-elle. J'ai tout abandonné pour venir vivre ici avec toi. Et je suis revenue après t'avoir quitté, parce que tu m'avais promis de changer. Tu disais que tu ne pouvais pas vivre sans moi. Tu te souviens de ce mensonge ? »

Il prend une longue inspiration pour répondre, mais elle se rapproche de lui.

« N'essaie même pas de le nier. Pas maintenant. »

Il recule.

« Je veux te l'entendre dire ! crie Louisa en lui poussant l'épaule du plat de la main. Je sais que tu ne vas pas me dire ce que tu as fait avec Mandy, ni où elle se trouve. Mais je veux que tu admettes avoir menti pour nous faire revenir ici. Et que tu as tout fait pour que je culpabilise d'avoir pris cet argent. D'avoir essayé de m'en sortir. »

Joe passe ses doigts sur les rides de son visage, creusant les sillons de son nez à sa bouche. Il hoche la tête.

« Dis-le ! » Louisa lui hurle dessus, à présent, le pousse en lui cognant le torse.

« C'est vrai », avoue-t-il à voix basse.

Louisa le bouscule à nouveau, des deux mains. Il vacille avant de s'effondrer sur le fauteuil derrière lui. Il lève les yeux vers elle, comme un moineau apeuré.

« C'est vrai, répète-t-il.

— Espèce de salaud. »

Louisa lui envoie un coup de pied dans les tibias, les bras raidis par la colère.

« Maman. » Isla bondit du canapé. Elle essaie de crier, mais le souffle lui manque. « Arrête ! »

Louisa se retourne. Les yeux secs, la poitrine haletante.

« Fiche-lui la paix », dit Isla. Un puissant bourdonnement vrombit à ses tympans. Elle s'entend à peine parler. « Je ne vais pas rester là à te regarder lui taper dessus. »

Louisa lisse sa robe, reprend sa respiration.

« C'est un menteur. Souviens-toi de ça. » Elle désigne la montre. « Et ça fait trente ans qu'il ment. »

Isla vacille. Tout son corps lui fait mal.

« Laisse-le tranquille.

— Viens avec moi, dit Louisa.

— Je crois que tu devrais nous laisser.

— Mais qu'est-ce qu'il te faut, Isla ? Quand vas-tu cesser de prendre sa défense ? »

Isla s'assied, à deux doigts de perdre conscience. Elle n'entend pas le claquement de la porte d'entrée, ni la voiture de sa mère qui s'éloigne de la maison.

48

Sydney, 1997

Le ferry de Manly est sur le point d'accoster au moment où Isla arrive à Circular Quay. Elle se fraie un chemin parmi la foule des banlieusards, des mères de famille et des touristes d'un jour. Un soleil froid fait miroiter la mer. L'opéra resplendit sur Bennelong Point. Elle lui tourne le dos, remonte Argyle Street et s'arrête au coin de George Street devant le poste de police. Les gratte-ciel de Sydney se dressent devant elle.

Elle passe plusieurs portes. À l'accueil, une femme flic enroule ses bras autour d'une pile de documents. Quelques-uns glissent au sol et elle se baisse pour les ramasser. Le téléphone se met à sonner à côté d'elle. Elle crie : « Je peux vous aider ?

— Je dois voir l'inspecteur Perry, dit Isla.

— C'est à quel sujet ?

— Amanda Mallory.

— Qui ça ? » Elle a de beaux cheveux roux qui se recourbent sous son menton. « Vous pouvez répéter ?

— Amanda… » Le téléphone se tait et Isla se rend compte qu'elle est en train de crier dans une salle d'attente vide. Elle baisse la voix. « C'est au sujet d'Amanda Mallory. Je pourrais parler à l'inspecteur Perry, s'il vous plaît ? »

La flic remonte les dossiers sur sa poitrine. « Un instant », dit-elle avant de les transporter dans un bureau, abandonnant Isla dans la salle d'attente. Par la porte ouverte, Isla aperçoit une série de placards à classeurs gris et un tableau de liège couvert de notes. Elle sent une odeur de cigarette et de soupe réchauffée. Elle a envie de vomir.

« Mademoiselle Green. » L'inspecteur Perry se tient devant elle, avec sa radio qui crachouille à sa ceinture. Sa moustache fraîchement taillée. « Que puis-je faire pour vous ?

— J'ai quelques questions à vous poser. On pourrait parler dans un endroit plus tranquille ? »

Il pousse une porte latérale et lui fait signe de le suivre. Ils passent devant d'autres tiroirs et cartons de documents, d'autres bureaux où les dossiers s'empilent. Au moins trois téléphones sonnent, chacun dans une tonalité différente. Il la conduit jusqu'à un grand bureau sans fenêtre et ferme la porte.

« Asseyez-vous, je vous prie », lâche-t-il sans lui adresser un regard.

Isla s'assied face à lui. Sur son large bureau d'acajou, à la marqueterie de cuir, trône un imposant téléphone noir. À l'autre bout, une montagne de papiers maintenue par des plateaux métalliques. Elle remarque que la chaise de l'inspecteur est plus haute que la sienne.

« Je voudrais vous poser quelques questions sur le corps, dit-elle. Celui qui a été trouvé sur la plage, ici, à Sydney, il y a trente ans.

— Oui. » Il ôte ses lunettes et les pose sur son bureau. « Eh bien ?

— C'était Mandy ? Ce corps – c'était bien le sien ?

— Non. Le corps retrouvé à Maroubra ne correspondait finalement pas à celui de Mme Mallory », dit-il avec une indifférence dont Isla se méfie. Il remet ses lunettes. « Elles avaient le même âge, la même taille. Le reste à l'avenant. À cela près que la femme dont on a retrouvé le cadavre avait accouché. » Il agite le doigt vers une fenêtre inexistante, comme si la plage de Maroubra était visible à travers le mur. « Le dossier médical de Mme Mallory indique qu'elle n'a jamais eu d'enfant.

— Pourquoi avoir appelé mon père, alors, en lui disant que vous aviez identifié son corps ?

— C'est qu'on a cru, sur le moment…

— Vous l'avez appelé avant de vérifier le dossier médical de Mandy.

— On a cru pouvoir accélérer l'enquête. »

Elle se penche en avant sur sa chaise. « Non. Vous vouliez lui faire peur. Vous saviez que ce n'était pas le corps de Mandy, mais vous espériez pouvoir lui soutirer des aveux de force.

— C'est une accusation grave, mademoiselle Green. » Il joue avec ses menottes. « Je peux vous assurer qu'il n'en est rien. »

La barre de néon clignote au plafond.

« Vous cherchez toujours un corps, alors ?

— Aucun des dossiers en Nouvelle-Galles du Sud ne correspond.

— Qu'est-ce que ça veut dire ? »

Il sourit, comme devant une élève un peu trop lente à comprendre.

« Ça veut dire qu'on classe l'affaire. »

Elle reste un instant sans voix. L'inspecteur Perry se cale au fond de son fauteuil.

« Vous n'avez pas lancé de recherches hors de la Nouvelle-Galles du Sud ?

— Ce serait inutile.

— Sa famille ne veut pas que l'enquête se poursuive ? Et son mari ?

— M. Mallory pense que sa femme est vivante. »

Elle rit. Elle ne saurait dire quel sentiment domine en elle. Le soulagement, la stupéfaction ou autre chose. Affaire classée. Elle peut sauter dans un avion et reprendre sa vie.

« Steve croit Mandy vivante ?

— Il a fait une déclaration en ce sens.

— Quand ça ?

— Il y a quelques jours. Il a contacté le commissariat avec de nouvelles informations. Il semble que Mme Mallory ait retiré des fonds d'une succursale de la Commonwealth Bank de Sydney, au début de l'année 1968, peu après la vente de leur maison. Elle a prélevé une somme importante en liquide. Nous avons vérifié les registres de la banque. Le montant correspond.

— Comment savez-vous que c'était Mandy ?

— Steve avait déménagé. Il n'a jamais remis les pieds à Sydney. »

Isla soupçonne que le détachement de l'inspecteur Perry est feint. Quelque chose d'aigu filtre à travers son désintérêt las. Elle repense à Steve au bord des larmes, l'autre jour, à Ropes Crossing, lui assurant que Mandy était morte.

« Pourquoi Steve n'en a-t-il pas parlé plus tôt ? Il semble avoir modifié sa déposition.

— Mademoiselle Green, je ne suis pas sûr que vous compreniez. C'est fini. Votre père est mis hors de cause. Je suis reconnaissant à votre famille de sa coopération. Je sais que ça n'a pas été facile. »

Le néon cliquette et bourdonne. Isla fixe la tour de paperasse sur le bureau d'acajou orné de cuir.

« Ça a été un soulagement pour la famille de Mme Mallory. Pour ses frères. Ils ont accepté l'idée qu'elle avait choisi de ne pas être retrouvée. » Il étend les bras sur toute la largeur de son bureau. « Je suis sûr que votre mère y trouvera une source d'apaisement. J'ai entendu dire que l'enquête de police l'avait bouleversée.

— Comment savez-vous cela ?

— M. Mallory a contacté le commissariat, comme je vous l'ai dit. Il a mentionné votre visite sur son lieu de travail. Il était navré d'apprendre la détresse de votre mère.

— Je vois. »

Il lisse sa moustache du bout des doigts. « Avec l'argent qu'elle a retiré, Mme Mallory pourrait très bien avoir quitté le pays. » Il le dit d'un ton enjoué, en souriant, comme si de rien n'était. « Elle a pu s'installer à l'étranger, changer de nom. Je suis sûr qu'elle vit pleinement sa vie, où qu'elle se trouve. »

Isla acquiesce. C'est terminé. Elle se sent submergée.

La radio du flic se réveille, crachotant à sa ceinture.

« Je vais vous raccompagner vers la sortie, mademoiselle Green. »

Isla se lève, repousse sa chaise. La radio se tait.

« Je saurai la trouver toute seule. »

49

Sydney, 1997

Andrea fait signe à Isla depuis la plage. Elle a l'air radieuse, même à cette distance, avançant à la lisière de l'eau dans ses bottes en caoutchouc et son jean coupé, les cheveux attachés. Son fils court à ses côtés sur le sable humide. Isla lui répond de la main, la salue en criant, même si, honnêtement, elle espérait avoir la plage pour elle seule. Il est encore trop tôt pour les échanges de banalités, pour des questions sur les parents d'Isla, dont les réponses seront transmises à ceux d'Andrea, ou pour entendre parler de sa vie de rêve. Elle veut marcher, réfléchir, profiter du matin d'hiver et du soleil qui se lève à l'horizon.

« Je ne savais pas que tu étais restée, dit Andrea en criant contre le vent.

— Je n'en avais pas l'intention. » Isla se tient à ses côtés et contemple l'océan. « Je pars la semaine prochaine. Je retourne au boulot. Mon patron a déjà rempli mon emploi du temps.

— Tu es contente ?

— Je ne sais pas trop. » Elle plante ses talons dans le sable. « J'imagine que je ne peux pas éternellement mettre ma vie en stand-by. »

Andrea laisse de l'écume déferler sur ses bottes. « J'ai été heureuse d'apprendre que Mme Mallory est vivante et en bonne santé.

— Je sais. C'est un soulagement. »

Isla sourit. Ça l'apaise de respirer l'air iodé, de se dire que la vie peut être aussi simple que ça. Elle est vivante et bien portante. Elle se pose moins de questions.

« Je me suis rendue directement au commissariat, quand j'ai entendu ce que les gens racontaient, dit Andrea. J'ai dit à Ray : je sais que je n'étais qu'une enfant, mais j'étais tout le temps sur mon vélo, dans la rue. J'ai remarqué des choses, vous savez ? »

Isla se tourne vers elle. « Qui est Ray ?

— Eh bien, le flic. Ray Perry. L'inspecteur Perry, comme il se fait appeler aujourd'hui. » Elle se penche vers son fils, dont elle essuie le nez avec un mouchoir usagé. « Mes parents le connaissent depuis un bail. Il travaillait déjà dans le quartier quand ils sont arrivés ici.

— C'est le flic qui s'occupe de l'affaire de Mandy ? »

Andrea fait oui de la tête. « Je sais qu'il était aussi choqué que nous tous de penser que quelque chose aurait pu lui arriver. C'est pour ça qu'il s'est mis sur l'affaire. Normalement, il n'aurait pas dû faire l'enquête lui-même. »

Isla dévisage Andrea. Une mouette crie dans le ciel.

« Il connaissait les Mallory, à l'époque ?

— Oui. Ray était le boss de Steve, dit Andrea. D'ailleurs, il paraît que Steve est dans un sale état depuis qu'il a quitté la police. Il a fait une dépression, il a même passé un peu de temps dans une unité psychiatrique, dans les années 1970. » Une moue navrée se dessine sur son visage. « D'après Ray, il ne s'est jamais remis de la séparation. » Elle s'accroupit pour attraper une coquille d'ormeau ébréchée que lui tend son fils. « C'est joli, dit-elle en la retournant pour en observer les couleurs. C'est un très beau coquillage, mon amour.

— Qu'est-ce que tu avais remarqué ? » demande Isla. Elle regarde le garçon partir en courant sur la plage, les jambes raides dans ses bottes rouges. « Tu as dit que tu avais remarqué des choses, quand tu étais sur ton vélo. C'était quoi ? Je n'arrive pas à me sortir de la tête l'idée que Mandy puisse être morte. »

Andrea se redresse. « J'ai vu Mandy partir, dit-elle. Pour refaire sa vie. Je l'ai vue.

— Quand ça ?

— Quelques jours avant mon anniversaire, en mars. Je me souviens que c'était tôt le matin et que j'étais seule devant la maison. J'ai vu Mandy sur le trottoir. Elle m'a fait un signe.

— C'était en 1967 ?

— C'est ça. Quelques jours après que Steve Mallory avait fichu le camp dans son gros camion vert, en abandonnant sa femme en plein milieu de la rue. Agnes Bay en a fait des gorges chaudes pendant un moment.

— Mais Mandy est vraiment partie, ce jour-là ? Tu en es sûre ?

— Oui. Je suis restée avec elle sur le trottoir, on a bavardé en attendant son taxi. Elle a dit qu'elle allait à Marlo.

— Marlo ? Où est-ce que c'est ?

— Aucune idée. » Andrea haussa les épaules, balayant une mèche de cheveux devant son visage. « Elle n'avait pas l'air bien, je m'en souviens. Elle était un peu triste, tu vois ? Mais elle disait que tout irait bien quand elle arriverait à Marlo.

— Marlo... Ça me dit quelque chose. » Isla regarde la mer. « Mais pourquoi ?

— Sûrement parce que c'est le nom que j'ai donné à mon chat, juste après. Tu t'en souviens ? Le petit roux ? On l'a gardé pendant des années.

— Ah, oui. Bien sûr.

— Je l'ai eu comme cadeau d'anniversaire pour mes dix ans, cette année-là. C'est pour ça que ce souvenir m'est resté, j'imagine.

— Et tu es sûre que les flics sont au courant ?

— Je suis allée au commissariat pour parler à Ray, après l'anniversaire de ton père. Il y a eu quelques ragots ce jour-là, une fois que tout le monde avait un peu bu. J'ai donc dit à Ray que c'était moi qui avais vu Mme Mallory en dernier. Pas Joe Green. »

Isla penche les épaules en avant. Le vent souffle plus fort.

« Pourtant, les flics ont continué à traiter mon père comme le principal suspect pendant des semaines, après ça.

— Vraiment ?

— Ils n'ont jamais dit que tu avais vu Mandy partir.

— Peut-être parce que j'étais une enfant à l'époque. Ils ont dû penser que je me trompais.

— Peut-être, oui. » Une vague recouvre les pieds d'Isla, qui recule vers le sable sec. « Tu te souviens de Steve Mallory ?

— Évidemment, il me faisait tellement peur.

— Ah oui ?

— Tous les enfants le craignaient. Tu ne t'en souviens pas ? »

Elle détourne le regard, distraite par son fils et par l'arrivée d'un épagneul breton mouillé, qui joue alentour.

« Si, je m'en souviens, dit Isla. Pourquoi tu crois qu'on avait peur de lui ?

— On s'imaginait tous qu'il allait nous emporter dans son camion. »

L'épagneul court jusqu'au bout de la baie, d'où son propriétaire avance vers elles en agitant un bâton.

« Ma mère disait qu'il ne prenait pas les enfants de bonne famille.

— Ah oui ? » Isla se dit que ça pourrait être drôle si ce n'était pas si indiciblement triste.

Andrea s'élance et attrape son fils, quelques secondes avant le retour de l'épagneul, plus rapide et dégoulinant qu'auparavant.

« On ne peut pas les quitter des yeux, hein ? Pas un seul instant. »

Le garçon râle dans les bras d'Andrea.

Isla sourit et tape du pied sur le sable.

« On va devoir rentrer. Bonne chance à Londres, si on ne se revoit pas. » Andrea se détourne, son gamin gémissant sur sa hanche.

Isla marche sur toute la longueur de la baie, fait halte un moment sur les roches plates, au pied du promontoire. Puis elle revient, la tête baissée face au vent, les mains enfoncées dans ses poches. Elle laisse l'eau s'infiltrer dans ses bottes. Elle sent le sable et le sel sur sa peau, dans ses cheveux. Le soleil se lève dans le ciel.

50

Sydney, 1997

« L'inspecteur Perry ne peut pas vous recevoir pour le moment, lance la femme flic depuis l'autre bout de la salle d'attente. Désolée.

— Je peux patienter, dit Isla.

— Je pense qu'il en a pour un moment.

— J'ai toute la journée. C'est important.

— C'est au sujet de Mme Mallory ? » Le téléphone sonne sur le bureau à côté d'elle. Elle décroche et raccroche le combiné d'un même geste. « Vous étiez ici pour son affaire la semaine dernière.

— C'est bien ça. » Isla la reconnaît. Ses cheveux roux ondulés. Son air d'exaspération à peine voilé.

« L'enquête a été classée sans suite, dit la flic. Je suis tombée dessus tout à l'heure. On a compilé toutes nos affaires classées sur une base de données informatique. »

Isla lui tend la main. La flic hésite. Son regard s'attarde sur les cheveux d'Isla, décoiffés par le vent.

« Isla Green, dit-elle.

— Sergent Karen Dent. » Elle serre la main d'Isla. « Je doute de pouvoir vous renseigner.

— Pas de souci. En fait, c'est moi qui vais pouvoir vous aider. »

Le sergent Dent sourit. « Comment cela ?

— Je ne crois pas que Mme Mallory soit vivante. »

Son sourire s'efface. « Pourquoi donc ?

— Elle a suivi son mari dans le Sud, une semaine environ après son départ. Dans un endroit appelé Marlo, dans le Victoria. J'en ai parlé à mon père tout à l'heure. Il se souvient que les Mallory y avaient une cabane de plage.

— Ah, oui ? » La flic hausse les sourcils. « Est-ce qu'il prétend avoir vu Mme Mallory partir ?

— Non. Mais ma voisine, oui. Elle a parlé à Mandy pendant qu'elle attendait son taxi. »

Le sergent Dent opine du chef. « Une femme prénommée Andrea ? Qui devait avoir neuf ou dix ans à l'époque ?

— Tout à fait. »

La flic prend une grande inspiration, comme pour signifier son agacement.

« Je ne pense pas qu'elle puisse se souvenir de la date exacte où elle a vu Mme Mallory.

— C'était quelques jours avant son dixième anniversaire. Ça réduit le champ des possibles, non ?

— Parce que vous vous souvenez des jours précédant votre dixième anniversaire, vous ? »

Isla s'appuie sur le bureau pour soulager ses jambes lourdes. Ses orteils pataugent toujours dans ses bottes qui ont pris l'eau. « Mandy a dit à Andrea qu'elle allait à Marlo. Quelques jours plus tard, Andrea a eu un chaton pour son dixième anniversaire, et l'a appelé Marlo. Elle a dû garder ce chat pendant une vingtaine d'années.

— Je ne crois pas que notre dossier fasse mention d'un chat. »

Isla regarde la flic avec insistance, jusqu'à ce qu'elle cesse de la prendre de haut. « Autrement dit, vous ne recevez pas le témoignage d'Andrea ?

— Nous avons la preuve que Mme Mallory est vivante. Qu'elle se soit rendue à Marlo ou ailleurs n'a plus la moindre importance.

— Selon vous, Mandy a donc bien retiré cet argent de la Commonwealth Bank en 1968 ?

— Je n'ai aucune raison d'en douter.

— Vous avez vérifié par vous-même ?

— Non. » Le sergent Dent commence à trépigner. « Mandy n'a pas pu retirer cet argent.

— Qu'est-ce qui vous fait croire ça ?

— Elle n'avait pas de travail. Elle n'avait pas d'argent à elle. Et il est fort peu probable qu'elle ait pu avoir accès au compte bancaire de son mari. » Isla se redresse. Elle songe à sa mère, debout sous la pluie. « Je pense que Steve Mallory ment.

— L'affaire est classée. » Sa voix trahit comme une hésitation. Le début d'un soupçon.

« Je ne doute pas que votre dossier soit très complet, dit Isla. Je suis sûre qu'il y a une trace de ce retrait. Et une confirmation de la banque qu'il s'agissait d'un compte commun. »

Le sergent Dent serre la mâchoire. Le téléphone sonne dans le bureau derrière elle. Quelqu'un rit.

« Vous voulez que je vous dise ce que j'ai trouvé d'intéressant, dans les documents concernant Mme Mallory ? » Elle range une mèche de cheveux derrière son oreille. « J'ai retranscrit l'interrogatoire de votre père qui a eu lieu il y a quelques semaines, après la découverte d'un corps qui semblait correspondre au profil de Mme Mallory.

— Sauf que ce n'était pas elle, rétorque Isla.

— Mais vous êtes au courant de cet interrogatoire ?

— Bien sûr.

— Et savez-vous qu'avant que son avocat n'intervienne, votre père a admis avoir eu des pertes de mémoire dues à sa consommation d'alcool, au moment de la disparition de Mme Mallory ? Et il n'était plus si sûr, après mûre réflexion, qu'elle ait rejoint son mari dans le Victoria. »

Isla fait un signe de tête. Une vague de peur la traverse.

« En revanche, il se souvient de s'être rendu chez Mme Mallory, après le départ de son mari. Il admet avoir mal vécu son désintérêt pour lui. Et avoir récupéré un double des clés, dont il a fait usage pour entrer chez elle par effraction. »

Isla s'éloigne du bureau.

« J'imagine que votre père ne vous a pas parlé de ça. »

Isla secoue négativement la tête.

« Son avocat l'a interrompu, bien sûr. Il n'est pas passé aux aveux. Et l'absence de corps le rendrait difficile à écrouer. » Elle penche la tête sur le côté. « Tout va bien, mademoiselle Green ? »

Isla sent le mouvement des vagues qui la soulèvent et la tirent vers le bas. Elle a besoin de s'allonger.

« Je peux vous offrir un verre d'eau ?

— Non, merci. » Elle attend que la pièce cesse de tanguer, plaque ses mains sur le bureau. « Je crois que vous devriez rouvrir l'affaire.

— Votre père resterait le principal suspect, dans ce cas.

— Je ne suis pas venue ici parce que je pense que mon père est innocent. Je suis venue parce qu'une femme est morte. »

Le sergent Dent fronce les sourcils. Isla tape du pied dans ses bottes humides. Elle retrouve un peu l'équilibre.

« On doit aussi prendre en considération les ressources dont on dispose, dit la flic. On aurait besoin de réaffecter du personnel.

— Du coup, vous pourriez peut-être trouver quelqu'un qui ne soit pas un ancien copain de Steve Mallory pour mener l'enquête. »

La peau de la flic rougit au niveau du cou. « Pardon ?

— Je crois que vous m'avez bien entendue. »

La rougeur s'étend sur son visage. « Je crains de devoir retourner à mon poste.

— Vous allez rouvrir l'affaire ?

— C'est peu probable. » Elle s'éloigne du bureau. « Peut-être qu'il est temps de passer à autre chose, mademoiselle Green. Ça vaudrait mieux pour tout le monde. »

Isla laisse la porte claquer derrière elle en sortant. Elle atterrit sur George Street et se dirige vers le centre-ville, tournant le dos au pont de la baie de Sydney.

La tour d'Australia Square domine la rue, avec son esplanade remplie d'employés de bureau, de clients, de touristes et de résidents des appartements de luxe au-dessus du centre commercial. Depuis les derniers étages, on peut voir l'ensemble de la ville – une vue imprenable, lui avait dit son père à l'époque où il dirigeait la construction de ce bâtiment qui s'annonçait comme le plus haut de Sydney. Isla se souvient de la cérémonie d'inauguration : son père était venu la chercher à l'école et elle se tenait à ses côtés sur cette esplanade, à l'ombre de la tour. Le maire avait coupé un ruban et évoqué le peuple des Eoras, qui vivait ici autrefois. Avant qu'il n'y ait des bâtiments, des rues, des voitures. Seul un petit nombre d'entre eux a survécu, avait-il dit. Ça avait suscité quelques remous parmi la foule. Un silence gênant. Elle ignore pourquoi ce souvenir lui est resté.

Elle passe devant des tables aux larges parasols, où des gens dégustent des sushis et des calamars, boivent du vin blanc, rient. Elle poursuit sa marche.

51

Victoria, 1967

Il n'aurait pas dû laisser Mandy prendre le petit. Elle n'arrêtait pas de chialer et de hurler, de taper du poing contre le plancher, assise par terre, le corps de William étendu sur ses genoux. Steve n'éprouvait plus rien. La présence de Mandy l'irritait, alors qu'elle aurait dû le réconforter. Bon Dieu, si elle pouvait enfin fermer sa gueule.

« J'aurais dû venir plus tôt. » Elle replia les genoux et ramena le petit corps de William contre sa poitrine. « Il y a trois bus par semaine. J'aurais dû partir jeudi. Je ne sais pas pourquoi j'ai attendu. »

Steve ouvrit le rideau et regarda vers l'extérieur. Des vagues sombres et basses venaient du sud-ouest. Il savait leur force d'attraction. La rivière se battait contre le courant, non loin de la rive. Aucun surfeur ne risquerait sa peau par ici.

« Il est tombé malade jeudi, dit-il.

— Vraiment ?

— Le jour où la police est venue. »

— Quoi ?

— Tu m'as entendue. » Il laissa retomber le rideau.

« Quand est-ce que c'est arrivé ? Quand est-ce qu'il est... » Elle s'étrangla.

« Il respirait bien quand je me suis couché hier soir. » Il ne la regardait pas. « J'allais toujours le voir avant de me mettre au lit.

— Je sais. »

Il se força à faire sortir les mots de sa bouche. « Il a dû mourir dans la nuit. Au petit matin. »

Elle se releva et allongea le petit sur le lit. « Je voulais le tenir à nouveau dans mes bras. Je voulais te demander de me pardonner, de me laisser rester avec toi. »

Il secoua la tête. « Recouvre-le. »

Elle hésita, enfouit son visage dans ses mains. Puis elle tira le drap sur William et le lissa, caressant le petit renflement de sa tête.

« Qu'avons-nous fait ? » Elle se tourna vers lui. « Steve, qu'avons-nous fait ? On devait lui donner une vie heureuse.

— Arrête, cria-t-il. Tais-toi ! Il serait encore en vie sans toi.

— Qu'est-ce que tu as dit ?

— J'ai dit qu'il serait encore vivant si tu n'avais pas été là. J'aurais pu l'emmener chez un médecin si tu n'étais pas allée voir la police. »

Des embruns marins cognaient contre la fenêtre derrière lui. Il s'approcha d'elle.

« Steve. Je ne suis pas allée voir la police.

— Arrête de mentir.

— Mais je ne mens pas ! »

Il détestait la voir ainsi, les yeux écarquillés et moqueurs, comme si elle le prenait pour un con.

« Un flic est venu ici. » Il fit un geste vers la porte. « Il voulait l'emmener et puis il m'a dit… » Il la vit tressaillir tandis que sa voix s'élevait. « … Qu'ils avaient reçu un appel de Sydney. Quelqu'un a appelé depuis Sydney pour dire aux flics où on était.

— Ce n'était pas moi.

— Personne d'autre ne savait qu'on se trouvait ici, Mandy. C'est pas comme si c'était le premier endroit où nous chercher ! »

L'expression de Mandy changea d'un coup. « Oh, mon Dieu.

— Qu'est-ce qu'il y a ? »

Elle baissa le regard. « Mon Dieu.

— Quoi ? »

Elle se détourna et s'assit à côté du corps de William.

« Tu l'as dit à la police, Amanda ?

— Non. Mais il se peut que je l'aie dit à…

— Qui ?

— Personne. » Elle plaqua ses mains sur son visage. « Personne. Je m'embrouille. »

Il se tenait derrière elle. Elle était encore en train de lui mentir. Il attrapa une poignée de ses cheveux, lui tira la tête vers l'arrière pour voir son visage.

« À qui tu l'as dit ?

— Tu me fais mal. » Elle essayait de se dégager. « Lâche-moi, Steve. Qu'est-ce que tu fais ?

— Réponds à ma question. »

Elle se leva et lui fit face en lui saisissant le poignet.

« Je te répondrai quand tu m'auras lâchée, dit-elle entre ses dents. Pas avant. »

Il lui tira à nouveau les cheveux, avant de lâcher prise. La rage s'emparait de lui. Il s'approcha d'elle et la fit reculer. Il était prêt à exploser si elle prononçait son nom.

« Je crois que j'en ai parlé. » Elle le regardait avec un air de défi, sans chercher à s'excuser. « Je crois que j'ai dû en parler à Joe. »

Il avait déjà vu ce regard. Dans sa propre cuisine. Un regard lourd de trahison. Sans le moindre remords. Il aurait dû s'occuper d'elle à ce moment-là. Il la frappa au visage. Plus fort qu'il n'avait jamais cogné quiconque de sa vie. Sa tête s'envola et heurta le mur d'un coup sourd.

« Lève-toi. » Il se tenait au-dessus d'elle tandis qu'elle s'effondrait au sol. « Lève-toi, je t'ai dit. »

Elle gémit. Un grognement sourd et furieux. Elle n'avait toujours pas l'air de vouloir s'excuser. Elle rouvrit les yeux.

« Lève-toi, Mandy. »

Elle se hissa sur ses genoux. Du sang ruisselait de son nez. « Tu sais quoi, Steve ? » Elle se releva et dégagea les cheveux devant son visage. « Tu avais raison. T'es un vrai salaud. »

Il la frappa de toutes ses forces et elle s'écroula, sa tête s'écrasant contre la poutrelle. Elle essaya de se relever. Pendant une seconde, elle le regarda fixement. Fougueuse, impétueuse. Puis elle perdit pied, glissa sur le côté et s'affaissa. Il se mit à nouveau au-dessus d'elle.

« Tu n'as pas le droit de me parler comme ça ! » Il lui rugissait au visage, déversant toute sa rage, des années de rage qui inondaient son esprit et son corps. « Qu'est-ce qui te fait croire que tu peux me parler ainsi ? »

Elle poussa un gémissement.

« Tu m'entends, Amanda ? » Il lui décocha un coup de pied à la poitrine. Elle faisait toujours ça : elle ne lui répondait jamais quand il voulait lui parler, quand il avait besoin qu'elle l'écoute. Il n'arrivait jamais à capter son attention. « Tu vas m'écouter, bordel ? »

Elle ne répondit rien. Alors il la cogna plus fort, encore et encore. Il n'allait pas capituler, pas cette fois-ci. Il voulait se battre avec elle, mettre un terme à tout ça.

« Mandy ? »

Elle demeurait silencieuse, immobile. Il se redressa et reprit son souffle. Plus rien ne bougeait dans le cabanon. Il l'observa et beugla pour rompre le silence. Pour ne pas avoir à se dire que tout était fini.

« Mandy ! »

Il s'agenouilla près d'elle, repoussa les cheveux qui barraient son visage. La colère disparut pour faire place à une peur glaciale, écœurante. Elle avait les yeux mi-clos, les lèvres entrouvertes. Il approcha la bouche de Mandy de son oreille. Il se disait qu'elle était peut-être inconsciente. Elle respirait peut-être encore.

« Mand ? » Il prononça son nom avec douceur, la secoua lentement. Du sang coulait de son oreille, le long de son cou.

Steve se releva et tourna les talons, se retrouvant à faire les cent pas dans la cabane. Il ne voulait pas la regarder allongée là, la tête affaissée vers l'avant, le corps distordu. Une sueur froide le parcourut. Il se tourna vers le mur et cria qu'elle n'aurait pas dû le regarder comme ça. Qu'elle aurait dû lui montrer un peu de respect. Qu'elle l'avait poussé à bout, en venant le narguer.

Mais sa rage s'était évanouie. Il n'arrivait même plus à se souvenir de ce qu'elle lui avait dit.

Il s'étendit à côté d'elle. C'était Joe Green, la cause de tout ça. Il aurait dû s'en douter. Entendre son nom lui avait fait l'effet d'un électrochoc. Ça l'avait poussé à commettre cette chose atroce.

Il tenait la main de Mandy, dont le sang se répandait lentement sur le sol. Il ferma les yeux.

Le ciel s'assombrissait sur l'océan. Steve avançait sur la plage, le corps de William dans les bras. Des embruns lui fouettaient le visage. Il avait su que ça se terminerait ainsi, avant même l'arrivée de Mandy. La pensée lui était venue, claire comme de l'eau de roche. Comme un déchirement. Il avança vers les rochers, là où l'eau était profonde et le courant tourbillonnait. Puis il embrassa l'enfant, le glissa dans l'eau et le laissa partir.

Il ne hurla pas devant la forme sombre du corps de William qui disparaissait, emportée par les flots. Il tourna le dos à la mer, s'efforçant de tenir l'horreur à distance, de la repousser. Il n'en avait pas encore fini. Ses bottes glissaient sur les rochers. Il tomba, se releva et reprit sa marche, ignorant la douleur. Il avait une tâche à accomplir. Pas la peine de traîner. « On a du pain sur la planche, Steve. Ce n'est pas censé être facile. » Qui avait dit ça ? De retour sur la plage, une vague le frappa de côté, emportant les galets sur lesquels il marchait. Il allait galérer pour transporter son corps jusqu'aux rochers, avant que le courant ne s'empare d'elle. Il la voyait déjà dévorée par le courant. Elle qui n'avait jamais aimé l'eau.

Le vent emporta son hurlement et le propulsa en avant. Steve reprit sa marche, sans savoir s'il criait encore. Le plus dur, c'est qu'il s'en savait capable. Il accomplirait sa tâche. Il courut le long de la plage et alla retrouver sa femme dans le cabanon.

52

Nouvelle-Galles du Sud, 1997

Isla arrête le taxi devant le double garage de Scott. Il est sept heures et demie du matin, le quartier somnole encore. Des palmiers et des piliers sculptés. Pas un bruit. Elle est debout depuis cinq heures, à attendre le bon moment pour débarquer, pour l'intercepter avant qu'il ne parte – mais pas au point de l'irriter. Elle a répété ce qu'elle veut lui dire et comment. Son cœur galope sous le coup de la nervosité et de la caféine.

« Joli coin », commente le chauffeur.

Isla compte les billets. Elle sourit et acquiesce. La maison de Scott n'est pas la plus imposante de Bellevue Hill, mais quiconque connaît un peu la banlieue devine que sa véranda au deuxième étage offre une vue panoramique sur Rose Bay. On pourrait aussi imaginer une piscine, à l'arrière de sa maison, peut-être même un court de tennis. Ce qui est effectivement le cas.

Elle gravit les marches jusqu'à la porte d'entrée et sonne. Pendant une minute, elle n'obtient pas de réponse.

Puis une fenêtre s'ouvre en coulissant, au-dessus d'elle. Elle entend son nom depuis le balcon.

« Isla ? Qu'est-ce qui se passe ? »

Scott se penche sur la rampe d'acier du garde-corps, sa chemise ouverte, un verre de jus d'orange à la main.

« Tout va bien, dit-elle.

— Attends. Je descends. »

Il lui ouvre la porte et elle entre. À elle seule, l'entrée fait deux fois la superficie de son appartement londonien, avec des dalles de marbre blanc et un escalier en colimaçon qui mène aux étages supérieurs. Tout le mur en face d'elle est constitué de baies vitrées donnant sur la piscine.

« Tout va bien, répète-t-elle. Ça va. Vraiment. »

Il la regarde avec méfiance, le visage rasé de frais.

« Désolée de venir si tôt, dit-elle.

— Entre. Joins-toi à nous pour le petit déjeuner. Ruby est partie à Singapour, mais Maman est là.

— Je ne préfère pas.

— Qu'est-ce qui se passe ?

— Je dois retourner à Ropes Crossing. »

Il lève les yeux au ciel. « Pourquoi ?

— Il faut que je reparle à Steve Mallory.

— Je croyais que c'était terminé. Qu'on pouvait tous passer à autre chose.

— Je n'en ai pas fini. »

Il ferme les yeux, inspire profondément. « Maman a appelé ce flic, hier. Elle lui a parlé et il a dit que l'affaire était classée. Ils pensent qu'elle est vivante. » Il claque des doigts, cherchant son nom. « Mandy. Elle est vivante.

— J'ai entendu dire ça aussi, dit-elle. Mais c'est des conneries.

— Pour l'amour de Dieu, Isla. » Il traverse la pièce vers l'escalier, les manches de sa chemise déboutonnées. « Écoute, je ne peux pas te conduire là-bas, si c'est ce que tu espères.

— J'arrête pas d'y penser. » Elle le suit jusqu'au pied de l'escalier. « Je pense qu'ils ont classé l'affaire pour protéger Steve. »

Il la regarde comme si elle avait perdu la tête.

« Pourquoi tu ne laisses pas tomber ? Papa est tiré d'affaire. Mieux vaut s'en tenir à ça.

— Je ne crois pas. » Elle s'approche de lui. Il sent le savon, le déodorant et le shampoing. « Je rentre à Londres la semaine prochaine. Papa picole à mort. Maman l'a quitté. Et une femme que j'aimais quand j'étais gosse est morte.

— Rien de tout cela n'est ta faute. » Son visage s'adoucit. « Tu as l'air éclatée. Laisse-moi t'offrir un petit déjeuner, tu veux bien ?

— Je ne veux pas de petit déjeuner.

— Tu as bu ?

— Non. » Elle secoue la tête et le bourdonnement dans son oreille gauche s'interrompt. « Je suis sobre. Je te jure. »

Il pose un pied, en chaussette, sur la première marche.

« Je suis désolé, mais je ne peux pas t'aider. J'ai besoin de la voiture. J'ai des affaires à gérer. Des gens qui comptent sur moi. »

Derrière lui, à travers les immenses fenêtres, Isla voit sa mère se diriger vers la piscine, en pyjama de soie crème et robe de chambre assortie. Elle a une tasse de café à la main et marche lentement, les pieds nus.

« Pourquoi tu ne loues pas une voiture ? » Il boutonne sa chemise. « Je peux te déposer à l'agence de location, en ville. »

Isla observe sa mère qui déambule autour de la piscine, puis s'arrête pour lever les yeux vers la maison. Elle avait espéré que Scott ne ferait pas cette suggestion.

« Je ne peux pas louer de voiture, dit-elle.

— Pourquoi ?

— On m'a retiré mon permis, il y a un moment. »

Elle le dit d'une voix grave, qu'elle a répétée toute la matinée.

« On t'a retiré…

— Ne me fais pas la morale.

— Excès de vitesse ? »

Elle fixe le sol de marbre blanc qui semble s'ouvrir sous ses pieds, puis acquiesce.

« C'était quand ?

— Il y a six mois. Personne n'a été blessé. Mais j'ai plié la caisse. »

Il reste silencieux jusqu'à ce qu'elle relève les yeux sur lui. « Tu aurais pu te tuer. Ou tuer quelqu'un.

— Je sais, Scott. J'en ai terriblement honte.

— J'espère. »

Elle voit bien qu'elle le dégoûte. Elle n'a pas les tripes de soutenir son regard. Elle se sent sordide et vaine, dans sa maison propre et lumineuse.

« Je dois aller travailler, dit-il en montant l'escalier. Je ne peux pas t'aider, Isla.

— Tu ne peux pas, ou tu ne veux pas ?

— Les deux, lâche-t-il sans se retourner.

— Demande à Maman, l'implore-t-elle, au pied de l'escalier. Demande à Maman si elle croit ce flic. »

Pas de réponse. Au premier étage, elle entend une porte qui se referme. « Merci, hein ! » crie-t-elle à travers l'étendue de marbre, sous le plafond en dôme.

La classe affaires de Sydney émerge, tirée à quatre épingles. Isla sillonne les rues, tandis que les premiers de cordée sortent leurs voitures haut de gamme, le long d'allées de gravillons, avant de prendre le chemin de la ville. Ils l'observent avec curiosité. Une femme tout de noir vêtue, les cheveux hirsutes, avec des bottes à lacets, qui semble errer au hasard. Elle les dévisage, rageuse, en sueur. Une marginale, un mouton noir. Elle est perdue – ce qui n'est pas plus mal. Elle aurait déjà acheté de l'alcool si elle avait su où en trouver.

Derrière elle, une voiture klaxonne. Elle fait mine de l'ignorer. Elle avance sous les palmiers et songe à se diriger vers la côte. Les maisons se font monumentales, à présent, en retrait de la rue. Des sculptures sur les pelouses, des colonnes et des balcons dominant l'océan.

Le klaxon retentit à nouveau et une voiture s'arrête au bord de la route. Une Ford Laser bleu métallisé, dont le pare-chocs pend côté passager. « Monte ! » crie Louisa à travers la fenêtre. Elle se penche et lui ouvre la portière. « Je t'emmène voir Steve, si c'est ce que tu veux. »

Isla se tient immobile un instant, sur le trottoir. Elle aime tant la voiture de sa mère, si laide et déglinguée, si incongrue dans cette banlieue qu'elle en rit presque.

« Monte », répète Louisa en dégageant le siège passager. Isla reconnaît son haut de pyjama, dont le col en soie dépasse de sa veste.

« Tu es sûre de toi ? »

Louisa laisse tourner le moteur. « Pour l'amour de Dieu, monte. »

Isla se glisse dans la voiture, ignorant la crasse figée dans les coutures du siège. Quelque chose craque doucement parmi les détritus sous ses pieds, qu'elle écarte. Louisa accélère. Elle porte un long trench-coat vert par-dessus son pyjama. De toute sa vie, Isla n'a jamais vu sa mère quitter la maison aussi débraillée.

« Je n'ai pas dormi de la nuit, dit Louisa.

— Pourquoi ? »

Elle regarde dans le rétroviseur, change de vitesse, jette un coup d'œil à sa fille par-dessus ses lunettes.

« Mandy n'a pas pu retirer cet argent.

— Je sais. »

Ses doigts tambourinent sur le volant. « Pourquoi Steve modifierait-il son histoire comme ça ?

— C'est ce que je veux lui demander.

— Tu en as discuté avec l'inspecteur Perry ?

— J'ai parlé à sa collègue, le sergent Dent. Elle est aussi mauvaise que lui, à sa façon.

— Qu'est-ce que tu veux dire par là ?

— Aucun d'eux ne veut connaître la vérité. »

Louisa s'arrête au croisement d'Ocean Street et laisse passer la circulation. « Je ne comprends pas, dit-elle. L'inspecteur Perry avait l'air si méticuleux.

— C'était le patron de Steve, Maman. Ils sont restés en contact après que Steve a quitté la police.

— Ça ne veut rien dire.

— Je pense qu'ils ont essayé de faire condamner Papa. Et comme ça a foiré, ils ont classé l'affaire. »

Le feu passe au vert et Louisa redémarre. « Je n'y crois pas une minute.

— Moi, si.

— Tu as toujours eu un problème avec l'autorité. »

Isla veut répondre, avant de se raviser. Elle compte très lentement jusqu'à dix. Le ciel se couvre de nuages tandis qu'elles traversent la banlieue d'Edgecliff et le pont de la baie de Sydney. La mer est sombre, agitée ; l'opéra prend un air sévère en l'absence de soleil. Elles passent devant le Luna Park, celui où Scott avait pleuré, enfant, terrifié par un manège qui les avait projetés contre la paroi intérieure d'un grand tonneau tournant sur lui-même.

« Le Rotor, souffle Louisa, comme si elle lisait dans les pensées de sa fille. J'avais dû ramener ton frère à la maison.

— Et moi, j'avais adoré ça. »

Elle était restée avec son père, après le départ de sa mère et de Scott, et il l'avait laissée refaire un tour. Elle ne s'était jamais sentie aussi intrépide, insouciante et fière.

« Tu sais que c'est fini, entre ton père et moi ? Quoi qu'il arrive.

— Oui.

— Il ne va jamais arrêter de boire. »

Isla pose un regard absent sur l'autoroute. Elle aimerait être restée à l'autre bout du monde, là où sa famille avait encore un sens pour elle. Elle aurait pu les aimer à distance.

Elles se dirigent vers l'ouest, loin de la ville, n'échangeant que de rares paroles, pour vérifier leur itinéraire ou commenter le trafic. Louisa suit la voie lente jusqu'au bout, le volant tremblant, tandis qu'Isla regarde les poteaux téléphoniques, se souvenant de l'expression de Scott, debout dans l'escalier, en chaussettes, lui demandant si elle avait fait un excès de vitesse. Dans son esprit, il finit par se confondre avec Dom – cette même façon de lui tourner le dos, consterné, dégoûté par ses excuses. La peau de chagrin de l'amour. Elle a besoin de boire un verre, plus que jamais.

« Tu aimes ton travail ? demande Louisa à brûle-pourpoint.

— Assez, oui. »

Isla se tourne vers sa mère et son regard tombe sur ses pieds. Ses tongs en plastique bon marché laissent apparaître ses ongles vernis de rouge.

« Je suis plutôt bonne dans ce que je fais, je crois. Ça m'oblige à être patiente. Les heures passent sans que je m'en rende compte.

— On te traite convenablement ?

— Je n'ai pas à me plaindre.

— Et ça paie bien ?

— Pas trop mal. J'ai même pu mettre assez d'argent de côté pour payer l'acompte d'un appartement. Mais je crois que je l'ai laissé filer.

— Tu n'as pas besoin de t'acheter un appartement, dit Louisa. Je sais que c'est ce que tout le monde fait à Londres. Mais ça ne veut pas dire que tu dois faire pareil. »

Isla se décale sur son siège. « Tu es en train de me donner un conseil ?

— Tu n'es pas obligée de le suivre. »

C'est un peu tard, songe Isla en balayant les miettes sous son jean.

« Je vais y réfléchir », dit-elle.

La circulation en direction de Sydney, de l'autre côté de l'autoroute, semble au point mort. Des camions et des cabriolets, des bus, à perte de vue. En revanche, la voie vers l'ouest est tout à fait dégagée, longiligne et immense, sans le moindre signe distinctif. Isla tourne l'interrupteur de la radio sur le tableau de bord. Sans succès.

« Ça ne marche plus », dit Louisa.

Isla s'adosse à son siège. Elle soupçonne sa mère de vouloir lui faire la conversation. Elle a tellement besoin d'un verre.

« Tu sais, j'avais été acceptée à l'université, dit Louisa. J'aurais pu étudier l'histoire, à Leeds. Je ne sais plus si je t'en ai déjà parlé.

— Non. Tu ne me l'as jamais dit. »

De l'autre côté de l'autoroute, au milieu des embouteillages, une voiture envoie un long et puissant coup de klaxon.

« J'aurais pu faire carrière. » Elle rit. « Pour ne pas devenir comme ma mère. Toujours à nettoyer, à faire la cuisine, à s'occuper des autres. »

Isla se tourne vers Louisa, qui regarde la route droit devant elle. Un camion les dépasse et fait trembler la voiture.

« Papa a dû se montrer très persuasif, dit-elle. Pour te faire changer d'avis, je veux dire.

— Oh, oui. » Louisa réprime un petit sourire. « Sans le moindre doute.

— C’est ensuite qu’il n’a plus été à la hauteur. »

Son sourire s’efface. « On peut le dire comme ça.

— Pas étonnant que tu aies été… » Elle n’ose pas continuer, de peur que sa mère ne se gare et ne la laisse au bord de la route.

« En colère », dit Louisa. Elle jette un coup d’œil dans son rétroviseur. « Dépressive. Amère. »

Isla regarde ses mains. « J’aurais ressenti la même chose à ta place.

— C’est gentil. Merci. Je suis désolée, Isla.

— Ce n’est pas grave. » Elle ferme les yeux pour ne pas pleurer.

« Je ne t’en veux pas de me détester, tu sais. Après tout ce que tu as vu.

— Je ne me souviens pas de grand-chose.

— Tu étais trop jeune. Mais tu en as trop vu et tu t’es retournée contre moi. »

Isla secoue la tête. « Arrête. » Un jour, elle demandera à sa mère ce dont il s’agit. Elle attendra de se sentir prête – un jour où elle ne sera pas aussi à cran, où son corps ne lui criera plus son manque d’alcool.

« J’aurais aimé que ça se passe autrement, dit Louisa. Et pouvoir te protéger. »

Des larmes coulent des yeux d’Isla, qui les essuie sur sa manche.

« Tu aurais dû aller à l’université.

— Ne dis pas ça.

— Tu aurais été une bonne étudiante. Je le sais bien. Tu aurais été plus heureuse. »

Louisa attrape un paquet de mouchoirs dans le vide-poches de la portière et le lance à Isla.

« J'ai cru que je serais heureuse en suivant ton père en Australie. Nous allions laisser toutes nos vieilles habitudes en Angleterre. C'était une aventure, comme si tout était possible. »

Isla se mouche. « Combien de temps ça a duré ?

— J'étais enceinte de Scott quand j'ai compris que mon mari allait façonner toute mon existence. À travers ses choix, ses décisions. Tout *était* possible, oui, mais seulement pour lui. »

Isla pense à son père évanoui sur le canapé, ses chaussures aux pieds, le visage tendu dans son sommeil. Elle le revoit, enragé et féroce, en pleine gueule de bois, envoyant valser les bibelots sur la commode. Elle n'arrive plus à l'imaginer sobre ou souriant. Mais toujours rongé par l'alcool, le regard brumeux. Des traces de sang sur le canapé, sur le tapis. Les hurlements de Scott.

Elle regarde par la vitre l'écorce blanche des eucalyptus, leur forme précise qui se dessine sur le ciel. Elle ressent une douleur dans la poitrine. Quelque chose s'est déplacé, qui l'avait toujours aidée à tenir debout.

« Tourne, là », dit-elle juste à temps.

Louisa prend le virage et la route se rétrécit, longeant les maisons en fibrociment. Isla la guide jusqu'au centre communautaire où travaille Steve. Quelques voitures sont déjà garées à l'extérieur. Isla aperçoit la réceptionniste, qui monte les marches de l'entrée et franchit les doubles portes vitrées.

Elles fixent le bâtiment, assises dans la voiture à l'arrêt. Louisa boutonne son manteau et dissimule le col de son pyjama. Un utilitaire rouge se gare de l'autre côté de la rue. Un homme en sort, ouvre le coffre et sort un carton rempli de dossiers. Il est courtaud et trapu, chauve, avec la même chemise à carreaux bleus et le même jean.

« C'est lui, dit Isla. C'est Steve. »

Louisa se penche en avant. « En effet », dit-elle. Elles le regardent monter les marches du bâtiment. « Tu es sûre de ton coup, Isla ?

— Non. Mais je ne vois pas quoi faire d'autre.

— Ça a toujours été un type respectable.

— Je n'en suis pas si sûre.

— Il avait un travail horrible. Il le détestait.

— Je ne pense pas qu'il ait la conscience tranquille pour autant. » Isla détache sa ceinture de sécurité. « Allez, viens. »

Elle sort de la voiture. Derrière elle, elle entend sa mère refermer sa portière, ses tongs qui claquent sur le bitume. Elle l'attend ; puis elles traversent ensemble l'espace d'accueil désert, aux rangées de chaises en plastique.

La réceptionniste fait pivoter son fauteuil vers elles, les considère toutes les deux, sans sourire. Elle passe une main à travers ses cheveux blonds décolorés.

« Nous ne sommes pas encore ouverts, dit-elle.

— Je me demandais si nous pouvions parler à Steve Mallory », dit Isla.

La réceptionniste se penche en avant, les coudes posés sur le bureau, les mains jointes.

« Vous avez pris rendez-vous cette fois-ci ?

— J'ai bien peur que non.

— Il est occupé. Il y a une réunion d'équipe à neuf heures. Pour une heure, parfois plus. L'attente risque d'être longue.

— Je crois que Steve voudra nous voir, dit Isla.
— Vous allez me dire que c'est urgent.
— C'est effectivement le cas.
— Et que vous devez retourner à Londres.
— On ne peut rien vous cacher. »

Derrière elle, Louisa s'éclaircit la gorge. « Pourriez-vous me dire où se trouvent les toilettes ? »

La réceptionniste prend un moment pour répondre, observant la tenue de Louisa. « Nous ne sommes pas encore ouverts, finit-elle par lâcher.

— On repartira dès que j'aurai pu passer aux toilettes, dit Louisa. Mais il faut vraiment que j'y aille. Je suis désolée. »

La réceptionniste roule des yeux. « Prenez les portes à double battant, puis sur la droite. »

Isla lui sourit, tandis que sa mère les abandonne. Elle lit le prénom *Valerie* sur le pendentif autour de son cou. Elle attrape un dépliant sur le bureau et l'agite pour chasser une mouche.

« Asseyez-vous, si vous voulez », dit Valerie.

Isla s'assied près des portes au fond de la pièce et regarde tourner le ventilateur au plafond. Valerie fredonne une chanson pour elle-même, d'une voix grave et mélodieuse. Depuis l'intérieur du bâtiment, Isla entend une voix d'homme. Un cri de surprise. Elle n'arrive pas à saisir ses paroles.

Elle se lève. Valerie glisse une lettre dans une enveloppe, l'air inquiet. Isla se faufile à travers les doubles portes, vers un couloir sombre donnant de part et d'autre sur des pièces aux portes fermées. Plus loin sur la droite, un second couloir paraît mener à d'autres bureaux et salles de réunion. À mi-chemin, une porte est restée entrouverte.

« Pourquoi avoir dit cela ? demande Louisa derrière la porte. Pourquoi avoir raconté qu'elle avait retiré cet argent ? »

À travers la vitre, Isla voit Steve, debout près d'une longue table étroite, son carton de dossiers posé dessus. Sa mère se tient face à lui.

« J'ai pensé que ce serait mieux pour tout le monde, dit-il. Que ça pourrait être un réconfort pour sa famille. Et pour toi.

— Je n'ai aucun besoin de réconfort.

— Ton fils m'a dit que l'enquête de police t'avait contrariée.

— Ce qui me contrarie, c'est que tu aies menti sur ce qui est arrivé à ta femme. »

L'expression du visage de Steve change. Il se souvient d'une autre Louisa. Une qui ne savait pas se défendre, songe Isla.

« Mais pourquoi tu as fait ça ? Ta femme a disparu. Pourquoi vouloir que l'affaire soit classée ?

— Écoute, on ne pourrait pas en parler un peu plus tard ? » Il regarde anxieusement tout autour de lui. « Ce n'est pas franchement le moment.

— Tu ne m'as pas répondu.

— J'en ai parlé à Ray, dit-il en se frottant l'arrière du crâne. J'ai appelé Ray et il était d'accord pour que…

— Qui est Ray ? » coupe Louisa en élevant la voix. Il se tait. Elle se rapproche de lui. Isla connaît ça par cœur. Ce moment où sa mère se met à vriller. Elle ne voit pas son visage, mais devine son air belliqueux.

Et Steve sur la défensive. Il ne craquera pas maintenant, se dit-elle. Pas comme ça.

« Je pensais que tu te réjouirais que l'affaire soit close, dit Steve en sortant une pile de papiers d'un dossier.

— Qu'est-il arrivé à Mandy ? » demande Louisa.

Il essaie de la dépasser. « J'ai dit à la police tout ce que je savais sur le sujet.

— Tu l'as dit à Ray, tu veux dire ? C'est un de tes amis, ce Ray ? C'est lui, le flic chargé de l'affaire ?

— Je dois aller en réunion. » Il passe devant Louisa et déboule dans le couloir, où il se cogne contre Isla. Ses papiers tombent sur la moquette grise.

« Mais qu'est-ce que tu fous là ? »

Isla attend qu'il rassemble sa paperasse. Louisa, furieuse, vient se poster à côté d'elle. Isla lève une main pour lui indiquer de se calmer. Elle regarde Steve, accroupi à leurs pieds, acculé, effrayé. Elle doit faire gaffe, se dit-elle. Pour une fois dans sa vie, il faut qu'elle reste calme.

« Il y a quelque chose que j'ai oublié de vous demander, la dernière fois que je suis venue ici, dit Isla.

— Je t'ai dit ce que tu devais savoir. » Steve se relève, serrant ses papiers contre sa poitrine. « Je ne vais pas revenir là-dessus.

— Est-ce que les gens avec qui vous travaillez connaissent votre passé ? Tous ces enfants que vous avez enlevés ? »

Son regard se porte derrière elle. Dans la salle d'attente au bout du couloir, Valerie chantonne, un peu faux.

« Je fais du bon boulot ici, Isla, dit-il. J'essaie de compenser tout ça, du mieux que je peux.

— Mais est-ce qu'ils sont au courant ?

— Un ou deux, oui. Ce n'est pas un truc qu'on a envie de crier sur tous les toits.

— Et ils savent que vous avez gardé ce bébé pour vous ?

— Ce bébé… » Pendant une seconde, son visage trahit son supplice. Il secoue la tête. « Qu'est-ce que tu racontes ?

— Vous avez volé un bébé et vous l'avez gardé. Un petit garçon », dit Isla en cachant sa propre surprise. Elle n'y croyait pas tout à fait, jusqu'alors. Derrière eux, la mélodie s'interrompt.

« Tu délires, Isla. Qu'est-ce que c'est que cette histoire de bébé ?

— C'était un des gosses que vous deviez enlever. Un bébé aborigène. Mais vous l'avez ramené chez vous, à la place.

— Où tu es allée pêcher ça ?

— C'est mon père qui me l'a dit. Il se souvient de ce bébé. Il l'entendait pleurer.

— Ton père est un ivrogne, Isla.

— C'est exact. »

Il se fige, stupéfait. « Et c'est un menteur.

— Qui vous a tout pris, complète Isla.

— C'est vrai. » Ses documents se froissent contre son torse. « C'est vrai. »

Quelqu'un met en marche le système d'éclairage au bout du couloir. Des voix lointaines. Isla saisit l'équilibre instable de cet instant.

« Il a brisé votre mariage. » Isla lance un regard à Louisa, choquée et silencieuse. « Il a beaucoup menti mais s'est tiré d'affaire. Il a gardé sa femme et sa famille. »

Steve acquiesce. « Je suis content que tu aies compris ça.

— Et c'est pour ça que vous avez voulu le faire accuser d'avoir tué votre femme. »

Les lumières s'allument au-dessus d'eux.

« Ça suffit. Sortez d'ici, grogne Steve.

— Est-ce que Mandy vous a suivi jusqu'à Marlo ?

— Tu m'as entendu ? » Il avance, prêt à les bousculer. « Pousse-toi de là. »

Isla ne bouge pas. « C'est là-bas que vous l'avez tuée ?

— Dégage de mon chemin, je t'ai dit ! »

Il leur rentre dedans, baissant la tête. Isla atterrit dos au mur. Valerie se dresse au fond du couloir. Ses cheveux décolorés paraissent jaune vif sous l'éclairage.

« Steve ? » Valerie fait un pas vers lui. « Qu'est-ce que c'est que cette histoire ?

— Désolé, Val. » Il rit en reprenant son souffle. « J'ai eu un petit contretemps. On peut y aller, maintenant. »

Valerie dévisage les deux femmes, puis pose à nouveau les yeux sur lui. « J'ai entendu ce qu'elles ont dit.

— Je peux tout t'expliquer. » Il tapote nerveusement ses papiers avec son pouce. « Ce n'est pas ce que tu crois, Val. Pourquoi ne pas… »

La tristesse du regard de Valerie lui coupe la parole. Il se voûte un peu et baisse les yeux.

« On te faisait confiance », dit-elle.

Il reste immobile tandis qu'elle tourne les talons.

53

Leeds, 1967

Sa grand-mère tapa sur le dessus de la télé avec la paume de sa main. Les rayures se déplacèrent latéralement, de gauche à droite. Elle cogna à nouveau, plus fort, et une image apparut : le bateau de *Blue Peter*. Sa grand-mère s'éloigna du poste et les interférences réapparurent, se précipitant vers le haut de l'écran.

« Dieu du ciel ! »

Sa grand-mère donna un dernier coup sur la télé, plus fort encore. Les rayures s'épaissirent et ralentirent, puis l'image clignota et le son se fit entendre.

« Regarde-moi ça ! » Elle se mit à danser sur le tapis, levant les bras en l'air. « C'est magique. Tu as vu ça ? »

Isla se pencha en avant sur le canapé. C'était son présentateur préféré, John Noakes, celui avec un beau visage qui lui rappelait son père. Il disait qu'il allait confectionner un panier de luxe pour chien à partir d'une bassine. Dans le couloir, sa mère appelait pour demander de l'aide avec sa valise.

Sa grand-mère s'assit sur le canapé à côté d'Isla. « C'est dommage qu'on n'ait pas de chien », dit-elle.

John Noakes avait posé la bassine sur un morceau de mousse. Il en traçait les contours avec un marqueur. Sa mère cria à nouveau, en bas de l'escalier. Elle faisait leurs valises pour l'Australie. Elles devaient partir tout à l'heure, pour rentrer à la maison.

« Je ferais mieux de lui donner un petit coup de main, dit sa grand-mère. Tu ne touches pas au téléviseur, tu m'entends ? Il risque d'exploser, un de ces jours. Je ne veux pas te voir partir en fumée. »

Isla hocha la tête, les yeux toujours rivés sur l'écran. John mettait la mousse au fond de la bassine, pour le rembourrage du panier.

« Tu as essayé de t'asseoir dessus ? » dit sa grand-mère à sa mère en sortant dans le couloir. Elle referma la porte derrière elle – et au même moment, les rayures réapparurent sur l'écran, se précipitant vers le bas cette fois-ci.

Isla se releva. Elle entendit sa grand-mère parler dans le couloir. « Je préférerais que vous restiez ici. » Isla s'approcha de la télévision, espérant que ça suffirait à la faire fonctionner. Elle allait rater la meilleure partie, celle qui montrait comment terminer le panier du chien, avec un élastique et une bande de tissu.

« Ce n'est pas quelqu'un de bien, disait sa grand-mère. Je ne t'avais pas prévenue ? »

Isla rassembla ses forces, leva le bras et posa sa paume à plat sur le poste, comme elle avait vu sa grand-mère le faire. Les rayures s'élargirent un instant, mais l'image ne revenait toujours pas. Sa main la démangeait.

Sa mère et sa grand-mère parlaient désormais à voix basse. Isla releva son bras et l'abaissa avec force, donnant une puissante claque au cadre en bois. Tout son bras palpitait à présent. Elle le gardait droit et vit l'écran s'éteindre, à l'exception d'un petit point blanc au centre. Un son aigu, provenant de l'arrière de la télé, s'amplifiait à chaque seconde.

« Mamie ! » Isla s'éloigna de la télévision en reculant, à pas rapides. « Ça va exploser ! »

Pas de réponse. Ouvrant la porte du salon, Isla trouva sa mère agenouillée sur sa nouvelle valise : grande et grise, aux bords arrondis. Elle l'avait achetée pour emporter des affaires en plus. Quant à sa grand-mère, assise sur le sol, les jambes tendues, elle s'acharnait sur ses fermoirs métalliques.

« La télé est cassée », annonça Isla.

Sa grand-mère ne releva pas la tête. « Tu y as touché ?

— Non », dit-elle piteusement. Son bras lui faisait encore mal et le sifflement suraigu de la télé l'effrayait.

« Tu en es bien sûre ? » Sa grand-mère abandonna le fermoir sur lequel elle se concentrait. Sa mère se releva et la valise s'ouvrit.

« Je n'ai rien fait. »

Sa grand-mère s'appuya sur la première marche de l'escalier pour se mettre debout, puis resserra le lacet de son tablier.

« Tu ne peux pas tout mettre là-dedans, Louisa. Ce n'est pas un bus. »

Sa mère regardait la valise comme si elle voulait la gronder.

« Allons jeter un œil à cette télé », dit sa grand-mère. Elle suivit Isla dans le salon et éteignit le poste. Le bruit aigu s'estompa. « On va un peu laisser refroidir cet engin. »

Isla aurait aimé avoir pensé à ça.

« Il me semble que je t'ai entendue donner un coup dessus, pas vrai ? »

Isla sentit sa peau devenir toute chaude. « Non », dit-elle. La culpabilité lui pesait comme une masse tremblante qui palpitait à travers ses membres, faisant d'elle autre chose qu'un petit être qui n'avait même pas cinq ans.

« Je t'ai entendue, répéta sa grand-mère. Je n'ai que cinquante-deux ans, ma chérie. J'ai encore toutes mes facultés. »

Isla frotta son bras douloureux.

« Désolée, dit-elle et elle se sentit de nouveau minuscule, sans importance.

— Pourquoi ce mensonge ?

— Parce que je ne suis pas quelqu'un de bien », dit Isla en s'adressant à la poche rayée du tablier de sa grand-mère.

Celle-ci s'agenouilla devant elle pour se mettre à sa hauteur. Isla plongea ses mains dans les poches de sa salopette et la laissa la regarder.

« Pour l'amour du ciel, qu'est-ce qui peut bien te faire dire ça ? » Elle prit le visage d'Isla entre ses mains.

Isla ne répondit rien. Elle enfonçait ses poings tout au fond de ses poches.

« Qu'est-ce qu'il y a, ma chérie ? Dis-moi ce qui ne va pas. »

Isla ne savait pas comment expliquer ce qui se passait. Elle avait pris du plaisir à taper sur la télévision. Mais elle était triste de rater son émission et d'avoir mal au bras. Et elle savait aussi – c'était pire que la douleur dans son bras – que sa grand-mère parlait de son père quand elle avait dit ça. « Ce n'est pas quelqu'un de bien. » Elle glissa son visage dans le creux des mains de sa grand-mère.

« Je suis quelqu'un de bien, alors ?

— Bien sûr, ma chérie, dit sa grand-mère.

— Mais si ce n'est pas vrai ? »

Sa grand-mère laissa ses mains retomber sur ses genoux. « On a une façon de gérer ça, là d'où je viens. » Elle tourna la tête pour coller son oreille près de la bouche d'Isla. « Dis-moi ton pire secret. Vas-y. Dis-le tout doucement. Je ne le répéterai à personne. »

Isla s'appuya contre sa grand-mère, dont le visage chaud sentait la tartine de pain beurré. Elle réfléchissait à ce qu'elle devait dire. Elle aurait pu lui expliquer qu'elle n'aimait pas cette grande maison froide, où tout grinçait et tremblait. Qu'elle était heureuse de partir. Mais elle avait l'impression que sa grand-mère le savait déjà – et d'ailleurs, ce n'était pas tout à fait vrai. Elle n'était pas contente de partir, parce qu'elle laisserait sa grand-mère derrière elle.

Cette dernière se tapota l'oreille. « Tu peux y aller.

— J'aime Mandy, plus que Maman », chuchota Isla. C'était *vrai*, et elle savait que c'était très mal.

Sa grand-mère tapota encore son oreille. « Tu n'as rien de pire ?

— Pas vraiment.

— Bon. » Sa grand-mère tourna son visage vers elle. « Ton secret restera ici, dans ma maison, et je le garderai pour toi. D'accord ? »

Isla fit oui de la tête.

« Elle doit être géniale, cette Mandy, non ? »

Isla acquiesça à nouveau. Elle irait voir Mandy en rentrant et lui raconterait tout sur l'Angleterre. Elle serrait les poings dans ses poches. Vouloir rentrer à la maison, c'était comme attendre que son bras cesse de lui faire mal. La douleur empirait si on y pensait trop.

« Tu es loin d'être aussi vilaine que moi, dit sa grand-mère en se relevant. Je dirai qu'il t'en coûtera une dizaine d'Ave Maria et un biscuit. » Dans le couloir, sa mère avait finalement réussi à fermer la valise toute seule. Elle était assise dessus, les mains posées sur son énorme ventre rond.

« J'aimerais bien vivre près de chez vous à Sydney, dit sa grand-mère. Je pourrais passer vous rendre visite tous les jours. Et on pourrait se taper sur les nerfs, comme des gens normaux.

— Mais tu ne viendras pas, dit Louisa. Je me trompe ?

— On n'en a pas déjà parlé cent fois ? »

Sa mère enfouit son visage dans ses mains.

« J'espère de tout cœur que je me trompe », dit sa grand-mère, et elle prit la main d'Isla pour la conduire vers la cuisine.

54

Sydney, 1997

Isla s'arrête au sommet du chemin côtier pour observer la plage. Le vent du sud souffle en contrebas, écrasant les vagues. Le sable est recouvert d'algues et d'écume, de bois flotté – un gros morceau de polystyrène y est échoué, aussi. Ce n'est pas un matin idéal pour des adieux. Elle reste debout un moment à respirer l'air frais, mais le vent est trop fort. Elle retourne vers le jardin, foulant l'herbe haute, et rentre dans la maison.

Son père se tient dans la cuisine, habillé et prêt à partir au travail. Elle s'affaire autour de lui, prépare le café, fait un peu de rangement. Il est blessé qu'elle parte, mais bien trop fier pour le lui dire, ou pour lui confier qu'il espérait qu'elle reste. Il fait un gros effort pour tenir l'alcool à distance, et enterrer ses bouteilles vides au fond de la poubelle. Malgré l'absence de sa mère, les règles domestiques de celle-ci ont été réintroduites sans mot dire. Bientôt, il n'aura plus personne de qui se cacher. Isla s'apprête à le laisser face à lui-même, et elle en ressent davantage de joie que de culpabilité. Son sac est prêt et l'attend devant la porte.

Elle met la radio et balaie les fréquences, à la recherche d'une émission quelconque, et tombe sur un reportage sur une vente de charité. Son père allume une cigarette et ouvre la porte côté jardin. Le vent renvoie sa fumée à l'intérieur. Il maintient la porte ouverte avec son pied.

La princesse Diana va mettre aux enchères soixante-dix-neuf de ses robes les plus somptueuses, annonce la radio.

« Quelle générosité de sa part, dit Joe. J'espère qu'il lui restera quand même de quoi s'habiller. »

Isla baisse le volume et la nouvelle de la vente aux enchères bourdonne en sourdine à côté du grille-pain. Elle s'attable avec son café et pense à l'appartement en sous-sol de Hackney, dont elle ouvrira les fenêtres, avant de se débarrasser des affaires que Dom y a laissées. Elle va chercher un autre logement, plus lumineux, plus spacieux. Et remplacer ses bottes à lacets.

« Tu es sûre de vouloir retourner à Londres ? »

La question la désarçonne. Elle ne s'attendait pas à ce qu'il la lui pose de façon aussi abrupte. Elle avait prévu de lui dire que son cœur balançait, qu'elle était désolée de partir, mais qu'il était temps.

« Oui, certaine, lui répond-elle à la place. C'est là-bas que j'ai ma vie. Pour le moment.

— Tu pourrais trouver du travail ici. On a la télévision en Australie.

— J'aime bien Londres, Papa.

— J'ignore bien pourquoi.

— Tu n'es jamais allé à Londres.

— On y est passés en train, en allant aux docks de Southampton. Ça m'a amplement suffi. » Il tend la main vers le cendrier, tandis que la porte claque derrière lui. Une bourrasque fait ployer les arbres au fond du jardin.

« Je me disais que tu pourrais avoir envie de rester », dit-il en s'asseyant.

Elle souffle sur son café. « Peut-être que je reviendrai un jour.

— Non, je sais que tu n'en feras rien. » Il croise les jambes. La fumée de sa cigarette remplit la pièce. « Je voulais te le dire, avant que tu ne partes. »

Elle attend. Il tremble visiblement. Sa poitrine siffle en expirant.

« Je suis désolé que tu aies été entraînée dans cette histoire autour de Mandy, dit-il. Ce n'est pas ce que je voulais.

— Tu aurais dû tout me raconter dès le début.

— Je ne voulais pas que tu apprennes tout ça. » Son regard se perd dans le vide, derrière elle. « Ces semaines après le départ de Steve, quand Mandy était à côté, sans lui. Tout ce bordel.

— De quel bordel tu parles, exactement ?

— Je ne l'ai pas bien pris, quand elle ne s'est plus intéressée à moi. J'aurais dû avoir plus de recul. » Il tapote sa cigarette dans le cendrier, bien qu'aucune cendre ne se soit encore formée. « Je crois que je lui ai fait peur. »

La pluie souffle fort contre la fenêtre. Il tousse et se frappe la poitrine.

« Tu crois que c'est pour ça qu'elle a fui ? Qu'elle est partie à Marlo ? Pour s'éloigner de toi ? »

Il blêmit en la regardant. Sa peau est cireuse. « C'est la dernière chose au monde que j'aurais voulue, dit-il.

— Mais c'est ce qui s'est passé.

— Je pense que oui. »

Elle pose son café. Ce serait facile de le réconforter. Ça arrangerait les choses entre eux. Elle ferme les yeux et revoit ces eucalyptus fantomatiques au bord de la route, avec leur écorce blanche et leurs branches griffues. Du sang sur le canapé, sur le tapis.

« C'est à Maman que tu devrais présenter des excuses, dit-elle.

— Il est trop tard pour ça.

— Je ne crois pas.

— Elle ne me pardonnera jamais.

— Ce n'est pas la question. »

Il ne parvient pas à capter son regard. « Je n'aurais pas dû te demander de rentrer. J'aurais dû te laisser en dehors de tout ça.

— Je suis contente d'être venue, dit-elle.

— Vraiment ? »

Elle se penche vers lui, au-dessus de la table. « Maintenant je sais que je ne veux pas te ressembler.

— Isla. » Il essaie de lui prendre la main. Elle se rabat sur sa chaise.

« Je veux vivre aussi éloignée de toi que possible. Je veux être aussi différente de toi que possible. Ça me tuera, sinon. »

Il s'affaisse contre son dossier. La radio diffuse un jingle, une publicité pour un shampoing. Isla laisse le moment s'étirer. Elle a une sensation d'apesanteur. De choc et de soulagement mêlés. Elle n'ose parler, de crainte de faire marche arrière.

« C'est sans doute mieux ainsi », dit-il.

Elle se lève pour se verser un verre d'eau du robinet. Dehors, il pleut à verse.

« À quelle heure est ton avion ?

— Vers cinq heures. » Elle évite de le regarder. « Mais je déjeune avec Scott, avant.

— Je vais partir au travail dans un instant. » Son ton est sec, cassant. « Claque bien la porte derrière toi en partant. »

Elle reste immobile, entre la radio et les assiettes propres dans le séchoir. Quelqu'un frappe à la porte. Des petits coups forts, agressifs. Aucun des deux ne bouge.

« C'est ton frère ?

— J'en doute. Il est beaucoup trop tôt. »

Il sort de la pièce le dos voûté, les épaules en dedans. Elle l'entend parler à une femme sur le pas de la porte, puis l'inviter à entrer. Isla éteint la radio et tend l'oreille. Elle croit reconnaître la voix de la femme.

« C'est le sergent Dent », dit Joe en retournant dans la cuisine.

Le sergent Dent adresse un signe de tête à Isla, l'air gênée.

« On s'est déjà rencontrées.

— Du thé ? Du café ? » Isla tire une chaise. « Vous voulez vous asseoir ? »

Elle s'attable. « Je veux bien du café, oui. Merci. » Elle lisse ses cheveux, mouillés par la pluie. « J'ai quelques nouvelles à vous donner », dit-elle.

Isla s'active sur la cafetière. Elle pense à son appartement londonien plongé dans l'obscurité, il y a des semaines de cela. À la voix de son père au bout du fil, évoquant une femme qu'il avait connue. À l'autre bout de la pièce, Joe demande au sergent Dent de quoi il s'agit.

« Steve Mallory s'est rendu, dit la flic. Il est venu au poste et a avoué le meurtre de sa femme. »

Isla va remplir la bouilloire. Elle attend un moment avant de leur faire face à nouveau. Elle éprouve une douleur lointaine, venue d'un passé enfoui, comme celle d'un membre fantôme. Quel sens y a-t-il à se retrouver ainsi terrassée alors qu'elle sait depuis longtemps que Mandy est morte ? Elle entend son père souffler. Quand elle se retourne, elle découvre sa propre stupeur sur son visage.

« Quand est-ce qu'il a avoué ? demande Isla.

— Au début de la semaine dernière. Peu de temps après votre visite sur son lieu de travail. Il était…

— Comment Mandy est-elle morte ? » Elle n'avait pas l'intention de la couper ou de l'agacer. « Désolée. Où en étiez-vous ?

— M. Mallory a attaqué physiquement sa femme. Elle a succombé à ses blessures. » La flic s'enfonce sur sa chaise, les dévisageant tous les deux. « On a retrouvé du sang dans le cabanon de plage de Marlo. Le plancher avait été repeint, mais les taches étaient encore visibles en dessous. Nos tests ADN ont confirmé qu'il s'agissait bien du sang de Mme Mallory.

— Mon Dieu. » Joe plaque sa main sur sa bouche.

« Nous recherchons actuellement son corps dans les archives du Victoria, poursuit-elle. Mais nous n'avons pas grand espoir.

— Pourquoi ? Steve ne peut pas vous dire ce qu'il a fait d'elle ? demande Isla.

— Il a jeté son corps dans l'océan. Les courants sont dangereux sur cette partie de la côte. Là-bas, un corps a peu de chance de revenir sur le rivage. »

Isla attend que l'eau de la bouilloire chauffe. Elle songe au sang de Mandy maculant les planches d'une vieille cabane de plage anonyme. À son corps, emporté par la mer. À l'immense silence qui a accompagné sa disparition.

« Personne ne s'est demandé où elle était, dit Isla. Pendant trente ans. »

Le sergent Dent lui lance un sourire de compassion. « Ça paraît incroyable.

— En effet. » Isla lui sourit en retour. « Depuis quand votre patron est-il au courant ?

— Je ne sais pas. » Elle ne cille pas. « J'ai essayé de vérifier tous les registres, concernant le retrait bancaire évoqué par Steve Mallory dans sa déposition. Il s'avère que la banque ne garde pas de traces d'opérations remontant aussi loin dans le temps.

— Qu'est-ce que ça peut vouloir dire ?

— Ça signifie que le document était un faux. » Elle détourne le regard, pivote sur sa chaise. « L'inspecteur Perry a pris congé de ses fonctions. Il s'oriente vers une retraite anticipée. »

Isla rit. S'ensuit un silence inconfortable. Joe se dirige vers la porte pour contempler le jardin, les pouces accrochés à ses poches. Il jure à voix basse. La vitre vibre dans son cadre.

« Puis-je vous poser à tous les deux une question concernant Mme Mallory ? » Le sergent Dent sort un carnet de sa poche. « C'est juste un détail. Sans doute sans importance. »

Joe se retourne. « Allez-y.

— Selon son dossier médical, Mme Mallory n'avait pas d'enfants. Est-ce exact, à votre connaissance ? »

Il hoche la tête. « Elle n'a jamais eu d'enfants.

— Vous en êtes certain ?

— Absolument.

— C'est bien ce que nous pensions. » Elle en prend note. « Merci.

— Pourquoi cette question ?

— M. Mallory a dit quelque chose qui n'avait pas vraiment de sens. Il avait l'air très perturbé. »

Isla verse de l'eau dans la cafetière.

« Qu'a-t-il dit ?

— Il nous a soutenu qu'ils avaient eu un enfant.

— Vraiment ? » Joe se redresse. « Qu'est-ce qu'il a dit d'autre à ce sujet ? »

Le sergent Dent range son carnet dans sa poche.

« Je crains de ne pouvoir vous en dire davantage.

— Je pense que si, dit Joe.

— C'est un sujet délicat, monsieur Green.

— Pourquoi donc ?

— Je ne peux…

— Il est arrivé quelque chose à l'enfant ?

— Je ne peux vraiment pas en parler.

— C'était bien un garçon ? »

Elle regarde Joe d'un air dubitatif. « Comment savez-vous cela ?

— Je l'ai signalé, il y a trente ans. J'ai appelé la police pour les prévenir que Steve Mallory avait emmené un enfant avec lui à Marlo. Un petit garçon aborigène. »

La flic a un mouvement de recul. Elle glisse ses cheveux derrière ses oreilles.

« Ce n'est pas rien, reprend Joe. Ça compte. Je me souviens de ce gamin. »

Le sergent Dent ressort son carnet de sa poche. Elle regarde Isla et son père. Tout se ralentit. Joe sort des tasses à café, les rince, prend une chaise. Il semble calme, pondéré. Sûr de lui. Il a l'air mieux dans sa peau. Son image se fige dans la mémoire d'Isla. Ce sera ce souvenir qu'elle gardera de lui, longtemps après s'être posée. Quand il aura disparu. Elle pensera à la tension dans cette pièce, au bruit du café qui coule dans la machine, à la policière avec son carnet de notes sur les genoux. Son père lui reviendra parfois à l'esprit lorsqu'elle sentira l'odeur des cigarettes qu'il fumait. Elle chérira ce moment, aux dépens des autres. Et se dira qu'au bout du compte ce n'était pas un si mauvais bougre.

Note de l'auteure

En apprenant que j'écrivais ce livre, les gens me demandaient souvent ce qui poussait une auteure britannique comme moi à situer l'action de son roman en Australie. En général, je répondais que j'avais vécu une vingtaine d'années à Sydney et que j'avais envie d'écrire sur ce beau pays où, malgré tous mes efforts, je n'avais jamais vraiment réussi à me sentir chez moi. J'expliquais parfois qu'à l'origine le livre narrait l'histoire d'une Britannique, Louisa, qui quittait l'Australie pour retourner en l'Angleterre, victime d'un écrasant mal du pays – j'essayais de suivre son itinéraire, proche du mien, et, de fil en aiguille, je me suis retrouvée à raconter une tout autre histoire. Ce que je ne disais que rarement, peut-être pour éviter d'avoir à reconnaître mon ignorance, c'est que, en écrivant et en recherchant des sources pour ce roman, je m'instruisais sur la relation entre la Grande-Bretagne et l'Australie, ainsi que sur notre passé colonial. Ayant épousé un Australien, je m'étais rendu compte que je n'en savais pas long sur le sujet. Les écoles publiques anglaises, que j'ai fréquentées dans les années 1980, ne nous ont pas enseigné les violences que nos ancêtres ont infligées aux peuples autochtones de l'Australie au cours de la colonisation. Tout ce que je savais de ce pays, malgré mes cours d'histoire du XXe siècle au lycée, se limitait aux fictions entre Ramsay Street et Summer Bay[1].

Des Australiens de ma génération m'ont raconté que la version de l'histoire australienne qu'on leur avait enseignée représentait les colons blancs comme de courageux pionniers, apprivoisant la nature sauvage pour construire une terre d'opportunités. Dans sa conférence de 1968 intitulée « Le grand silence australien » (« *The Great Australian Silence* »), l'anthropologue W.E.H. Stanner évoquait cette vision tronquée de l'histoire, qui s'obstinait à passer sous silence le vécu des Aborigènes et des peuples insulaires du détroit de Torrès :

« C'est une question structurelle, celle d'une perspective prise depuis une fenêtre ayant été soigneusement placée afin de masquer toute une partie de l'horizon. Ce qui pouvait d'abord apparaître comme un simple oubli des autres points de vue possibles s'est mué en habitude et, avec le temps, en une sorte de culte de l'oubli pratiqué à l'échelle nationale. »

Ce silence en Australie semble avoir été levé, depuis l'époque de Stanner. Le récit de l'expansionnisme blanc s'est élargi pour inclure les massacres qui eurent lieu au lendemain de la colonisation, en 1788, et le traitement souvent brutal des autochtones qui y survécurent. Mais, en Grande-Bretagne, je ne suis pas

1. Références à deux feuilletons télévisés australiens des années 1980 : *Neighbours* et *Summer Bay (N.d.T.)*.

sûre que cela soit le cas. Et je ne crois pas être la seule parmi mes compatriotes à devoir reconnaître ces lacunes concernant l'histoire de l'Australie et le rôle que nous y avons joué. Un coup d'œil sur les options actuelles du programme d'histoire des écoles britanniques suffit à voir que peu de choses ont changé. Un directeur du secondaire m'a ainsi confirmé que l'histoire australienne n'était en rien abordée dans l'école publique des Midlands où il officie, en dehors d'une brève référence à la First Fleet[1].

Il n'est pas question ici d'ériger une tribune. Mais il me semble que les Britanniques devraient bénéficier d'une réflexion beaucoup plus approfondie sur le passé colonial de notre pays, en particulier par rapport à l'Australie. Et qu'il est honteux, aujourd'hui, de se fondre dans le mutisme décrit par Stanner en 1968.

Les enlèvements forcés d'enfants aborigènes décrits dans ce livre eurent lieu après l'indépendance de l'Australie, décrétée en 1901. Rien à voir avec les Britanniques, donc ? Sauf que cette politique restait sous-tendue par l'idéologie de la mère patrie. Comme l'écrivait l'avocat Geoffrey Robertson, Conseil de la Reine, en 2008 :

« Les torts historiques ne peuvent être réparés par des excuses tardives, du moins sans une véritable tentative pour comprendre – puis se souvenir et condamner – la pensée ayant soutenu les politiques qui aboutirent à des résultats aussi atroces [...]. C'est pourquoi le gouvernement britannique devrait trouver un moyen de présenter ses excuses officielles aux aborigènes d'Australie,

1. Surnom donné aux onze navires partis établir la première colonie britannique en Nouvelle-Galles du Sud, en 1787 *(N.d.T.)*.

la Grande-Bretagne étant en partie responsable de leurs souffrances[1]. »

À quiconque souhaiterait en apprendre davantage sur cette « génération volée », je recommande le projet d'histoire orale *Bringing Them Home* de la Bibliothèque nationale d'Australie, pour lequel les témoignages de centaines d'Australiens furent enregistrés. La majorité des voix qui s'y expriment sont celles de personnes ayant été enlevées à leur famille durant leur enfance. Elles-mêmes, ou leurs parents. Un autre témoignage émouvant se trouve dans le film *Rabbit-Proof Fence*, basé sur le roman de Doris Pilkington Garimara. Les informations qui suivent, tirées pour l'essentiel du rapport *Bringing Them Home* de 1997, pourront déjà fournir quelques repères.

Les enfants aborigènes et des peuples insulaires du détroit de Torrès, en Australie, retirés de force à leur famille entre 1910 et 1970, sont connus sous le nom de « génération volée ». Personne ne sait exactement combien d'enfants furent enlevés durant cette période. De nombreux registres ont été perdus, et nombre de ces jeunes victimes sont aujourd'hui décédées. On estime en outre que leur origine a pu rester inconnue, y compris d'elles-mêmes.

Selon la Commission australienne des Droits de l'Homme, entre un dixième et un tiers des enfants aborigènes furent ainsi retirés de force à leurs familles et à leurs communautés. La Commission affirme que

1. Geoffrey Robertson, « We should say sorry too », *The Guardian*, édition du 14 février 2008.

la majorité des familles aborigènes fut affectée par ce trafic, sur une ou plusieurs générations. Les victimes se retrouvaient placées dans des institutions où elles couraient un risque élevé d'abus physiques et sexuels.

Avant 1940, les enfants aborigènes étaient visés pour des raisons ouvertement raciales, les enfants à la peau claire étant enlevés afin de leur faire perdre leur identité culturelle et qu'ils se « fondent » dans la société des Blancs[1]. À partir de 1940, le déplacement des enfants aborigènes fut régi par la législation sur la protection de l'enfance. Pour justifier leur ravissement, ils devaient être « abandonnés », « incontrôlables » ou « indigents ». Mais ces termes étaient plus facilement appliqués aux enfants autochtones qu'aux autres, la pauvreté étant considérée comme une forme d'abandon[2].

En mai 1967, les Australiens furent consultés lors d'un référendum proposant deux amendements à la Constitution australienne concernant les Aborigènes. Ces amendements furent approuvés à une écrasante majorité et inscrits dans la loi en août 1967. Ainsi, il devenait possible d'établir, pour la première fois, un recensement des Aborigènes. Un bureau fédéral des affaires aborigènes (*Office of Aboriginal Affairs*) fut alors créé et des subventions accordées aux États pour les programmes d'aides sociales aux Aborigènes.

En 1969, le Conseil de protection des Aborigènes de Nouvelle-Galles du Sud (*New South Wales Aborigines' Welfare Board*) fut supprimé. Les foyers

---

1. *Bringing Them Home*, National Inquiry into Torres Straits Islander Children and their Families, p. 25.

2. *Ibid.*, p. 28.

pour Aborigènes de Kinchela et de Cootamundra fermèrent peu de temps après, mais celui de Bomaderry, en Nouvelle-Galles du Sud, demeura opérationnel jusqu'en 1980.

Le rapport *Bringing Them Home* est le fruit d'une enquête nationale sur la séparation des enfants aborigènes et du détroit de Torrès de leur famille. Ce rapport a été présenté au Parlement fédéral en mai 1997 et comptait les témoignages de plus de 600 Aborigènes ayant été enlevés, ou de leurs enfants. Il préconisait des excuses officielles, afin de reconnaître la responsabilité de l'État concernant les lois, les politiques et les pratiques d'éloignement forcé.

En 2008, le Premier ministre australien Kevin Rudd présenta des excuses nationales à la « génération volée » d'Australie. À ce jour, rien de tel ne fut entrepris par le gouvernement britannique à l'égard des Aborigènes et des peuples insulaires du détroit de Torrès.

Remarque sur le langage

La langue utilisée tout au long de ce roman reflète celle de l'époque où se déroule le récit, et la mentalité raciste de certains de ses personnages. Leurs expressions, dont le caractère sordide ne manque d'interpeller aujourd'hui, doivent donc être envisagées selon ce contexte historique.

Remerciements

Lorsque je regarde en arrière, je me demande comment j'ai pu réussir à écrire ce livre. Durant la plupart des années qu'il m'aura fallu pour mener à bien ce projet, je jonglais entre un travail quotidien et l'éducation de mes jeunes enfants. Je me formais également au métier d'écrire, qui, comme chacun sait, constitue une des expériences les plus désolantes, les mots sur la page ne correspondant jamais à la brillante idée qu'on croyait avoir en tête. Si ce livre existe, c'est grâce aux nombreux soutiens de ceux qui m'ont entourée. Je n'aurais jamais pu avancer sans leur aide et leurs encouragements, et je leur suis, à tous, immensément reconnaissante.

Je tiens en particulier à remercier mes amis, ma famille et mes collègues, qui ont lu les premiers jets, parfois épouvantables, de ce livre et m'ont fourni des commentaires bienveillants et précieux. Merci donc à Sheila Pallier, Charlotte Spencer, Catherine Rose, Nicki Bowman, Ed Elias, Emily Elias, Tilly Wright, Kit Hui et à la bande de la Faber Academy, ainsi, bien sûr, qu'à ma plus fidèle compagne d'écriture, Francesca

Jakobi. Mes remerciements vont également aux talentueux enseignants avec lesquels j'ai eu la chance de travailler : Marian Husband, Edward Docx, Debi Alper, Emma Darwin, Esther Freud et Stephen Carver.

Un immense merci à mon agent, Nicola Barr, qui m'a aidée à peaufiner mon histoire, à en faire le livre que j'essayais d'écrire depuis le début, et qui l'a présenté au monde avec une telle énergie. Un grand merci aussi à Amelia Hodgson et au reste de l'équipe de The Bent Agency pour leur indéfectible soutien.

Merci à mes formidables éditrices, Suzie Dooré au Royaume-Uni et Kate Nintzel aux États-Unis, pour leur foi en ce livre et leur habileté à en faire ressortir tout le potentiel. Merci à Ore Agbaje-Williams, Rachel Quinn, Simeon Greenaway, Vedika Khanna, Ploy Siripant, Liate Stehlik, Jennifer Hart, Gena Lanzi, Molly Waxman, Jeanie Lee et à toute l'équipe de HarperCollins pour leur contribution à la conception, à la production et à la mise en valeur de ce livre. Un très grand merci également à Caroline Ast de Belfond et à Ilaria Marzi de Harper Italia, pour leurs merveilleuses éditions française et italienne.

Je tiens par ailleurs à remercier Nadia Hanafi et Philippe Kerampran pour leur généreux soutien pour mon site Internet, Jon Bent pour ses remarques, Barb Taylor et Alecia Bof pour leur aide sur les dernières versions du texte, Charlie de Urban Writers' Retreat pour son hospitalité sans faille, et Alistair de Rye Books pour m'avoir fourni tant de romans et de sources d'inspiration au fil des ans. Merci à l'équipe de Book Square d'avoir pris des nouvelles de l'écriture de ce livre – et d'avoir su quand il valait mieux changer de sujet.

Merci à Writerful Books pour leur sensibilité, ainsi qu'à Stephen Buckley pour sa perspicacité concernant les passages les plus délicats du livre.

Merci à mon père et à Gillie d'avoir lu mes premières ébauches et de s'être montrés si positifs et encourageants. Merci à ma mère pour sa lecture, sa confiance et pour m'avoir aidée de mille autres façons. Merci à Sarah, ma formidable sœur, pour ses conseils en marketing de base. Et, bien sûr, merci à mes merveilleux enfants, qui ne peuvent se souvenir d'une époque où je n'écrivais pas ce livre, et qui ont fait toute ma fierté à chaque étape de son écriture.

Enfin, un grand merci à mon mari, David, qui a toujours compris et encouragé mon besoin d'écrire. Ce livre a bénéficié de sa perspective « australe », sans parler de son regard d'aigle pour déceler les erreurs de continuité. Je n'aurais sans doute pas pu écrire ce livre sans son amour, son soutien et sa volonté de me fournir l'espace et le temps dont j'avais besoin.

Je terminerai en disant que, parmi les nombreuses ressources auxquelles j'ai eu recours pour mes recherches, l'excellent site Internet de la Bibliothèque nationale d'Australie m'a paru le plus utile et le plus exhaustif. Je n'ai eu de cesse de consulter sa section d'histoire orale, qui maintient en vie les expériences de personnes dont la voix n'aurait sans doute pu être entendue autrement. J'ai essayé de rendre justice à ces expériences, dans les limites d'une œuvre de fiction. Toute erreur ou incohérence à cet égard m'incombe entièrement.